フェルズ
役職◆覇王
ゲームの周回プレイを始めようとしたところ、
突然玉座の間に!?
戸惑いつつも覇王として君臨中!
バンガゴンガ
役職◆ゴブリン集落の長
フェルズへの忠誠心は
キリクたちに
勝るとも劣らない。
エイシャ
役職◆大司教
回復系の魔法を駆使する幼女。
フェルズを神と崇める
超過激思想の持ち主。
覇王になってから
Haou ni nattekara Isekai ni kiteshimatta!
presented by Hitohira illustration by Morino Minori
異世界に来てしまった!
~エディットしたゲームキャラ達と異世界を蹂躙する我覇王~

カミラ
役職◆宮廷魔導士
最強の魔法を操る
セクシー美女。
実は裏設定あり!?
オトノハ
役職◆開発部長
男勝りな口調で
非常に仕事熱心。
だけど……非常に乙女。
リーンフェリア
役職◆近衛騎士長
フェルズ第一主義の
真面目系美女。
意外とテンパりやすい。

～エディットしたゲームキャラ達と
異世界を蹂躙する我覇王～
覇王になってから異世界に来てしまった！
Haou ni nattekara Isekai ni kiteshimatta!
presented by Hitohira illustration by Morino Minori
一片
illust. もりのみのり

contents

◇序　章◇　ここはどこ？　私はだれ？

目が覚めたら知らない場所にいた……ってのは異世界転生ものでよくあるパターンだ。形式美と言えるかもしれない。

最近はテンプレテンプレとよく言うが、そろそろ王道と言ってやってもいいのではないだろうか？

俺はそう思う。

まぁ、王道にも楽な道とか近道的な意味合いもあるけど……。

それはさておき、唐突ではあるけど少し現状を確認したいと思う。

俺は別に眠っていたり、意識を失ったりはしていない。寧《むし》ろ目はギンギンに覚めていたし、これから息抜きというか日課というか……ライフワーク……いや、生き甲斐《がい》であるゲームを始めるところだった。

にもかかわらず……。

「ここは、どこだ？」

ほんとそう思う……ここはどこ？

俺はつい先ほど、ゲームを起動して……いつも通りロードを選んだ。

……間違いない。

今も目を閉じればタイトル画面が目に浮かぶし、決定音も耳に残っている。確実に最新のクリアデータをロードして、《新しい周回を始める》を選んだ。

うむ……決定ボタンを押した感触が指に残っている気がする。

しかし、手の中にコントローラーは残っていない。

……俺が先ほどまでいたのはワンルーム八畳の部屋の中。真正面には二八インチのテレビがあり、尻の下には座椅子があった。

傍《そば》に置いてあったちゃぶ台的なものの上には二リットルのペットボトルに入ったミネラルウォーター。更に水出し用の緑茶の粉におせんべい……渋いと言うなかれ。

ゲーム中に食べるせんべいと緑茶の組み合わせは、なんだったら一日をそれだけで過ごすレベルでさいきょーなのだ。

しかし、そんなさいきょーの組み合わせもコントローラー同様消失している。

俺は深呼吸をしながら、改めて周囲に視線を向ける。

今、俺の目の前には……先ほどまでいた俺の部屋を一〇倍にしても足りないくらいの広さの……なんか豪華な部屋が広がっている。

部屋の中央には赤い絨毯《じゅうたん》が一直線に敷かれて……その先には重厚な扉が存在感を放っていた。

……なるほど。

大丈夫だ、もう少し考えてみよう。

俺の意識は、ゲームを始めたその瞬間から今の今まで全く断絶していない。

別に光に包まれたりもしていないし、目の前が真っ暗になるような瞬間もなかった。

コントローラーの決定ボタンを押した次の瞬間、ここにいたのだ。

何故《なぜ》わかるかといえば……俺の手はコントローラーを握っていた手の形で固まっているからだ。

だがしかし、俺の目の前にテレビはなく、あるのはとても豪華な超広い部屋だ。

そしてそんな部屋の中、俺は一段高い場所に座っている。

しかも愛用の座椅子ではない。

家にいる時の八割はその上で過ごす愛用の座椅子は、奮発してちょっと良いものを用意している。

背もたれが可変なのは当然として頭の部分をヘッドレストのように曲げることができるし、足側も高さを作ることができる。

長時間座っていてもそのフィット感によって疲れない……寝落ちしても体が痛くならない素敵な座椅子だ。

因みに座椅子だけでなくリクライニングチェアも結構良い物を使っていたりする。

そんな、椅子にはちょこっとこだわりを持つ俺からすると、現在腰を掛けている椅子は……なんというかかなり硬い。

背もたれは座面に対して直角だし……座面はクッション性ゼロ。

なんかこう……人間工学的なアレをなんやかんやして良い感じに仕上げた椅子を少しは見習ってほしいと思う。

尻心地が悪かったので少し身じろぎをすると、俺の服がかちゃりと音を立てた。

いや、そんな重厚な金属音が鳴るような服は着ていませんよ？

そう思い自分の体を見下ろしたんだけど……俺の目に映ったのはよれよれの部屋着ではなく、黒光りしてごつごつしている……あれだ、鎧《よろい》ってやつだ。

思わず両手で顔を押さえる……あ、掌《てのひら》部分は革なのか……いや、それはどうでもいい。

落ち着け……とりあえずアレだ、素数とか数えてみる？

──……あれ？　──って素数じゃないんだっけ？

どっちだっけ？

ちょっとググりたいんだが……ってスマホ、テーブルの上に置いたままだな……まぁ、いいか、とりあえず落ち着いた。

俺は意を決して立ち上がる。

一瞬、鎧の重さに立ち上がれないのでは？ と思ったが、思いのほかすんなりと立ち上がることができた。

すると、俺の動きに合わせて何かがふわりと動いたのを感じた。

……マント……しかも真っ赤なマントだ……え？

鎧だけでもキャパぎりぎりなのに、その上マントまで着けちゃってるの？

心が色々削れていくんだが？

そんなことを考えながら振り返った俺の目に映ったのは……。

「あー、やっぱり玉座……玉座だよね？ うん、これ玉座だわ」

これでもかと偉そうに鎮座している椅子。

本当に偉そうな椅子だ。よくドラマとかで社長とかが座っている黒い革張りの椅子が、パイプ椅子レベルに見えそうなくらい偉そうな椅子だ。

多分この椅子を売るだけで一生食っていけると思う。

「……？」

そんなアホなことを考えながら椅子を眺めていたのだが……何か既視感が……気のせいだろうか？

他より高くなっている部分から下りて、玉座の方を見ながら何歩か後ろに下がってみる。

やはり見覚えが……なんとなくというか……いや、超見覚えがある。

いや、リアルで見るのは初めてだけど、これは……。

「……えぇ？ これ絶対、『レギオンズ』の拠点画面じゃん……」

『レギオンズ』。

正式名称は『ソードアンドレギオンズ』。

つい先ほど俺がやろうとしていたゲームである。

そしてこの、玉座を中心にした光景は……ゲーム中の拠点パートの背景画面、まさにそのものである。

「……ゲームの中に入っちゃったってヤツ？　嘘《うそ》でしょ？　しかもよりにもよってこんな殺伐としたゲームに……？」

俺は震える右手を押さえるようにしながらその場に座り込む。

『ソードアンドレギオンズ』……ＲＰＧとＳＬＧの両パートを持つ、戦略シミュレーションゲームだ。

プレイヤーは最初に分身となる主人公の所属する国を選び、その国を大陸の覇者へと導く役を担う。

ノッブの野望のように内政や軍事、外交等、国の経営をやるというよりも戦うことがメインのゲームで、軍を送り込んで戦わせたり、ＲＰＧパートと呼ばれるダンジョン探索でアイテムや色々な素材、そして仲間を集め自軍を強化し、武力による大陸統一を目指すゲームだ。

プレイヤーが選べる国は五カ国あり、更にはどのように進めたかによってルート分岐、マルチエンディングとなっているので遊び尽くすにはかなりの時間がかかる。

また各勢力には美男美女が多数おり、男女問わずキャラ一人一人に個別エンディングなんてものも存在するので、全キャラのエンディングを見ようとしたら一〇〇周じゃ足りないだろう。まぁ、個別エンディングは主要キャラ以外はかなりあっさりしたものだから、全員見る必要は……よほど暇じゃない限りないだろう。

どうでもいいキャラは、ちょいと動画検索すればいくらでも見られるしね。

俺はこのゲームに嵌《はま》りに嵌った。

個別エンディングではなく、シナリオ的なエンディングは全て見た……それだけでも二〇は下らない数あるのだが、当然俺は全部二回以上見た。

ここ二、三年このゲームしかやっていない。

周回引き継ぎや周回特典のあるゲームだったので、難易度を一番上にしても楽勝になるくらいやり込んだのだが……そろそろ引き継ぎなしで始めてもいいかなと思っていたんだよな……。

そんなゲーム画面そのものの光景が、今俺の目の前に現実として存在している。

「本当に『レギオンズ』なのか……？」

俺はゆっくりと辺りを見回した後、再び玉座を見る。

見れば見るほど、拠点パートの背景で見ていた玉座って感じだ。

「……まだ決めつけない。まだ決めつけないが、仮に『レギオンズ』だとしたら……ここはどの国だ？」

『レギオンズ』で選択できる国は五つ。それぞれ国旗の色が異なり、青、赤、緑、黄、白で表示される。

青がランデュール王国、赤がデンテル帝国、緑がローゼンボルク連邦、黄色がホブリッツ商業連合、そして白はプレイヤーが自由に名前を決められる。

選択できる国の中で白だけは特別なものになっていて、主役級のキャラクターも王様もいない。

プレイヤー自身が国主となり、自分でエディットする仲間を使用することになる。

更に白の国はプレイヤーが白を選択した場合のみ登場するので、他の国を選択した場合は存在すらしない国だ。

さて、今問題なのは……ここがどの国なのかということだが……白以外の国を選んだ場合……オープニングはプレイヤーが城門を通るところから始まる。

プレイヤーは一兵卒として最初の戦闘を経験。

チュートリアル的なそこで手柄を立てて、小隊の隊長になってから本編スタートといった感じだ。

どの国を選んでも、出てくるキャラが違うだけでその流れは必ず同じだ。

しかし、今俺がいるのはどう見ても城門ではない。

控えめに言っても玉座の間、はっきり言っても玉座の間だろう。

……。

や、やばい。

他と違い、唯一玉座の間からオープニングが始まるのは白の国だ。

何がやばいって……白の国は最初エディットキャラしかいない。

エディットキャラとは、プレイヤーが自由にキャラの見た目や能力をカスタマイズすることができる、オリジナルのキャラクターのことだが……初期状態では能力に割り振ることのできるポイントが少なく、滅茶苦茶弱い上に作成できる人数も五人しかいない。

そして当然の如《ごと》く領地の周りは全て敵。というか大国に囲まれている状態からのスタートだ。

ノッブの野望でいうなら……能力値九〇やら八〇後半の武将たちが支配する国に囲まれた立地にプレイヤーと配下に織田信勝《おだのぶかつ》が五人いる状態である。

わかるだろうか？　織田信勝。

全ての能力値が大体五〇付近といった割と残念な能力値である。

信勝さんも後世でそんな評価されるとは思っていなかっただろうなぁと思う。

閑話休題。

とりあえず、そんな感じで最初に選べば確実にゲームオーバー一直線なのが白の国なのだ。

白の国とは周回してゲームに慣れた上、色々と周回特典を得た状態で選ぶ国である。

「いや、大丈夫だ……落ち着け俺。ゲーム世界に転移するなんて、ある訳ないじゃん？ だってほら……『レギオンズ』はＶＲＭＭＯじゃないし？ 乙女《おとめ》ゲーでもないし？ なんだったらＭＭＯどころかＭＯですらないし？ ただのコンシューマーの国取りゲームだし？ いや、確かにＲＰＧ要素もあるよ？ 魔王とか邪神とかいるよ……？ え？」

そうだよ……『レギオンズ』は人の国同士の戦争だけじゃない。

魔王とか邪神とかいるじゃん。

ルートによっては邪神は出てこないけど、魔王は普通にいるし、国として攻めてくる……あれ？ 世界がやばい？

マジでゲームの……白の国だったら、こっそり逃げようとか思ってたけど……魔王の支配地域って確か人間はえらい目にあうって設定じゃなかったっけ？

……玉座。

王様が座る場所だ。

しかしさっき……俺が座っていた場所でもある。

俺は動悸《どうき》の激しくなった心臓を押さえつけるようにしながら立ち上がる。

しかし、足元がふわふわしている感じがして、真っ直《す》ぐ立てている自信がない。

多分敷かれている絨毯が相当高級品なのだろう。

え？

嘘でしょ？

待って待って待って。

最弱の国の国主？

逃げていいよね？

っていうか逃げるしかないよね？

だって国主の時負けたら、戦争で死ななくても首ちょんぱだよね？

逃げる一択だよね？

でも逃げたら魔王来るよね？

魔王来たらやばいよね……？

待て待て、大丈夫だ、落ち着こう、素数とか数えるか？

あれ？

一は……？

いやいや、大丈夫だ。

『レギオンズ』には国を捨てて野に下るってこともできるシステムがある。

その後別の国に仕官して成り上がることもできるし……そのままダンジョンに行きまくる冒険者エンドってのもあった。

その場合、軍ではなく個人として魔王を倒しに行く勇者ルートもある。

邪神も出ないし……そのルートを目指すか？

問題は……俺、戦えるのか？

痛いのは嫌だし、殺したりとかもできるのか？

いや、もうほんとわからん……俺はどうしたら……。

「俺はどうしたらいいんだよ――!!」

頭を抱えながら全力で絶叫する。

叫んでも状況は変わらない……そんなことで好転するならもっと叫ぶ……それはわかっているが、それでも叫ばずにはいられなかった。

訳のわからない事態にいっぱいいっぱいいっぱいだったのだ。

素数とか全然役に立たない！

「誰だ！　神聖な玉座の間で大声を出しているのは！」

しかし、好転したかどうかはともかく、叫んだことによって状況は変わった……んだけど、驚いた。超驚いた。

こんなに驚いたのは、普通にゲームを始めようとしたら次の瞬間玉座に座り込んでいた時以来と言える。

俺が絶叫したら扉が開け放たれ、俺に勝るとも劣らない大声で怒鳴られたのだ。

これは誰でも驚くに違いない。

だから俺は別にビビりではない。

反射的にびくりと肩を竦《すく》めても、ただの反射的な動きと断言できる。

しかし、背後に怒れる人物がいるのは確か……怒鳴られた俺は、勢いよく振り返り怒鳴り込んできた人物を目にして……。

「「え!?」」

扉を勢いよく開いたままのポーズで固まっているのは鎧を着た女性。

髪の毛は長く、染めたのかというくらい鮮やかで混じりけのない金髪だ。

目は大きく真ん丸に見開かれ口も大きく開かれたまま固まっているが、その相貌には面白い要素は全くなく……どう見ても美人さんだ。

しかし……なんとなく見覚えがある気がしないでもないような気がしないでもない……よし、素数で……いや、それはもういい。

びっくりして振り返りながら固まっている俺と、部屋に飛び込んできたまま固まっている美女。

二人とも一言も発することはなく、たっぷり一分はお見合いを続けただろうか？

さすがにそろそろ何か言わないと超気まずい……。

「……あー」

「フェルズさまぁ!!?」

先ほど部屋に飛び込んできた時を上回る大きな声で叫んだ女性は、俺に向かって走り込んでくる。

「え！　ちょ!?」

これはもしかしてあれか？

抱きつかれるパターンか!?

状況はよくわからんが、拒んだりしないぞ？

俺は紳士だからネ！

彼女の胸部装甲は中々のもののようだが……そこでふと気づいた。

俺も彼女も鎧《よろい》を着てるから飛びつかれたら大変なことになるかもしれない……だが俺はそれが鋼鉄の乙女であっても避けたりはしない！

ばっちこい！

しかし、俺のそんな決心とは裏腹に、駆け込んできた女性は俺から一メートルほど離れた位置で五体投地の体勢を取る。

「……ん？」

「ふぇふぇふぇふぇ」

……笑い声かな？

「ぶぇるずざまぁ」

……ざまぁされた？

「ご、ご、ごき」

……Gではないよ？

「う……くっ、ふぇ……フェルズ様！　ご帰還お待ちしておりました！」

頑張って言い直してくれてありがとう。

五体投地の体勢から顔を上げた女性の顔は、涙やら鼻水やらなんやらでびしゃびしゃになっていた。

そんな顔なのにちゃんと美人なのは凄《すご》いなぁなんてことを考えつつ、なんとか返事を絞り出す。

「……あぁ」

気が利いたことなんて言えず、とりあえず相槌《あいづち》を打つことしかできない俺ガイル。

それはそうと……この女性に見覚えが……それにフェルズって……『レギオンズ』で俺が主人公に付けていた名前だよな……。

俺のことを見てフェルズと……やっぱり俺は、『レギオンズ』の世界に来てしまったのん？

しかも主人公として……？

これは非常にまずい……白の国を選択した場合は自動的に君主で始まり、当然野に下ることはできない。

そんな絶望的な状況を認識すると同時に思い出した気がする……この見事な金髪と胸部装甲の女性は……。

「……リーンフェリア？」

「はっ！」

五体投地状態から素早く片膝をついた体勢に変えた女性……リーンフェリアが小気味の良い返事をする。ただし顔はぐちゃぐちゃだ。

……やはり、リーンフェリアなのか。

もうそろそろ認めなくてはいけない……ここはやはり『レギオンズ』の世界……しかも白の国だ。

俺の目の前で膝をつく女性……リーンフェリアは、俺がエディットしたキャラクターで、俺がゲームをプレイする際はいつもお世話になっていたキャラだ。

周回を繰り返すことで、鍛えに鍛えた非常に頼もしいキャラではあるが、一周目スタート時点では彼女も信勝君レベルの強さである。

いや、彼女に限ったことではない。

俺自身も他の国の主要キャラと比べたら……ん？

あれ？　待てよ？

なんでリーンフェリアがいるのだろうか？

彼女はエディットキャラで、周回を引き継がなければそもそも存在すらしない。

ゲームで白の国を最初に選んだ場合、初期家臣となる五名をエディットする画面に遷移するのだ。

二回目以降はエディット画面に行かずオープニングが始まるのだが……その場合でもこんな始まり方はしない。あれ？　どうなっているんだ？

わからん……でも幸いというか、混乱の原因が目の前にいるんだ。とりあえず話を聞いてみればいい。

「リーンフェリア、少し確認したいことがある」

「はっ！　なんなりと！」

何を聞く……？

とりあえず……ここはどこなのか……いや、俺のことをフェルズと呼び、そしてエディットキャラであるリーンフェリアがいる以上白の国であることは間違いない。恐らく国名も俺が付けた……となると、軽く日付の話から振ってみるか？

「……今は何年だ？」

「統一暦八年です！」

「と、統一暦⁉」

統一暦って……クリア後じゃん！

統一暦とはなんらかの方法で大陸が統一された時に始まる年号だ。

いくつかのルートを除き、統一暦という名前はエンディングでしか出てこない。

そのいくつかあるルートも、統一暦五年が最終年……統一暦五年になった時点で強制的にエンディングに突入する。

それが八年……。

しかも白の国が統一暦まで残っているということは……大陸を統一したのは白の国ってことで……い、いや、待つんだ俺。

落ち着け、そす……いやそれよりも、リーンフェリアに話を聞いた方がいい。

「今大陸はどうなっている？」

「はっ！　邪神の軍を退けた後は敵対する勢力もおらず、完璧な統治を敷いております！」

うはっ！　邪神も倒しとる！

これ完璧にエンディング後じゃん！

そして俺はフェルズと呼ばれている。俺が『レギオンズ』の主人公に付けた名前だ。

これはつまり……俺って大陸を統一した国の国主？

……これってもはや将来なんの不安もないのでは？

超勝ち組では？　酒池肉林とかできちゃうのでは？　董卓《とうたく》っちゃう？

いや、反乱とか怖いからそこそこにしておこう。

極端は良くない……。

それはそうと、もう少しリーンフェリアに色々確認したいところだけど……あ、待てよ？　さっきリーンフェリアは帰還とかなんとか言っていたな……それで邪神を倒している訳だから……あぁ、エンディングで主人公が神界に残って、後のことは部下たちに任せていなくなってしまったって状態かな？

でもこれはあくまで憶測だし……あぁ、そうだ、これでいこう。

「リーンフェリア。すまない……」

「な、何がでございましょうか？」

「……実は、神界から戻ったばかりで、少し記憶があやふやでな……」

「そ、そんな⁉」

俺の唐突な記憶怪しい発言に、リーンフェリアが顔を青褪《ざ》めさせる。

しかし、右も左も俺自身のことでさえもよくわかっていない現状……とりあえずの一手としては悪くない筈《はず》だ。

「……偶《たま》に訳のわからないことを言ったり、知っている筈のことを知らなかったりするかもしれない……サポートしてくれるか？」

「勿論《もちろん》でございます！　このリーンフェリア、いつまでも！　どこまでも！　フェルズ様に付き従いお助けさせていただきます！」

「感謝するぞ、リーンフェリア。ならば、このまま色々確認させてほしい」

「はっ！　お任せください！」

リーンフェリアは素直な良い子だね。悪い人に騙《だま》されないかちょっと心配だよ。例えば年がら年中ゲームしかしていなかった奴《やつ》とかに……。

まぁ、それはさておき……色々情報を集めないとな。

今俺がいるのが白の国で、大まかなルートが邪神編ということはわかったけど、その邪神編も色々と行き方があるからね。

一体どんなルートでここまで来たのか……全部聞いてもいいけど……ここは俺の称号を聞こう。

『レギオンズ』ではどんなルートを辿《たど》ったかによって主人公の称号が変化する。

つまり、称号がわかればこの国が今どんな状況で、俺がどんな立ち位置なのかがわかるということだ。

「賢王」とか「剣王」とか「拳王」とか……全部「けんおう」だな……。

そのあたりであれば……いや、「賢王」はちょっとどころじゃなくハードルが高いから勘弁してもらいたい。楽そうなのは「剣王」とか「冒険王」とかかな？

「賢王」とか同盟国の多い「大陸の盟主」はかなり厳しそうだな……あ、あとは「覇王」あたりは絶対に避けたいところだ。

一体このフェルズ君がどんなルートを歩んできたのか……聞くのは非常に怖いけど、聞かねば先には進めないからな。

覚悟を決めて俺は口を開く。

「俺の称号……俺は、今なんと呼ばれている？」

「覇王……覇王フェルズ様です！」

覇王ルートだったたぁ！

一番避けたかったやつぅ!!

「なるほど……そうか……」

覇王ルート……同盟国はなく、敵対国は全て滅ぼしたルートで、全ての国の国主の首を刎《は》ねているルートだ……。

おいおい、フェルズ……なんてことをしてくれたんだ。

美少女なあの子や美女なあの人、それに美幼女なあの子も殺してしまっている最悪のルート。

しかも……しかもだ！

白の国の覇王状態で邪神ルートに進んだってことは……エディットキャラ以外のキャラクターは全部いないってことだ！

何故なら覇王状態で邪神ルートに入ると、エディットキャラ以外のキャラは家臣であろうと既に死んでいようと、全て邪神勢力に取り込まれ敵対してしまう。

救済はできず、倒すと当然死亡扱いとなり……二度とゲームには出てこないのだ。

切なすぎるのだが……？

フェルズ……なんでそんなルート行ったし……馬鹿なの……？　どんな心の闇を抱えていたらそんなひどいルートに進めるの？

折角『レギオンズ』の世界に来るのであれば、色んな子に会いたかった……。

悲しみを背負いすぎている……。

……まぁ、でも、切ない情報だけではない。

白の国の覇王・邪神ルートクリアなんて一周目では絶対無理な難易度だし、この状況は恐らく何度か周回したくらいの強さがある筈だ。

エディットキャラも初期の五人だけではなく、最低でも四〇人くらいはいるんじゃないだろうか？

邪神戦は戦争パートもＲＰＧパートも桁違いに難しいから、周回を重ねてこちらの戦力をしっかりと整えておかないとゲームオーバー待ったなしだもんね。

少なくとも優秀な配下とフェルズ自身の強化は進んでいる……そうだ宝物庫と倉庫に行ってみよう。

手に入れた装備やアイテムの一品物は宝物庫に、それ以外のものは倉庫に行けば全て収められている筈。周回分も含めてだ。

それら保有アイテムよって、俺がどのくらい調子に乗ってもいいかが見定められる筈だ。

「リーンフェリア。俺は宝物庫に……」

そこまで口にしてふと気づいてしまう。

……宝物庫ってどこだ？

『レギオンズ』の自拠点はＲＰＧ画面のように自由に動き回れるタイプではなく、行きたい場所を選べば一瞬で移動が完了するタイプだ。

つまり、俺はこの城の中で何がどこにあるかわからない……トイレにも行けない。

まずい……そんなことを考えたら催してきた気がする。

しかしリーンフェリアに、お手洗いはどこですか？　とか聞ける筈もない。

そんな覇王はいない。

だからといって漏らすのは論外だ、そんな覇王がいてたまるか。

この世界に来て早数分、ついに最大のピンチが訪れたかもしれない。

「リーンフェリア……宝物庫に案内してもらえるか？　どうも城の間取りもあやふやだ」

「な、なんと……神界に残るということはそこまでの……畏《かしこ》まりました。宝物庫まで案内させていただきます。ですが……少々お待ちいただけますでしょうか？」

俺の苦し紛れな台詞《せりふ》を聞いて、リーンフェリアは少し瞳を潤ませた後丁寧に頭を下げる。

「……うむ」

できれば早々に案内していただきたい……そして道すがら、さりげなく重要施設《トイレ》の場所も聞いておきたい。

最優先でさりげなくな！

そんな覇王としての矜持《きょうじ》を崩さずに仁王立ちする俺を置いて、リーンフェリアは一度玉座の間から出ていく。

その後、何やら遠くから叫び声のようなものが聞こえた気がするが……程なくして戻ってきたリーンフェリアは先ほどまでと変わらぬ様子だ。

「申し訳ありません、フェルズ様。これより宝物庫までご案内させていただきます。こちらに」

「うむ」

やはりじっとしているよりも動いている方が安全だな。

よし、さりげなく……あくまでさりげなく、それでいて覇王らしく城にある重要施設《トイレ》について質問しよう。

覇王の……命と尊厳に関わるからな！

◇第一章◇　ここはどこ？　我覇王

色々な意味で九死に一生を得た俺は、少し寄り道をしてからリーンフェリアの案内に従って宝物庫に来ていた。

しかし、この城……広すぎるのだが？　リーンフェリアとはぐれたら、絶対さっきの玉座の間に一人で戻ることができないと思う。

あと、これだけ歩いたのに誰一人として会わなかったんだけど……まさか城にリーンフェリアしかいないとかないよね？　宝物庫を守っているであろう警備兵的な人も見当たらないのですが？

「フェルズ様、こちらが宝物庫です。私はこの場でお待ちしておりますのでごゆっくりどうぞ」

「え？」

リーンフェリアが宝物庫の一つ手前の部屋で一礼をするのを見て、思わず素が出てしまったが、彼女は真面目な表情で説明をしてくれる。

「宝物庫には、フェルズ様以外入ることができなくなっております」

「……あぁ、そうか。そうだったな。では行ってくる」

そんな設定だったんだ？　でも警備兵までいないのはおかしくない？　それで安全というのなら別にいいんだけど。しかし、宝物庫からアイテムを運べるのは俺だけなのか……めっちゃでかい斧《おの》とかあったらどうするんだ？

俺一人で運ぶのか？

そんなことを考えつつ、宝物庫の扉を開いた俺の目に飛び込んできたのは……光。

目を潰さんばかりの輝きが部屋の中から溢《あふ》れ出てきて、俺は一瞬目を細める。

やがてその光に慣れた俺は、宝物庫に足を踏み入れ見渡し……こいつはすげぇ。

様々な武器や防具、アイテムが所狭しと置かれている。

部屋自体、もっと狭いのかと思っていたが相当広いし……よく見るとちゃんと系統ごとに仕分けされているみたいだ。

ここに唯一入れるってことは、整理したのはフェルズだろう。

多分A型だな。

これが全て俺の物……ほんとに何もしなくても生きていけそうだな。

そんなことを考えながら近くにあったなんともハイセンスな剣を手に取る。

剣の片側が燃え盛る炎のようになっている赤をベースとした剣……実に厨二《ちゅうに》心をくすぐるデザインだ。

「確か……フレイムソードだったか？　攻撃すると追加で火炎ダメージを与える武器だけど……まぁ、中盤以降は出番のないコレクションアイテムだな」

俺は手に取ったフレイムソードを元の場所に戻す。

傍にはアイスソードやサンダーソードといった属性違いの武器が置かれていたが、どれも性能的には似たようなものだ。一品物だからといって強い訳ではないってとこだね。

しかし、ここはヤバい……というか、滅茶苦茶楽しいな。

美術館の展示品と違って普通に手に取ったりできるのに、煌《きら》びやかさが半端ない。

数時間どころか数日くらい籠もれそうだな。

そんなことを考えつつ広い宝物庫を散策するように歩き回り、モニタの向こう側でしか見ることのできなかった道具の数々に心を躍らせる。

「凄いな……下手《へた》したら全種類の装備やアイテムが収められているんじゃないか？　低レベルの物から高レベルの物までより取り見取り。もう既にいない筈のキャラたちの専用装備まで置かれているのはちょっとアレだが……お、ここからは主人公専用装備か」

そういえば、俺は鎧を着ているけど武器は持っていなかったな。

リーンフェリアは剣を持っていたし、俺も一つ強力なやつを持っておくか。

「まぁ、剣でいいか……覇王専用装備は剣だしな」

俺は並んでいる主人公専用装備の中で、一際目立つ位置に置かれた漆黒の剣を手に取る。

華美な装飾は一切ない、機能だけを追求したような剣……だが、どこか気品のようなものを感じさせる美しい剣だ。

「覇王剣ヴェルディアか。覇王以外が装備すると能力値を激減させた上、HPがもりもり削れていくという呪われた剣。うーむ……これ以上ないいくらい痛々しい設定と名前……だがそれが良い」

初めて手にした訳だが……妙に手に馴染《なじ》む……とか言ってみる。

いや、言ってはないが。

しかし……しっくりくるのは確かだ。持ち手がフェルズの手に馴染むようになっているのかな？　っていうか俺、剣の使い方とか知らないんだけど……これを持ってて役に立つのか？

「まぁ、いいか。ゲームの通りであれば覇王がこの剣を使えばHPがぎゅんぎゅん回復するし、ステータスは激増する。剣術とか使えなくても役には立つ筈だ」

この剣がなければ覇王ルートで邪神に勝つのはほぼ無理だろう。

なんせ仲間が少ないし限定されるから、主人公自身もがんがん前に出て戦わないといけないからな。

それはそうと……宝物庫に収められている多くのキャラの専用装備を見ているとため息が出てくる。

まぁ、既に過ぎてしまったこと……今の俺にはどうしようもない。

気を取り直して、アクセサリーを選んだら外に出るか。


「おかえりなさいませ、フェルズ様」

俺が宝物庫から出ると、リーンフェリアが喜びを隠しきれない様子で頭を下げてきた。

「あぁ、リーンフェリア待たせたな」

「いえ、問題ありません。ところでフェルズ様、この後のご予定は……？」

「……少し城内の様子を見て回るつもりだ。各施設の場所があやふやだからな」

自信を持って俺が辿り着けるのはトイレくらいのものだろう。

「承知いたしました。ご案内させていただきます。それと……申し訳ないのですが、最後に謁見の間に向かってもよいでしょうか？」

謁見の間ってどこだ……？　あぁ、他勢力の外交官とかが来た時に表示される部屋か。アレって玉座の間とは違うのかしら？

「ふむ、問題ないが……何かあるのか？」

「はっ！　実は先ほど、フェルズ様がご帰還されたことを伝え、全員謁見の間に集まるように命令を出しておきました！」

「全員とは……城内の者全員か？」

「はっ！　城内の者全員です！」

それって何人くらいいるんだ……？

っていうか、家臣としてエディットした訳じゃない門番とか料理人とかそういうのもいたりするのだろうか？

非常に気になるな……。

「今から行っても揃《そろ》っているのか？」

「はっ！　既に揃っております」

既に揃ってるのに城内の案内を先にして、最後に行こうとしてたの？　それどんな重役出勤？

覇王の権力こわぁ……。

だけど……どんな家臣がどれだけいるのか非常に気になる。

大勢の前に立つのは若干怖い。覇王なのに足が震えたりするかもしれんが……やはり気になる。

「先に皆の顔が見たい。謁見の間に行くぞ」

「ふぇ、フェルズ様……」

今の一言に涙ぐむ要素ありましたか？

何故か一瞬で涙ぐんだリーンフェリアにたじろいだが、俺は何も言わずに歩き出す。

涙を流す女性に、なんて声を掛けたらいいかわからないからだ。

「も、申し訳ありません！　ご案内いたします！」

歩き出した俺にすぐに追いつくと、リーンフェリアが謁見の間まで先導を始めてくれる。

うむ、助かった……二歩目以降は自信がなかったのでな！

迷いなく進んでいくリーンフェリアに先導されることしばし、宝物庫に行った時よりも短い時間で謁見の間に戻ってくる。

やはり先ほどは寄り道をしてしまったからな……直接移動するならこんなものか。

多分次は一人で行ける……ような気がしないな、うん。

城ってあれだろ？　侵入者対策の為《ため》に複雑にしているとかなんとか……だからまだ覚えられなくても仕方ないっしょ？　俺はそう思う。

さて、そんなことより……この向こうに、この城にいる全員がいるのか。

めっちゃ緊張してきた……。

しかし、そんな俺の思いを置き去りにして、リーンフェリアが扉を大きく開け放つ。

謁見の間にいたのは……ぱっと見では数えきれないほどの人。

俺がそう認識した瞬間、その場にいた全ての者が一つの音と共に片膝をついて頭《こうべ》を垂れた。

えー、音が一回しかしなかったんだけど？

全員寸分の狂いなくタイミング合っていたのだが？

練習？　練習してるの？

正直恐怖を覚えるほどの狂気を感じたのだが？

え？

俺このど真ん中を進んでいくの？

こいつらの前に立つの？

正直もっと軽いノリを考えていたのだが？　これめっちゃガチですやん？

しかし……ここまで来た以上躊躇《ためら》う訳にもいかない……覇王、俺は覇王だ。

意を決して謁見の間に足を踏み入れた俺は、ゆっくりと玉座に向かって進んでいく。

俺とその後ろを歩くリーンフェリアの足音以外、何も聞こえないと思っていたのだが……そこかしこで、押し殺したすすり泣く声が聞こえてきている気がする。

これってやっぱりあれだよね……？

リーンフェリアが最初ぐっしゃぐしゃに泣いていたのと同じことが、あちこちで起こっているってことだよね？

フェルズの求心力が凄すぎて引くんですが……？

俺に……彼らの心酔するフェルズができるのか？

外見は覇王だけど中身はただのゲーマーよ？　マジで無理だと叫びたいけど、叫んだら全てが終わります、本当にありがとうございました。

次のフェルズ先生にご期待ください！

とか考えているうちに玉座の目の前まで来てしまいましたね……わかったよ、やるよ、やってやんよ、やったったんよ！　マジ俺の覇王ムーブ魅せたったんよ！

俺は勢いよく振り返ると同時に右手を横に振りマントを靡《なび》かせる。

個人的にはかなりかっこよく決まったと思う。星をつけるなら五つだ。

惜しむらくは、リーンフェリアを含めて全員が頭を垂れている為、誰も見ていなかったことだ。

さぁ、次の手を考えろ……こういう時、俺は言葉を発していいのか？

俺は視線だけで左右を確認するが、誰も控えている様子はない。

それにゲームを思い返してみれば、他の国の君主はバリバリ自分で喋《しゃべ》っていたし問題ない筈だ！

まぁ、不安要素は……主人公は喋らないタイプのゲームだったってことだが……大丈夫！　だってリーンフェリアとはもう既に喋ったもん！

「面《おもて》を上げよ」

できるだけ声に張りを持たせつつ、低めに出すという高難易度な発声にチャレンジした俺の第一声である。だが、誰一人としてピクリともしない。

あぁ、はいはい、そういうことね。

二回言えってやつね？　格式がどうのこうの？

面倒だわ！

「よい、面を上げよ」

二度目の俺のバリトンボイスで、謁見の間にいた全ての者が一斉に顔を上げる。やはり動作が揃いすぎてて超怖い……。

さぁ、どうする？

当然だが、何も考えていない……何故なら、頭空っぽの方が夢を詰め込めるらしいから。しかし、こちとら頭どころか中身も空っぽの人間だ……どうする？

どうしたらいい？

いや、こういうのはノリだ。覇王の九割九分九厘はノリでできている！

「皆……俺が誰かわかるか？」

俺の突然の問いかけにざわめきの一つも起こらない。

ただ全員が俺の一挙手一投足を、俺の一声一声を聞き逃すまいと集中しているのがわかる。

彼らの中の七割が涙で頬を濡《ぬ》らしながら俺のことを見ている。残りの三割は、涙と鼻水でべしゃべしゃになりながら俺のことを見ている。

「俺はフェルズ……覇王フェルズだ！」

俺はこの時初めて、フェルズを名乗った。

俺が名乗りを上げた瞬間、大音声《だいおんじょう》が鳴り響き……正直俺はビビった。

いや、なんらかの反応はあるとは思ったよ？　ちょっと狙ってましたし？

でもここまでとは思いませんでした。

それだけここにいる皆が感極まったのだろうし、煽《あお》ったのは俺だ。

謁見の間で大騒ぎしていいのだろうかと思わないでもないけど……この場にいる中で一番偉いのは俺だろうし、俺は全く気にしない。

何も問題ない。

問題はないが……俺が喋るタイミングもない。

どうしよう？

これで挨拶終わっていい……訳ないよな？　名乗っただけだし……とりあえず手とか上げてみる？

そしたら一斉に黙ったりするかも？　そういうの見たことあるし？

そう考えた俺はスッと片手を上げてみる。

次の瞬間謁見の間を破壊せんばかりに鳴り響いていた音が、寸分の狂いなくピタリと鳴りやんだ。

マジか。訓練されすぎぃ……っといかんいかん、我覇王ぞ？

「……まさかこのような形で皆に会うことができるとは思っていなかったが、俺は今ここにいる」

これは全力で本心だ……正直状況は未《いま》だよくわかっていない。それでも俺はこうして皆の前に立っている。

覇王フェルズを名乗った時と同じ……自分の意志でだ。

俺は……覇王フェルズの皮を被っているだけのただのゲーマーだ。

これが現実だというのであれば……俺は、他人の築き上げた功績……そこから生まれた忠誠をかっさ

らっただけの盗人《ぬすっと》。

本来であれば、今跪《ひざまず》いている彼らの忠誠を受けることなどあってはならないと思う。

「俺はここに……本来、皆の前に立つことができない筈だった」

しかし、ここにいる以上……フェルズの姿である以上……そして俺が俺でしかない以上、俺がフェルズだ！

文句は受け付けない！

「だが、なんの因果か、俺はこうしてこの姿でここにいる！」

ここは恐らくエンディング後の世界。

何が起こるかはわからないが……きっと大丈夫……危ないことはない筈！　日々平穏な覇王ライフを満喫できる筈だ！

だって統一してるもん！

悪政を敷かなきゃ、きっと大丈夫……政治とか統治とかよくわからんけど！

とりあえず……短いけど演説はもう終わりだ！

最後に唯一ある主人公の台詞で締めるか！

「ならば誓おう！　我が剣は闇を切り裂く為にあり！　我が盾は後に続く者を守る為にあり！　我が前に道はなく、我が歩みこそが道となる！　全てを併呑《へいどん》せしめよう！　覇王フェルズの名の下に！」

主人公が称号を得た時の台詞だ。前半はどの称号でも同じだが後半は得た称号によって変わる。

覇王の宣言はオラオラ感があるね。

とはいえ、これからの覇王はちょっとマイルドに生きますよ？

俺の言葉を聞いて跪いている皆の目が、涙を流しながらもギラギラしてきだしたしね……ここで少し息を抜こう。正直煽りすぎた感あるし……。

そう考えた俺は、玉座に乱暴な感じで座ってみせる。

「まぁ、大陸は平定しているから、今後はそれを盤石にしていく感じになると思うがな。戦争ならともかく、そういうのは苦手だ……皆、手を貸してくれるか？」

嘘です、軍事も内政も無理でござる。

「「はっ！」」

皆が一斉に頭を垂れて返事をしてくれる。

色々とやっていけるか不安ではあるが……内政系のキャラもいるはずだし、なんとかなるよね？

そんなことを考えながら無言でいると……しばしの間謁見の間に静寂が訪れる。

……。

……え？

これどうしたらいいの？　閉会宣言的なのないのかな……？

あ、もしかして俺が退室すればいいのか？

しかし……無言で去るのも……あぁ、そうだ。

俺は玉座から立ち上がり口を開く。

「皆の働きに期待している……リーンフェリア」

「はっ！」

俺はリーンフェリアの名前を呼び、そのまま歩き出す。

すると俺の後ろをリーンフェリアがついてきたんだけど……扉はどうしたらいいんだ？　このまま行くと俺が開ける感じなのだが……いいのか？

それは、覇王的にいいのか？

そんな杞憂《きゆう》は扉の横にいた者が立ち上がり、ゆっくりと扉を開けてくれたお陰で霧散する。

心持ちゆったりとした歩調で謁見の間の外に出てから、俺はリーンフェリアに話しかける。

「少し、腰を落ち着けて話せる所に行きたい。私室……いや、執務室に案内してくれるか？」

「はっ！　畏まりました！」

いきなり私室に女の子連れ込んだらあかんやん？　覇王とはいえ、我紳士ですし？　仕事してるアピールも必要ですし？

っていうか……俺に私室ってあるのかな？　執務室の背景絵あったけど……私室ってなかった気がする。

覇王……寝る場所あるかな？

そんなことを考えていると、リーンフェリアが応接室のような場所に案内してくれた。

ソファが向かい合うように置かれていて、その間には低めのテーブルが置かれている。

どう見ても書類仕事をするには向いていない高さのテーブルだ。

あれ？　執務室って言った気がするけど……あぁ、もしかしたら奥にある扉がそうなのかな？

そんな風に扉を見ていると、リーンフェリアが扉を開けてくれたのだが、その先にはゲームで見覚えのある部屋があった。

やはりこっちが執務室か。

本棚に囲まれた重厚な執務机……座っているだけで滅茶苦茶仕事できる人に見えそうだけど……そういえば文字って日本語だろうか？

国産ゲームなんだから、日本語であっていただきたい。外国語は苦手でござる……。

まぁ、それはそうと今はこっちの執務室は使わなくていいかな。

椅子が一つしかないし……今回は手前の応接セットを使うとしよう。

「リーンフェリア、座ってくれ。確認しなければならないことがある」

「はっ！　失礼します！」

リーンフェリアが一礼の後、俺の向かい側に座る。

背筋がびしっと伸びていて……非常に堅苦しいが……まぁ、あの謁見の間での様子を見る限り仕方ないのか？

「まずは、リーンフェリア。お前は近衛《このえ》騎士長だな？」

「はっ！　その通りです！　フェルズ様より任命いただきました！」

やはりそうか……拠点パートでは国の大きさに応じてキャラに色々な役職をつけることができたんだよな。

もしその役職の配置が俺の記憶通りだとしたら……この世界は俺のセーブデータが元になって作られていると考えて間違いないだろう。

エディットキャラは名前も俺が自由に付けているから……同じなんてことはあり得ないしね。

リーンフェリアという存在、そして宝物庫の中を見たことでそうなんじゃないかという思いはあった。

しかし、慎重に慎重を重ねなくてはならない。

フェルズとして生きると決めた以上、俺の言動は俺以外にも大きな影響を与えるのだから……慎重派覇王としてやっていこうと思う。

「……今から俺の記憶が間違っていないか確認する。間違っていたらすぐに指摘してくれ」

「畏まりました」

「大将軍はアランドール。内務大臣はイルミット。外務大臣はウルル。大司教はエイシャ。開発部長はオトノハ。宮廷魔導士はカミラ。参謀はキリク」

俺は役職用に作ったキャラの名前を思い出しながら挙げていく。

因《ちな》みに、特に理由はないがアランドールとキリク以外は全員女の子だ。

何故だろう？ 不思議だ。

因みにこの役職、それぞれ国や味方キャラに対して支援効果……いわゆるバフが掛かるだけで、役職についているからといって彼ら自身に何があるわけでもない。

バフを最大限付与することのできる能力を持たせたキャラを任命しているだけである。

当然リーンフェリアの近衛騎士長という役職も同じで、彼女は味方全体への防御系のバフを掛けるポジションだ。

「はい。相違ありません」

リーンフェリアの肯定を受けて、俺は確信へと至る。

エディットしたキャラの名前と役職が完全に一致した。これは、間違いなく俺がエディットしたキャラたち……そして俺のクリアデータだ。

それはつまり……ゲーム中最高難易度である、白の国選択の覇王・邪神ルートを最高難易度設定でも楽々クリアできるくらい育成が進んでいるということだ！

……いや、待て待て、慎重派覇王。結論を出すのはまだ早いぞ。

俺のエディットしたキャラであっても、育成済みとは限らないじゃないか。ステータス……ステータスを聞けば育成済みかどうかわかる。

「リーンフェリア。お前の武力はいくつだ？」

武力とは大まかに言うと、ＲＰＧパートにおける攻撃力、戦争パートにおける一騎打ちの強さの数値だ。

リーンフェリアの正確な数値は覚えていないが、確か装備なしで120に行くかどうかといったところだった筈……素の状態でのＭＡＸが125なので相当な武闘派である。

「も、申し訳ありません。いくつというのは……どうお答えすればよいのでしょうか?」

顔面を蒼白《そうはく》にしたリーンフェリアが小刻みに体を震わせながら、絞り出すように俺に聞いてくる。

「ん?　普通に数値を答えてくれればいいのだが……」

「数値でございますか!?」

リーンフェリアが目を見開くようにしながら声を上げ、その後ぶつぶつと小声で何やら言っているのが聞こえてくる。

「え?　武力を数値で?　普通……普通って、どうしたら……?　あ、あぁ……フェルズ様の問いに答えることができないなど……お、おねぇちゃん、どうしよう……」

リーンフェリアが目をぐるぐると回しながらどんどんテンパっていくのだが……これはステータスを見る方法がないということか?

これは予想外……メインで使っていたキャラなら、大体誰がどのくらいの能力で何に向いているとかは覚えているけど、それは育成が終わっていればの話だ。

それより、リーンフェリアがおねぇちゃんって……そういえば姉がいる設定だったか?

そういう細かい設定はさすがに覚えてないけど……ステータスが見られないってことは確認する方法がないよな?

「フェルズ様!　申し訳ございません。私はフェルズ様の問いに答えることができません!　この役立たずの首を今すぐ落としてまいります!」

ふぁ!?

少し思索に耽《ふけ》っている間に、リーンフェリアが自決を決心していた!?

勢いよく立ち上がったリーンフェリアが部屋の外に出ようとするのを慌てて止める。

「お待ちなさい！　リーンフェリア！　座るのだ！」

慌てたせいでなんか変な口調になってしまったが、仕方あるまい。覇王だって慌てることはある。

座れと命令したお陰か、リーンフェリアは大人しく言うことを聞きその場で床に座る。

いや、椅子に座っていいのよ？

リーンフェリアはソファと机の間の隙間で正座待機しているんだけど……そこ狭いじゃろ？

「すまない、リーンフェリア。俺の聞き方が悪かったようだ。少し待て」

武力の数値化は無理。他に何か方法は……一騎打ちの強さ……いや、ゴーレムだ。

『レギオンズ』のRPGパートにゴーレムという魔物がいる。

こいつは魔法を使えばさくっと倒せるのだが、物理攻撃だと一定以上の武力がないとダメージを与えることができないのだ。

「アダマンタイトゴーレムをリーンフェリアは鉄の剣で傷つけることができるか？」

「可能であります」

「わかった。椅子に座れ」

「はっ！」

ゴーレム系の魔物の最上位であるアダマンタイトゴーレムにダメージを入れるには武力が115以上必要で、鉄の剣は武力を1上げることができる。システム上素手にはできないのでリーンフェリアの武力は114以上……俺の育成した強さとほぼ相違ないと言えるだろう。

もう一つ確認しておくか。

「装備なしで率いることのできる兵の数は何人だ？」

「一万二〇〇〇です」

「一万二〇〇〇……」

詳しい説明は省くけど、『レギオンズ』の一般兵は武将によって召喚されるシステムで、武将一人が呼び出すことのできる兵の数はそのキャラの統率の数値の一〇〇倍。

リーンフェリアは一万二〇〇〇の兵を率いることができるので、統率の数値はその一〇〇分の一の120だ。

これで間違いない、リーンフェリアの能力値は並みの育成具合ではない。

っていうか、最初からこれを聞けばよかったな……。

しかし、浮かれないように慎重にここまで確認したが……これは浮かれていいんじゃないか？

レギュレーションを守っているから決してチートではないが……あの謁見の間にいた半数以上がリーンフェリアほどではないにしても一線級の育成状況の筈だ……勝った……これは勝った……ぐふふ。

いや、宝物庫を見た時から違和感はあったんだ。

覇王剣ヴェルディア……今俺が腰に佩《は》いている覇王専用装備。

これは周回を何回しようと一つのセーブデータで一個しか手に入れられない装備だ。

そしてそれを手に入れられるタイミングは、主人公が覇王の称号を持っている状態でとあるダンジョンに行った時。

そしてそれは覇王専用装備だけではない。

他の称号の専用装備も全て、その称号を得ている時に同じダンジョンに行かなければ取ることができない。

そして専用装備が得られる主人公の称号は、一周につき一個しか得られない。

だというのに、宝物庫には他の称号の時に得られる専用装備が揃っていた……周回を繰り返さなければ揃えられる筈がないのにだ。

俺は椅子からゆっくりと立ち上がり、リーンフェリアの傍に移動する。

「ありがとう、リーンフェリア。お前たちがいてくれてよかった。俺は心の底からお前たちのことを誇らしく思う」

「ふぇ、フェルズ様！」

リーンフェリアがソファとテーブルの隙間で片膝をつこうとして全力でテーブルに頭を打ちつける。

……俺がすぐ傍まで来てしまったからそんな狭い所で膝をつく羽目になってしまったのだな……正直すまんかった。

「フェルズ様！　そ、そのお言葉だけで……我らは……！」

ぎゃん泣きといった声のまま、リーンフェリアが喋り始めたが、その瞬間扉が凄い勢いで叩《たた》かれ、外から俺の名を呼ぶ声が聞こえてくる。

「フェルズ様！　大変！　大変なの！　ここにいる⁉　フェルズ様！」

緊急のようだが……しかしアレだな。

エディットキャラは基本戦闘とかの掛け声しか聞いていないし、声だけだと誰が誰だかさっぱりわからんな。

そんな暢気《のんき》なことを考えていると、俺の傍で膝をついていたリーンフェリアが顔を真っ赤にして立ち上がった。

「騒々しい！　馬鹿者！　フェルズ様に対して不敬であろう！」

リーンフェリアが扉を開きながら外にいる人物に向かって怒鳴りつける。

中々の迫力だし、俺が怒鳴られていたら肩を竦めてしまいそうだけど……外にいる子は気にしていないようだな。

すぐにリーンフェリアに負けぬ大きな声が聞こえてくると共に、部屋に少女が入ってきた。

「あ、リーンフェリアちゃん！ フェルズ様いる⁉ 大変なの！ とんでもないの！」

「落ち着け！ マリー！ フェルズ様の御前だぞ！ 何事だ！」

「緊急事態なの！ 今みんな集まってるの！」

再びリーンフェリアが怒鳴りつけるが、マリーと呼ばれた少女は全く意に介していないようだ。

「どうした？ マリー、何があったんだ？ 落ち着いて話してくれ」

俺が問いかけると、パッと笑みを浮かべた少女が俺の方を向く。

マリー……そして赤髪か。

身長は俺の胸より低い程度の少女で、顔は童顔。

鎧ではなくローブのようなものを着ていることから魔導士だということがわかる。

赤髪なので得意属性は火だな。

俺はキャラを作る際、パッと見で得意属性とかがわかるように髪と目の色を設定していた。リーンフェリアであれば金髪に灰色の瞳なので光が一番得意で次が氷だ。

マリーは赤髪に緑色の瞳なので火が得意で次点が風。

エース級である初期のエディットキャラたちはともかく、キャラがどんどん増えていくと、こんな風にルールを決めておかなければ、毎回ステータスを確認しながら編成しないといけなくて大変だったのだ。

そんなマリーが、小さい体を精いっぱい大きく動かしながら何が大変かを説明してくれる。

「フェルズ様！ 街がね！ なくなっちゃったの！ 全部ないの！ 壊されたとかじゃないの！ 最初っ

からなかったみたいなの！　城門の外は草原なの！」

どういうことなの？

思わずそう問いかけたくなったが、ぐっと堪《こら》えてリーンフェリアに視線を向ける。

激昂《げっこう》状態を脱したリーンフェリアだったが、今度は困惑している様子が見て取れる。

「マリー、どういうことだ？　街が……消えたのか？」

「そうなの！　全部ないの！　人も誰もいないの！」

「馬鹿な！」

「本当なの！　フェルズ様の帰還を知らせる為に、カミラちゃんが街に行こうとしたら全部なかったの！」

マリーも慌てているが、リーンフェリアも何が何やらといった状態だ。

しかし街が消えるって……どういうことだ？　白の国は城のすぐ外に城下町があった筈……ＲＰＧパートで歩いたこともあるし間違いない。それが草原に……？

とりあえず、事態はわからないが……動くべきだ。

「マリー！」

「は、はいなの！」

俺が名前を呼ぶとマリーが気をつけの姿勢で硬直する。先ほどまでリーンフェリアに説明しながらわちゃわちゃと動いていた時とはえらい違いだ。

「すぐに城門を閉めるように通達しろ！　外に出ている者がいるならすぐに城に戻せ！　それと全員武装を整えろ！」

「はいなの！」

マリーが駆け出していくのを確認せず、俺はリーンフェリアに声を掛ける。

「リーンフェリア、自分の目で見たい。城壁の上に案内しろ」

「お待ちください！　今調べさせますのでフェルズ様は……」

「リーンフェリア、俺の目で確かめる必要がある。案内だ」

「申し訳ありません！　直ちに！」

念を押すように告げた俺の台詞にリーンフェリアが慌てて従う。

急ぎ部屋を出て先導してくれるリーンフェリアの背中を見ながら、俺は混乱する頭を整理する。

ここは俺が遊びまくったゲーム、『ソードアンドレギオンズ』の世界……リーンフェリア、マリー、そして先ほど謁見の間に集まっていたキャラたち。

それに宝物庫にあったアイテム……全て俺の記憶している通りだ。

リーンフェリアの話が本当であれば、ここはクリア後の世界。

確かに、クリア後の世界のことはエンディングで語られている以上のことは知らない……だから、街がいきなり消えるというような事件が起きていてもおかしくはない。

だが、バッドエンドでもない限り、エンディングで語られるのは繁栄を極めたとか、数百年の平和を享受したとか……そういう感じだった筈だ。

俺の知らないうちに『レギオンズ』の2でも出てたか？

いや、あり得ないな。

俺がそれを知らない訳がない。ならばこの状況は……いや、考えても仕方ないのか？

そもそも俺がここにこうしていること自体がおかしいのだから、突然街の一つや二つ消えてもおかしくはない……か？

「……フェルズ様……聞いた……？」

突然後ろから声を掛けられ……辛《かろ》うじてビクッとならずに冷静に振り返ることができた俺はマジ覇王。

「ウルルか。今確認に向かっているところだ」

俺はすぐに前に向き直り、足を止めずに話す。

当然のように俺に話しかけた人物は付き従ってくる。

彼女の名はウルル。

リーンフェリアよりかなり小柄で、非常にスレンダーな体型をしている。黒髪に銀色の瞳から闇と幻属性を得意としていることがわかる。

少しぼーっとした雰囲気の少女だが、リーンフェリアと同様役職持ちの子だ。

「……先遣……いく……？」

「少し待て、先に確認したい」

「……わかりました……」

それ以上何も言わずについてくるウルル。こんな雰囲気だが、彼女は立派な外務大臣である。

因みに『レギオンズ』の外務大臣の役割は、斥候とか暗殺とか……いわゆるスパイ系のトップという役職だ。

外交努力とかは一切しない、やる時は殺《や》る時だ。

いや、一応同盟とかもあるけどね？

まぁ、外交に関してはさておき……急ぎ知る必要があることは……。

「リーンフェリア、ウルル。二人は魔石の保有状況わかるか？」

「も、申し訳ありません。把握できておりません」

「……わからない……イルミット……呼ぶ？」

俺の質問に二人は首を横に振る。

「……そうだな。状況はわからないが、魔石の数は把握しておく必要がある。頼めるか」

「……任せて……」

「ウルル、フェルズ様は北東城壁にお連れする」

「……了解」

その返事と共についてきていたウルルの姿がスッと消える。

驚いて二度見したがやはり消えた。

『レギオンズ』において素早さは装備品で補強することはできるが、そこまで重視されるものではない。

今ウルルが消えたのは……速さによるものじゃないよな？

ウルルの速さは全キャラ中一位の筈だが……いくらなんでも消えるほど速くない筈……いや、ゲーム中でも斥候系のキャラはスッと消えるような演出があったから、そういうものなのかもしれない……。

世界は不思議でいっぱいだな。


城壁の上に立ちそこから外を見る。

胸壁っていったっけ？　でこぼこになっている城壁の隙間から見える景色は、確かにマリーの言うように草原だ。

「街の痕跡は一つもないな」

「はい……草の生え具合からも、長らく建造物がなかったことが見て取れます。街道すらない草原……

ですね」

俺の言葉に、隣で同じように草原を見ていたリーンフェリアが厳しい表情をしながら応える。

本当に何もない草原……戦争用の地形ではこんな場所はいくらでもあったが……少なくとも主要な城と街はセットだったし、それは白の国の本拠地だって同じだ。

「魔物の姿も見えない……ざっと見た感じ、危険はなさそうだな」

「はい……ですが、地形そのものが昨日までとは全く違います。一体何が……」

昨日か……彼女たちにとっての昨日とは本当にあったものなのだろうか？

そのことを尋ねることはできないし、今は目の前の現実をどうにかしないとな……。

「やはり、外交官に出てもらうしかないか」

お上品な呼び名ではあるが、外と交わったら基本的に殺す集団の総称である。

あと、交わらずに一方的に情報を取ってくるのも大切な仕事だ。

「ただし、交戦は避けるように。何が起きているかわからない状況だ、情報収集を最優先とする」

「……承知……しました。すぐに……出る……」

リーンフェリアに伝えたつもりだったのだが……いつの間にか俺の傍にいたウルルが、指示を受諾して再び姿を消す。

……この外務大臣心臓に悪いな。俺が覇王じゃなかったら、口から心臓が飛び出していたかもしれん。

「フェルズ様～、お待たせしました～」

お待たせしましたという割には、覇王並みにゆったりとした歩調でローブを着た女性が近づいてくる。

はっきりいって急いでいる感じはゼロだ。

「イルミットか。待っていたぞ」

このマイペースな雰囲気の女性はイルミット。内務大臣に任じている。

茶色の長い髪は波打っているようになっていて、随分とボリュームがあるように感じる。しかしボリューム感が凄いのはそこだけではない。

彼女はリーンフェリアを軽く上回る胸部装甲を携えており、その攻撃力の高さに覇王の視線は奪われがち……いや、もはや覇王殺しといっても過言ではない。

因みに瞳の色は赤で土属性と火属性を得意としているものの、彼女はリーンフェリアやウルルとは違い戦闘要員ではない。我が国では数少ない完全後方支援系のキャラだ。

「はい～御用はなんでしょうか～？」

おそらくイルミットは既に城の外の状況を把握していたのだろう。外には見向きもせず、ニコニコとしながらこちらを見ている。

「早速で悪いが、魔石の貯蔵量と生産量を教えてくれるか？」

先ほどから俺が気にしている魔石とは、『レギオンズ』において非常に重要なものである。

この魔石、とにかく何をするにも必要なのだ。

買い物をするのにも必要。

キャラを強化するのにも必要。

兵を召喚するのにも必要。

魔法を使うのにも必要。

武具やアイテムを開発するにも必要。

施設の維持にも必要。

なくなれば基本的に戦うことができなくなるので、ゲームオーバー一直線である。

そんな何よりも大事な魔石は、月の初めに補充されるのだが……それ以外の入手方法はない。魔石のやりくりを上手《うま》くやるのが、『レギオンズ』攻略の第一歩である。

「畏まりました～。まずは貯蔵量ですが～、約一億です～」

「一億か……」

つまり、ほぼ貯蔵上限だな。

ゲームの時、魔石の最大保有量は九九九九万九九九九だったからな。とはいえ、これは決して余裕のある数字ではない。

戦争が始まるとキャラクターたちは部隊を組んで、兵を召喚することになる。

キャラ三人で一部隊となり、三人の合計統率力の一〇〇倍の兵を最大で配置できるので、リーンフェリアクラスが三人いればその部隊だけで三万五〇〇〇を超える部隊になるのだが、兵一人呼ぶのに魔石を一個消費する必要がある。

更に一回の戦闘で出撃する部隊は三から一〇……すなわち、少なくとも一戦で一〇万から四〇万近くの魔石を兵の召喚に必要とする。

一度召喚した兵は魔石に戻すことはできず、次の戦場にも連れていくことができない使い捨てだ。引き継ぎを重ねることで上限まで貯《た》めることができているが、一億程度、キャラの強化をすれば一瞬で消し飛んでしまう数字だ。

なので貯蔵量よりも大切なのは、毎月の生産量なのだが……。

「それと～生産量なのですが～、ゼロです～」

「……ゼロ？」

「はい～。来月得られることのできる魔石は～ありません～」

嘘ですやん……？

大陸統一しているんだぞ？

エンディング直前で、毎月数百万は生産量があった筈……それがゼロだと⁉

毎月の魔石の生産量は、敵の拠点を制圧して街や村に魔力収集装置を建造するか、ダンジョンを攻略して魔力収集装置を最奥に置くことで増やすことができる。

ダンジョンの場合、ダンジョンごとに生産量は決まっているが、人里の場合は人口に比例して生産量が増えていく。

具体的には、魔石を使って街のレベルを上げることで毎月の生産量を増やしていけるのだが……それがゼロ？

あとなんでイルミットは、そんなキッツイ報告をニコニコ顔でするの？　ドSなの？

「魔力収集装置が壊れたのか？」

「もしくは～、大陸中が～今目の前にある草原のように～なっているのかもしれません～」

「大陸中の街が消えた……？　いや、街だけではなくダンジョンも……？　一体何が……イルミット。今月の施設維持費はどうなっている？　詳細はいい、合計だけ教えてくれ」

ニコニコとこちらを見ているイルミットの視線に気づき、俺は動揺を呑《の》み込んで尋ねる。いかん……覇王は動揺を見せるべきではない。

「四万五〇〇〇です～」

今日聞いたイルミットの台詞の中で一番安堵《あんど》できる情報だ……維持費が四万五〇〇〇ってことは、この城にある施設のみの維持費しか発生していないってことだ。

もし、他の街や砦《とりで》に建設した施設の維持費もカウントされていたら、かなり苦しいところだったが……

まだなんとかなる。

しかし、原因はなんだ？　統一したのに全部なくなった……？　大陸全土で一斉蜂起された？

いやいや、だからって街ごと移動するのは無理だろ……城の周りにある筈の城下町ねーし……。

いくら反乱が起こったからって、街ごと移動はせんやろ……。

俺は目の前に広がる草原に目を向ける。

街や村だけじゃない、ダンジョンからも一切収益がなくなっていると考えると……魔力収集装置が壊れたか……城下町と同じように街ごと消えたか……。

城下町の破壊の跡でもあれば話は簡単だったが……それすらない。

このことから考えられるのは……。

「ここは……『ソードアンドレギオンズ』の世界じゃない？」

◇第二章◇　ゲームの世界ではないと気づいてしまった我覇王

俺は会議室に役職持ちの子たちを呼んだ。

今この場にいるのは七人……ウルル以外の役職持ちたちだ。そんな中、参謀のキリクが立ち上がり会議の開始を宣言する。

キリクは青髪の文官風の男で瞳の色は紫。眼鏡《めがね》をかけているイケメンだ。若干神経質そうにも見えるが……。

「今日はフェルズ様がご帰還を果たされた記念すべき日です。本来ならば国を挙げて……世界中で今日という日を祝い、フェルズ様を讃《たた》えなくてはなりません」

のっけからキリクがとんでもないことを言いだした。いや、そんな記念日は必要ありませんよ？

謁見の間で演説したのだっていっぱいいっぱいで足が震えていたのに……。

「そんな大事な日だというのに、水を差すような事態が発生しました……既に皆も確認していると思いますが、城下町が忽然《こつぜん》と姿を消しました。これだけでも異常事態ですが、話はそれだけにとどまりません。イルミット報告を」

現在会議の進行役を担ってくれているキリクは参謀という役職だが……この参謀、ターンの初めに何をしたらいいか行動指針のようなものを教えてくれる役を担っている。

ゲームの序盤ではやらなければいけないことが多く、優先順位を教えてくれるので非常に助かる存在なのだが……これがゲーム後半になってくると『準備は整いました、攻め込みましょう』しか言わなくなるとんでもねー参謀だ。

どんな気弱な性格を設定していたとしても、ガンガンいこうぜしか作戦を提案してこない参謀になんの意味があろうかって感じだが、戦闘時のバフが優秀なので設定しない理由はない。

俺が着席したキリクを見ながらそんなことを考えている間に、イルミットが緊張感のかけらもない、のんびりした口調で先ほど俺が城壁の上で聞いた話を報告する。

……キャラの設定を考えたのは俺だけど、中々個性的にしすぎたかもしれない。

「という訳で～魔力収集装置を利用した拠点間通信も～拠点間移動も～使用できない状態になっています～」

正直言って、イルミットが間延びした口調で喋りながら体を揺らすのに合わせて、何とは言わないが……魅力的に揺れる物に目を奪われて話が殆《ほとん》ど頭に入ってこなかったのだが、報告は先ほど聞いているから問題ないだろう。

たゆんたゆん。

とか考えている間に、今度はリーンフェリアが立ち上がり報告を始める。

「現在フェルズ様の指示により、ウルルが部下と共に周囲の偵察に出ている。交戦は避け、何かを発見次第報告に戻るように言われているのですぐに情報を持ち帰るだろう」

リーンフェリアの報告を最後に会議室が重い沈黙に包まれる。

そんな中、俺はゆっくりと目を瞑《つむ》り考え込んでいる……ように見せかけて、話を振られないように必死に気配を殺していた。

「状況は理解できました。不幸中の幸いと言えるのは……常であれば各拠点に代官として派遣していた者たちが全て城にいたことですね」

声からして恐らくキリクの台詞だな。まだ全員の声を聴いていないから知らない声が聞こえたら目を開けねば……。

それにしても、全員が城にいたか。

……それって、邪神戦を前に俺が全キャラクターを本拠地に戻して最終決戦に備えたからですかね？

「オトノハ、魔力収集装置が一斉に壊れたという可能性は考えられるか？」

俺は薄目を開けて会議室の中の様子に目を向ける。

キリクが話を向けたオトノハは開発部長……武具やアイテムだけでなく街のレベルを上げたり、魔力収集装置を建設するのも彼女が指揮を執っている……筈だ。

「あー絶対ないとは言い切れないけど、正直あり得ないね。アレは一度稼働したら魔力がある限り動きを止めることはない、理論上は一〇〇年経《た》っても動き続ける代物さ。さっきイルミットと一緒に確認したけど、各地に配置してあった魔力収集装置との繋《つな》がりが完全に切れている……接続先そのものが一斉になくなったんだ。ただの故障でそんなことはあり得ないさね」

「王城に設置している大本が壊れている可能性は？」

「それこそあり得ないね。アレはこの国にとってフェルズ様の次に大事な物だ。一切の手抜かりはないと断言するよ」

キリクの問いに若干不機嫌な様子を見せながらオトノハが言い切る。

でも、オトノハ。魔力収集装置の大本は究極のライフラインだから、覇王より大事だと思うよ？

キリクも念の為に聞いたといった感じで、そこはあまり疑っていなかったのだろう。オトノハに頷《うなず》いた後、今度は大将軍であるアランドールに視線を向ける。

「アランドール。軍の方は問題ないな？」

「うむ。フェルズ様のご下知により、いつでも出られるように待機させておる」

アランドールが重々しく頷く。その姿は歴戦の騎士といった感じで、非常に頼りがいのある外見をしている。

エディットキャラの中では最年長の見た目で、銀髪に茶色の瞳。

属性の組み合わせは幻と土だけど、これは魔法属性を優先したのではなく老人キャラを作りたかったのでその組み合わせにしたのだ。

大将軍だけあって統率と指揮の能力が高く、共に最大値である125となっている爺《じい》さんだ。

「だが、魔石が補充できないとなると兵の召喚は控えた方がいいじゃろうな」

「そのへんは状況次第ですね。出し惜しみをしては取り返しのつかないことになる可能性もあります。魔法の使用も慎重にならざるを得ませんし……」

「魔法の使用が制限されるのは辛《つら》いわねぇ。うちの子たち、殆ど何もできなくなるわよぉ？」

キリクとアランドールの会話の中に魔法の話が出たことで、宮廷魔導士であるカミラが口を挟んだ。

魔法を使用する際に魔石を使用しなければならない。

正確にはＲＰＧパートや戦争パートの前に、魔石を使い魔力をチャージすることで魔法が使えるということだ。

つまり、魔法自体を使用しなくてもチャージした時点で魔石を消費してしまうということ。

まぁ兵を召喚する時と違い、一度チャージしておけば魔法を使わない限り減ることはないが。

カミラの言っているうちの子たちというのは、魔法使いタイプのキャラクターのことだろう。

「少ないとはいえ、施設の維持費もかかる。魔石生産の目途が立っていないのだから仕方なかろう」

「それはわかるけどぉ」

アランドールの言葉にカミラは不満げな表情を見せている。そんな彼女の髪は金で瞳の色は赤である。

イルミットには劣るけどご立派な胸部装甲を持ち、着崩したローブからは肌と一緒に色気が出てきているのだが……彼女には他のキャラにはない設定があったりする。

因みにカミラは俺が作ったキャラの中で、唯一髪と目の色が得意属性を表していない。

『レギオンズ』の魔法の属性は一〇種類、そのうち最低二属性をエディットキャラは使用することができるようにしてあるのだが、カミラだけは唯一全ての属性を最大値まで上げている。

魔法職としては最強のキャラで色々と裏設定ありのカミラは、間違いなく育成するのに使った魔石の数もダントツだ。

勿論、お気に入りだからこそ手間暇かけて育て上げた訳ではあるが……戯れに付けた設定が現実に反映されているのかどうか……確かめたい気もするが、非常に繊細かつセンシティブな内容なので……覇王であっても気軽には確認できない。

「カミラ、魔法が使えないのは皆同じです。それに魔石の生産手段を得ることができれば問題ありません」

不貞腐れているカミラにリーンフェリアが窘《たしな》めるように言う。

そうだな……リーンフェリアの言う通り、魔石の確保を最優先にしたい。周囲の状況把握とどちらが大事かと言われると難しいところだが……何かあった時、それが個人ではなく軍として対応しなければならない事態だった場合、魔石なしではどうすることもできないだろう。

一億はあれど、一億しかないのだ。軍を動かして消費する量を考えれば軽々に使うことなんてできる筈もない。

俺は小心者で貧乏性な覇王だからな！

「ですが……聖魔法まで使用を制限する訳にはいかないのではないでしょうか？」

桃色の髪を持つ、目を瞑っている……というか糸目の少女が声を上げる。

彼女はエイシャ。

彼女は……どこがと明言はしないが、絶壁の持ち主である。

まぁ、それも仕方ないことではあるけどね。

何故なら彼女は幼女枠である。

しかし、俺は敢《あ》えて声を大にして言おう、確かな胸部装甲を持った幼女キャラもまた素晴らしいと。

閑話休題。

エイシャの言った聖魔法というのは、いわゆる回復系の魔法のことだ。

そして俺がその魔法に設定した色は桃色……大司教であるエイシャは聖属性の使い手だ。

「それはそうじゃな。聖魔法がなければ我らが戦うといっても限界がある」

アランドールが重々しく頷くが、他の面々も異論はないようだ。

まぁ、いくら俺が貧乏性といっても回復手段なしで戦えとは言わない。いや、寧ろ命を大切にしてもらいたい……がんがん命を大事にだ。

現状、戦いが起こるかどうかわからないけどね。

「では現状は魔石を節約しつつ、警戒態勢を維持。あとはウルルの情報待ちといったところですね。他に意見はありますか？」

キリクが締めといった感じで確認を取るが、皆が頷き会議は終わろうとする。

ウルルがこの会議中に戻ってきてくれれば、もう少し先の話ができたのかもしれないが……。

「フェルズ様。魔石の節約、警戒態勢の維持、それから外交官たちによる情報収集を最優先とする行動方針でよろしいでしょうか？」

「……確認したいことがある」

「はっ！　なんなりと！」

キリクもリーンフェリアも確認したいって言った時の返事が一緒だな……俺の語り口がワンパターンすぎるのか？

「施設に関してだ。維持費は魔石で賄われているとしても、正常に稼働しているのか？」

「はい～施設は全て正常稼働しております～」

俺の問いにキリクではなくイルミットが答える。

「では、食堂はどうだ？　今まで食材は税として特産品が毎月納められていたり、ダンジョンで魔物を倒して手に入れていたが、今はそれもないだろう？　無論備蓄はあるだろうが……」

俺のその言葉に全員が顔色を変える。特に変化が激しかったのは、施設管理をしているイルミットと全体を纏《まと》めるようにしていたキリクだ。

キリクなんか蒼白を通り越して、髪にも負けないくらいの青い顔になっている……。

「も、申し訳ありません！　フェルズ様！　魔石のことばかりに気を取られ食料のことまで……」

痛恨の極みといった表情のキリクが頭を下げながら謝罪を口にする。

これは……ゲーム的には仕方がないと思うところではある。

『レギオンズ』には兵站《へいたん》というシステムはなかったし、食事に関してもターンごとに食べれば多少のバフが掛かる程度のものでしかなかった。

今いるこの世界が現実かと言われれば、首を傾《かし》げないでもないが……少なくとも今の俺はこの世界に居て、腹が減ってきている。

これはきっと、しっかり食事を取らなければ死ぬと思う。

だが、それが彼らにも適用されるかどうかはわからない。『レギオンズ』の一ターンは一週だったからな……食べなくても平気なのかもしれない。

もしそうであれば、食事に関する関心が低くても仕方ないだろう。

俺がそんなことを考え黙り込んでいると、ますます顔を青褪めさせたキリクが床に両膝をつき小さなナイフを自分に向けて構える。

切腹⁉

そんな小さなナイフでは切腹はできなさそうだけど、その痛みを超えて何度でも腹を貫いてこそ……みたいな狂気を感じさせる目をしているキリクを、俺は慌てて止める。

「待て待て！　何故腹を切る！」

国産ゲームだからだろうか……？

完全に外国人……いや青髪の外国人は天然ではいないと思うが……それはどうでもいい。

日本人には見えないキリクが、いきなり切腹しようとするのはどうなん？　いや、日本人でも腹を切る奴はいないと思うが……。

「食料の在庫は～かなりあります～。一〇年程度であれば食材を仕入れなくても問題ありません～」

「……なるほど」

……量はともかく……腐らないの？

いや、ゲーム時代は腐ることはなかったけど……今は腐る可能性があるのでは？

そのあたり……色々と確認が必要かもしれん。

「食堂の維持に使っている魔石の大半は、食材の維持に使っておりますので～」

俺の心を読んだのか、イルミットが補足情報を教えてくれる。

どうやっているのかは知らないが、魔石によって食材の保存をしているらしい……魔石しゅごい……。

「食料についても当面は問題ないということだな？　しかし、これも魔石同様に何かしらの方法で調達する必要があるだろう」

「はっ！」

恐縮しきっているキリクが、椅子に戻らず土下座のまま返事をする。

いや……そんな物凄いこと言っている訳じゃないんだし、もっと気を楽にしてほしいんだが？

「キリク、席に戻れ。話しにくい」

「申し訳ありません！　直ちに！」

椅子取りゲームで音楽が鳴りやんだ瞬間の子供のような勢いで、椅子に戻るキリク。

「オトノハ、飛行船はいつでも使えるように準備しておいてくれ」

城で維持している施設の中に飛行船の発着場というものがある。

飛行船とは……まぁその名通り空飛ぶ船だ。

ゲームでは、自拠点間は転送で移動できたので普段使いするようなものではなく、山脈を越えた敵地に侵攻する時や海を越えた大地に侵攻する時に必要だった代物で、それ以外には使い道はなかった。

しかし、システムから解き放たれた今、飛行船の使い道は大幅に増えたといっていいだろう。

「飛行船を？　何隻だい？」

「一隻で構わん。軍を送る訳じゃない。ウルルの持ち帰る情報次第では、飛行船を使って辺りを調べた方がよいかもしれんからな」

「飛行船を調査に使うのかい？　なるほど……そんな使い方が……」

やはりそうなのか？

オトノハの呟《つぶや》きを聞いて俺はあることに気づく。

先ほどの食料の件もそうだったが、エディットキャラたちはゲームのシステムに沿った形でしか基本的に動けない……あるいは思考できないのではないだろうか？

お腹《なか》が空《す》くから食料は大事、空から調査した方が広範囲を調べることができる。

そんなことはわざわざ考えるまでもなくわかることだ。

しかし、『レギオンズ』にはそういったシステムはなかった。だから彼らはその発想に辿り着かないのだ。

これは非常にまずいかもしれない。

『レギオンズ』はいわゆるＪＲＰＧ……まさに国産ロールプレイングゲームといった感じで、自由度というものはあまりなく、決められたシナリオを辿っていく物語だ。

シナリオの数は沢山あれども、フリーシナリオ、オープンワールドと呼ばれるような自由な遊び方を楽しむゲームではなく、やることは基本戦闘だけだ。そこにはシステム的な制約がふんだんにある。

現実であれば空飛ぶ船の利用法はいくらでもあるだろう、しかし『レギオンズ』では山や海を越えて敵地に攻め込む用途でしか使えない。

だからキャラたちは、その使い方までしか考えが至らない。

……これは意識改革を促してどうにかなる問題なのか？

現実となってしまった世界で、彼らはシステムの枠を超えて自由に行動ができるのか？

……まぁいいか。やってみないとわからん。

どうせ、今この瞬間ですら訳のわからん状況なんだ。ぐちぐち悩んだところでなるようにしかならない。

何より……彼らには意思がある。意思がある以上、自ら考えて行動できる筈だ。

「飛行船を使うかどうかは、ウルルの報告次第になるがな」

「わかったよ。何かあったらすぐに出せるようにだけはしておくさね」

城壁から見渡す限り平原だったとはいえ……ここが北海道とかって可能性もあるしな。その場合……無許可で飛行船とか飛ばしたら大問題になる。

まぁ、誰の土地かわからないが、巨大な城が突然建っただけで大問題だと思うけどね。もしここが日本だったら、俺たちは確実に不法占拠中の危ないコスプレ集団だな。

いや、日本じゃなくて異世界であったとしても、その可能性は十分あるか。

ＳＦチックの未来的な感じの異世界だったらやべぇな……。

「それと魔石の件だが……節約するのはいいが、不測の事態に備える必要がある。全員最大値まで魔力をチャージしておけ。何かあった際に後衛が動けないのでは被害が出るだろう」

「よろしいのですかぁ？」

俺の言葉に喜色を浮かべたカミラが、しなを作りながら尋ねてくる。

「当然だ。俺たち全員の身の安全以上に優先するものはない。いいか？　全員だぞ？　誰かが捨て石になったり……先ほどのキリクのように責任を取って自刃などは許さんからな？　俺にとって一番大事なのはお前たちだ」

って言っておかないと、何か失敗する度に腹を切りそうだからな。

「「……」」

そんなことを思いながら言った台詞に、何故か全員が目を潤ませているのが怖い。

少し会議室の中が静寂に包まれたのだが、その静寂を破ったのは会議室の中に突然現れたウルルだ。

扉……開いてないのにどうやったの？

「……戻った。どうして……皆……泣いてる？」

可愛《かわい》らしく小首を傾げるウルルに俺の心は和むが、指摘された者たちはそうもいかない。

「馬鹿な！　フェルズ様の御前でそのような醜態を晒《さら》す訳がないだろう⁉」

「その通りだ！　馬鹿者！　貴様、目が悪くなったのではないか⁉」

恥ずかしかったのだろう。ウルルに食って掛かるキリクとリーンフェリア。

そしてそれにムッとした表情を見せるウルル。

「……私の視力は……三キロ先から……視力検査できるほど……」

視力検査の範疇《はんちゅう》にないな……とりあえず、三キロ先から上とか下とか言われても聞き取れないぞ？

「……ウルルよ。報告を頼みたいのじゃが？」

何故か睨《にら》み合っている三人を見ながらアランドールが呆《あき》れたように言う。ただしその目は真っ赤だ。

「……村を発見した……規模は二〇〇人程度……治安は普通……発展度は低」

報告内容がゲームで間者を飛ばした時に得られる内容だ……まぁ、それはいいか。

それよりも、人口二〇〇……『レギオンズ』でいうなら一番ランクの低い村だな。魔力収集装置を置いたとしても魔石が月に二〇〇〇しか手に入らない。

しかし……。

「悪くないな」

俺の呟きに全員の視線が集まる。

「ウルル、村までの距離は？」

「……およそ、三〇キロ」

三〇キロの往復をウルルは自分の足でしたの？　まだウルルが外に出て二時間も経ってないと思うけど？　ってか真っ直ぐ行って帰ってきただけじゃないだろうし……ウルルって時速何キロ出せるの？

そんな思いをぐっと飲み込み一言。

「ふむ」

呟いた俺をじっと見つめる八人……物凄いプレッシャーなんじゃが？

「この状況……魔石や食料も大事だが、何より必要なのは情報だ」

「では、村に外交官を……」

「待て、キリク。外交官はダメだ。敵対している訳じゃないぞ？」

「はっ！　申し訳ありません」

何も知らない村人相手に外交官は過激すぎるからな……呼び方を変えるべきだと思う。いや、普通の外交官でもただの村人が相手をするのはきついか。

それはそうと、どうやって情報収集をするか。正直、ここまで話した感じから、この子たちに任せるのは不安が残るし……俺が行くしかないか？

だが、自分の能力も把握していないのにいきなり外に出るのは……そうか、その前に訓練場で能力を調べてから行動しよう。

訓練場とは食堂や飛行船発着場と同じく魔石を使って維持している施設で、訓練による能力強化やＲＰＧパートにおける技や魔法、パーティ編成の確認、他にも戦争パートにおける戦争の練習をすることができる施設だ。

とりあえず今日のところはそこで自身の能力をチェックして……明日ウルルに案内してもらって、村に行くか。

「ウルルが発見した村へは明日、俺が向かう」

「!?」

俺がそう宣言すると、会議室にいた全員の顔が強張る。

まぁ、普通は軽々しく王が動いたらダメなんだろうけど……今回は仕方ないだろう。それに『レギオンズ』の頃は主人公もばりばり前線に立ったり、ダンジョンに突っ込んでいったりしてたから……問題ないと思う。

訓練場で俺がへなちょこだと判明したら……行くのはやめるけど。

「勿論ウルルと二人でという意味ではない。何人かは連れていく……アランドール、キリク、イルミット」

「「はっ！」」

「お前たちには城を任せる。何かあれば外交官を俺の元に走らせろ」

「「はっ！」」

俺の言葉に三人が頭を下げる。それを確認した俺は残りの五人にも声を掛ける。

「ウルル、お前は俺を村へ案内。ただし、村に着いてからは姿を隠し、村人に気づかれないように行動してくれ」

「……はい」

「リーンフェリア、エイシャ、カミラ。お前たちは護衛として同行してくれ」

「「はっ！」」

「それとオトノハ、お前も同行してくれ。ただしお前の役目は調査だ。魔力収集装置をその村に設置することができるのか、設置できたとして魔石を生産することができるのか。情報収集と同様に最重要任務だ。頼むぞ」

「任せとくれ」

オトノハが力強く頷いたのを見て、俺は椅子から立ち上がる。

「最後に一つ、お前たちに……いや、この場にいない者たちも含め、伝えておかなければならないことがある」

全員の真剣なまなざしが俺に集まる。

その視線にひるまないと言えば嘘になるが……今から言う言葉は絶対に伝えておく必要がある。

俺にとってだけではなく、彼らにとってもここは紛れもない現実なのだから。

「今、我々は不測の事態に見舞われている。だからこそ、今までと同じやり方、同じ考え方では致命的なミスを犯しかねない。各々が明確な意志を持ち、何が最善かを考えて行動せねばならないのだ！　絶対に思考を止めるな！　我々が大陸の覇者であったのは過去のことと考えよ！　再び我らは歩み始めなければならぬのだ！」

ここが『レギオンズ』の世界であれば……エンディング後の世界であれば、平穏に過ごすことができたと思う。

まだその可能性はゼロではないが……この状況から見るに、限りなくゼロに近いと言えるだろう。

だが……だからといって俺がやることは変わらない。

謁見の間でフェルズを名乗った時と何も変わらないのだ。

ここがゲームであろうと現実であろうと、俺が生を諦めず進んでいくことに違いはなく、その為にはこの子たちの協力が必要不可欠。

「そして、以前と違うのは俺も同じだ。リーンフェリアには既に伝えているが、俺は神界にいた影響か、記憶に不確かな部分がある。それはつまり……皆が忠誠を誓った覇王フェルズとは別の存在と言えるかもしれない。いや、断言しよう。俺はかつて覇王フェルズであった者とは別の存在だ」

拒絶されてしまうのではないかという不安はあるし、卑怯《ひきょう》な言い回しをしている自覚もある。だが、この部分を誤魔化しながら彼らと付き合っていくのは違うと思う。

今ここにいる彼らの思考が、ゲームシステムの枠を超えることができなかったように、彼らの中にいる覇王フェルズもまた、ゲームシステムの枠の中だけにしか存在していなかった覇王だ。

覇王フェルズを操作していたのは確かに俺だ。だがそれは、俺イコール覇王フェルズという訳ではない。

「だが……それでも、俺は俺でしかない」

ゲームという枠を超えた彼らの前に立つのが俺であるというのであれば、俺も超えていかなければならないものがある。

「ついてきてほしいというのが傲慢な願いだというのはわかっている。だが、俺はお前たちの中にいる、かつてのフェルズを超えてみせる！　だから、お前たちも、昨日までのお前たちを一歩でいい、超えていってくれ！」

俺の言葉を……願いを聞いた全員が、その場に跪く。

その姿に満足感を覚えなかったとは言わないが……一抹の……いや、そこそこの不安も同時に覚える。

なんだかんだで演説をぶちかましてしまったが……正直何を言っても肯定されることに対して恐怖感がある。これってつまり俺の舵《かじ》取りが間違っていたとしても、そのまま突き進んでしまうってことだろ？

できれば外部の人間を顧問として招き入れたいところだが……それはそれで色々問題もありそうだよな。

まぁ、そのあたりは追々だな。

とりあえず、一度訓練場に行ってフェルズ……いや、俺の能力を確かめておこう。

ゲームの時であれば、よく言えばオールラウンダー……悪く言えば器用貧乏といった、主人公にありがちな能力だったが……いや、称号が覇王になったことで若干攻撃型になっていたか。

使える魔法は、火、雷、闇、幻の四種類。

まぁ、魔法は補助程度で武器戦闘がメインだが……正直、魔法はすげぇ使ってみたい。訓練場なら魔石を消費せずに撃ち放題だし、楽しませてもらうか。

「リーンフェリア。相手をしてくれるか？　色々やりたいことがある」

「……え⁉　は、はい！」

何故か目を丸くしたリーンフェリアが声を裏返しながら返事をする。

「……な、何時頃伺えばよろしいでしょうか⁉」

「ん？　いや、今すぐだ。一緒に行くぞ」

「い、今すぐ⁉　一緒に⁉」

リーンフェリアが窓の外を凄い勢いで見る。何か窓の外にいただろうかと釣られて見てみるが……特に何も飛んでいる様子はない。

「あらぁ……リーンフェリアだけなのぉ？」

俺が窓の外を見ていると、カミラがリーンフェリアの隣に立ちながら話しかけてくる。

「ん？　別にそういうつもりはないが……」

ふむ……リーンフェリアだけでも事足りる気はするが、魔法のエキスパートであるカミラにも付き合ってもらった方がいいかもしれないな。そもそも魔法ってどうやって使ったらいいのかわからんし……。

「そうだな。カミラも来てくれるか？　初めてだし、色々教えてもらいたい」

「ふぇ⁉　……あ、いや、ええ、も、勿論いいわよぉ」

何故か一瞬目をひん剝《む》いたカミラだったが、少し得意げにしながら答える。

「ならば、行くとしよう。時間はいくらあっても足りないからな」

「そ、そんなになのですか⁉」

「……私たちの中のフェルズ様を超えていくってぇ、そういうことなのかしらぁ？」

リーンフェリアが慌てふためき、カミラは何やら小声で呟く。

俺は二人から視線を外し会議室の中に目を向けると、何故か全員が目を真ん丸にしてこちらを見ていて……変な空気だ。一体どうした？

「どうかしたのか？」

「い、いえ。何も問題はありませぬ。キリク、イルミット。打ち合わせを始めようぞ」

アランドールが勢いよく首を振った後キリクたちに声を掛ける。邪魔するのも悪いし、早く部屋を出た方がよさそうだな。

「そ、そうですね。えぇ……何故我が身は男なのでしょうか……」

「……う～」

何やら落ち込んだ様子の二人がアランドールと打ち合わせを始めるが……大丈夫か？

「問題があればいつでも呼んでくれ」

「い、いえ！　決してお邪魔はいたしませぬ！」

先ほどと同じように、物凄く勢いよくアランドールが首を横に振る。

見た目は相当渋い爺さんって感じだったのに……妙に余裕がなくなったな。なんか変な設定とか付けてたっけ？

「ふむ。まぁ、遠慮はするなよ？　ではリーンフェリア、案内してくれ」

「は、はい！　えっと……湯あみは……」

湯あみって風呂だよな……よかった、風呂はあるのか。さすが国産ゲーム。だが、入るなら訓練後だな。

「それは終わってからだな。今入ってもどうせ汚れるしな」

「「汚れる……」」

神妙な顔をした二人が同時に呟く。何かおかしなことを言っただろうか？

「そ、それではフェルズ様。こちらへ」

「あぁ、よろしく頼む」

「はっ！　全力で務めさせていただきます！」

妙に気合の入ったリーンフェリアに案内され、俺は訓練場へと向かう。その時、俺が出ていった会議室が俄《にわ》かに騒がしくなったことに俺は気づかなかった。


「申し訳ございません！」

訓練場に到着した直後、これ以上ないくらいに美しい土下座をしたリーンフェリアが謝罪の声を上げる。

「い、いや、気にしないでくれ。俺の言い方が悪かったんだ。訓練のことで頭がいっぱいでな？」

「はっ！　ははぁ！」

いや、ははぁって、俺は殿様か？

あ、覇王様だわ。

「頭を上げてくれリーンフェリア。それにカミラも、こっちに来てくれ」

俺は訓練場の壁際で顔を押さえてうずくまっているカミラにも声を掛ける。

二人がこうなってしまっている理由は……説明するまでもないだろう。

ちょっとしたすれ違いから、俺は二人の女性を耳どころか、全身真っ赤になるくらい辱めてしまったということだ。

あれ？　もしかして会議室を出る時空気がおかしかったのは……全員そう思っていたってことか？

誤解を解いておかないとやばくない？

　覇王じゃなくて好色王とか呼ばれるようにならない？

だが……どうすれば……む？　もしかしたら……いけるか？

「ウルル……いるか？」

「……はい……ここに」

　本当におったわ！

　なんか忍者っぽいから呼んだら出てくるんじゃないかと思ったら……マジか……外務大臣ってすげぇ。って、早く用を伝えないとな。

「アランドール……いや、さっき会議室にいた全員に、俺は訓練場で体を動かし……いや、待て」

　誤解を生むような言い方は避けるべきだ。訓練場でいかがわしいことをやっているから誰も来るなと、そんな命令ととられるのはマズい。

「俺たちは訓練場で訓練をしているから、用事がある者や共に訓練をしたいものは来るとよい。そう伝えてきてくれるか？」

「……承知しました……私も……いい？」

「あぁ、勿論だ。皆に伝えたら戻ってくるとよい」

「……すぐに……もどる」

　ウルルは少しだけ口元を緩ませた後、俺の前から姿を消す。

　俺は手を伸ばしてウルルのいた辺りを摑《つか》もうとするが、やはり誰もいない……ほんと、どうやってるんじゃろか？

　まぁ、なんにしてもこれで誤解は解けるだろう。

あとはこの二人を元に戻さねば……そう思いながら、茹《ゆ》でダコを通り越して暗い夜道でピカピカ光りそうなくらい真っ赤になっている二人を見る。

何か勘違いをされていることに俺が気づいたのは……訓練場に到着してからだ。

俺のイメージでは訓練場は一階とかにある感じだった。背景絵も土の地面だったし……だから上に向かっていこうとするリーンフェリアに聞いたんだ。

訓練場は何階にあるんだ？　と。

すると、リーンフェリアが一階にあると答えた……だから俺は続けて聞いたんだ。

訓練場は一階にあるのに何故階段を上るのだ？　と。

すると、何故か色々と覚悟を決めたような顔をした二人が、訓練場に案内してくれて……そこでなんやかんやとあり、それぞれの認識に大きなずれがあったことが判明して、今に至る。

……そりゃね!?　二人とも超絶美人さんだからね!?　この覇王フェルズ、疚《やま》しい気持ちがないとは言いませんよ!?

夜の覇王プレイに興味がないかと聞かれたら、それは否……断じて否である！

だがしかし待ってほしい！

我覇王フェルズなれど、中身は奥手なただのゲーマーよ？

そしてリーンフェリアたちは、一〇〇〇年に一人のアイドルが裸足《はだし》で逃げ出すような超絶美少女よ？

言うなれば、俺はひのきの棒を装備した覇王様レベル1。

そんな奴が艦載機満載した原子力空母に挑むようなものですよ？

ハードルが高すぎて下潜《くぐ》り抜けられるってもんですわ！

それに、今は訳わからん状況一日目だし？　いきなりそんなんできる訳ないし？　別にチキってねーし？　我覇王だし？　やるときはやれる子だし？

だからリーンフェリアさん、カミラさん、訓練しましょう!?

「リーンフェリア、カミラ。酷なことを言っている自覚はあるが聞いてくれ。俺の記憶が不確かなのは先ほども言ったが……それは戦いにおいても不安があるということだ。どんなことができるのか、体は動くのか、魔法は使えるのか……そういったことを調べる為にここに来ている。それには二人の協力が必要だ。手を貸してくれ」

「は、はい！　申し訳ありません！　カミラ！」

「……わかったわよぅ。それで、何をすればいいのかしらぁ？」

俺の言葉に即座に反応したリーンフェリアが声を掛けると、隅の方で丸くなっていたカミラが立ち上がりこちらに近づいてくる。

「そうだな……」

魔法だな、まずは魔法だ。やっぱ魔法だろ？　考えるまでもなく魔法だ。

でも魔法の使い方が知りたいって……いや、臆するな。記憶がないで押し切れるだろ？

「……ま、魔法の使い方を教えてくれるか？」

いかん、覇王的に口籠もるのは良くない。

「……えぇ、いいわよぉ。魔法の基本種類はわかるかしらぁ？」

「あぁ。アロー、ウォール、ストーム、エリア、それと属性専用だな？」

『レギオンズ』の属性は火、水、土、風、雷、氷、光、闇、聖、幻の全部で一〇属性。

属性ごとに五種類の魔法があり、火属性を例にするなら、単体攻撃魔法の、『フレイムアロー』。

自分の前に炎の壁を作る防御系魔法、『フレイムウォール』。

広範囲攻撃魔法の、『フレイムストーム』。

戦争パート専用対軍魔法、『フレイムエリア』。

火属性魔法のランクを最大値に上げた時に使用できる属性専用魔法、『白炎《びゃくえん》』といった感じだ。

例外は回復魔法である聖属性と強化弱体魔法である幻属性で、この二属性だけは前述の五種類の他に色々な効果のある魔法が存在する。

「それがわかっているなら十分よぉ。自分の使える属性と合わせてぇ、口で言うなり頭で思うなりすればぁ……魔力が残っていれば発動するわぁ。魔力のチャージについては大丈夫かしらぁ？」

「予《あらかじ》め魔石を使い、魔力をチャージしておく必要があることはわかっている」

チャージの仕方はわかんないけどね！

「だが今回の場合は訓練場での魔法使用故、魔力は気にしなくてもよい……」

訓練場で能力をチェックする為に魔石を消費するというのは、ゲーム的に避けたかったのだろう。キャラクターをエディットするゲームだし、訓練場でキャラの使用感のチェックは必須だったからな。

俺はそんなことを考えつつ、設置してある的に手を向けて『フレイムアロー』と念じる。すると次の瞬間、炎で作られた矢が物凄い勢いで飛んでいき的に命中した。

おおぅ……マジで魔法が出たぞ……やっべ、これ楽しい、超楽しい……キャラの育成って今もできるのかな？

俺、全属性使えるようにしちゃおうかな？

っていやいや、待て待て……そんなことしたら一億なんて秒ですっからかんだ……魔石を得る方法を見つけるまでは自重せねば……。

「完璧よぉ。フェルズ様は四属性使いだったかしらぁ？　凄いわねぇ」

そんな風に葛藤していると、笑みを浮かべたカミラが満足げに話しかけてくる。

「一〇属性使えるカミラに言われてもな……だが、幻に関しては色々と応用が利く分、練習が必要だな」

「そうねぇ。私は幻が一番好きだけどぉ」

妖艶な笑みを浮かべながら言うカミラに笑みを返し、次とばかりにリーンフェリアの方を見る。

「次は本番だ。俺のメインは剣だからな」

俺は上がりまくったテンションを悟られないように、スンとした表情で口を開く。

「あらぁ？　魔法がついでみたいな言い方は気に入らないわねぇ」

「すまないなカミラ。だが、俺は物理寄りだからな」

不満そうに唇を尖《とが》らせるカミラに謝り、俺はリーンフェリアが持ってきてくれた木剣を受け取る。

「リーンフェリア。スキルの発動も魔法と同じか？」

「はい。フェルズ様でしたら剣技ですね」

リーンフェリアが微笑《ほほえ》みながら言う。

スキルは武器ごとにある技で、魔法と似たような感じで単体攻撃、範囲攻撃、防御、遠距離攻撃、武器種専用技の五種類が存在する。

武器の種類は剣、槍《やり》、斧、弓で、弓の場合は遠距離攻撃ではなく近距離攻撃の技になる。

因みに、スキル使用時に消費するのは魔力ではなく体力なので、使いすぎると死ぬ。

まぁ、訓練場ならこちらも使い放題だし、育成が進んでいれば一〇や二〇くらいは余裕だけどね。

特に覇王剣ヴェルディアを使えば、スキルで減る体力よりも武器の効果で回復する量の方が多いから撃ち放題だ。

受け取った木剣の感触を確かめるように振った俺は、木人の前に立ち剣の単体攻撃技である『スラッシュ』を念じながら剣を振った。

……うん、魔法と違って発動できたのかよくわからん。

でも、俺が予定していたよりも鋭い一撃だった……気がする。

「スキルの発動も問題なさそうですね。これからどうされますか？」

あ、発動できてましたか、そうですか。

「ならば、これからが本番だ。まずはリーンフェリア、一対一で模擬戦を頼みたい……体を慣らす意味も含めて指導的な感じで頼む」

本気でやられたら多分死ぬしな……。

「承知いたしました……それでは、参ります！」

さぁ……ここが一つの分水嶺《ぶんすいれい》だ。

俺は本当に動けるのか？

それともゲーマー時代のままなのか？

その結果は……すぐにわかる。

◇第三章◇　住民と出会う我霸王

何故か俺が『ソードアンドレギオンズ』の主人公、フェルズの姿になって一晩が明けた。

寝て起きて二度寝して起きても状況に変化はなく、俺は相変わらず霸王である。そのこと自体はほぼ受け入れている俺であったが……現在、俺は高揚する気分を抑えることができていない……。

いや、あんなの無理だって……。魔法は出るわ、剣を手にしたら……なんだこれ？

俺とは思えない動き……矛盾しているようだが、俺の意思を俺以上に汲《く》んで体が最適な動きを行う。俺の意思にもかかわらず、俺の想像を超えるというあの異常事態……ある種万能感といってもいい感覚。状況はこれっぽっちも理解できないが……少なくとも俺は魔法やスキルを操り……途轍《とてつ》もない身体能力をもって戦闘を行えるらしい。

昨日のリーンフェリアとの訓練は凄《すさ》まじい物だった。身体能力や動体視力の異常さにも驚いたが……何より激しい戦闘を繰り広げながらも、俺自身考え事ができるほど余裕があるのだ。

もしかしたら外見だけではなく、中身の方も霸王フェルズの能力に影響を受けているのかもしれない。今のところ、俺は俺に違いないと思うが……だが、そんな不安も吹き飛ぶくらい昨日の体験は鮮烈だった。

今なら世界を取れる……そう思ったね！

まぁ、そんな感じで朝からかなりのご機嫌っぷりを見せている俺は、心持ち弾む足取りで城門へとやってきた。

そこには既に霸王フェルズの……いや、俺の部下たちが並んでいた。

リーンフェリア、ウルル、エイシャ、カミラ、オトノハ……ここで俺が来るのを待っていたのだろうけど……いつから待っていたのか怖くて聞けない。

だからこそ俺は端的に今日の目的を口にする。

「ウルル、案内を頼む」

「……了解」

昨日の会議で決めた通り、俺たちはこれからウルルが発見した村へと赴く。

片道三〇キロの道のりだが……昨日確認した驚異の身体能力であれば、数時間もあれば余裕で辿り着けるだろう。

因みに『レギオンズ』に騎馬兵という兵科はいない。

何故なら、戦争パートで召喚する兵は、召喚する武将本人の分身のようなもので、武器や防具は含まれるが、馬は呼び出されない。つまり馬に乗っていたとしても周りを囲む兵は歩兵のみとなる。

そして何より……自分たちより遥《はる》かに身体能力の劣る生物に騎乗しても意味がない……ということらしい。いや……でも移動手段としてはありだったのでは？　と思ったが……城にも馬を飼育している施設はないのでそういうものだと諦めよう。

って訳で……移動手段は己の足である。

まぁ、まだ朝も早いし、昼頃には辿り着けるだろう。

俺がそんなことを考えているとウルルが駆け出し、リーンフェリアたちが後に続く。

フェルズになる前の俺であればあっさりその場に取り残されただろうけど、今の俺はハイスペック覇王である。予想外の事態に慌てることなく冷静に対処……しっかりと皆についていく。

それにしても、すんごい速度で駆け抜けているけど……この速度で村まで行くの？　俺、歩いていくと思っていたんじゃが？

「ウルル、どのくらいで村に着く？」

「……一時間……くらい」

「……そうか」

村までは約三〇キロだよな？

速さを求めるには……距離割る時間……三〇キロ割ることの一時間……うむ、俺の計算によれば、現在我々は時速三〇キロで突っ走っていることになるな。

短距離ランナーの最高速度よりは遅いけど、マラソン選手よりも遥かに早い……まぁ、なんとかなりそうな気はするが……たとえ全身鎧に包まれていてもな！

そんなことを考えながら走っていたが……。

「エイシャ……大丈夫か？」

俺は目を瞑りながら、涼しい顔で走っている桃髪の幼女に声を掛ける。

「……？　はい。何も問題ありませんが、どうかされましたか？」

エイシャは動きにくそうな聖職者用のローブのまま事もなげに走りつつ、まるでティータイムの会話の如き余裕のある口調で首を傾げる。

「……いや、問題なければいいんだ。オトノハも大丈夫か？」

まぁ、エイシャは見た目こそあれだけど、戦闘もできる能力だから問題はないか。それよりも、戦闘能力をあまり上げていないオトノハの方がやばいかもしれないと思い声を掛けた。

「このくらいどうってことないさ。大将は……ちょっと心配性になったかい？」

「……心配性というよりも……今は皆の能力がしっかりと把握できていなくてな。そのあたりも確かめていきたいんだ」

咄嗟《とっさ》にしては良い感じの返しができたと思う。その証拠にオトノハは納得したように頷いている。

「あぁ、そういうことかい。まぁ、この程度問題ないさ、体を鍛えていないメイド連中だって、このくらいは涼しい顔をしていられるだろうさね」

「……なるほどな」

こうして喋りながら走っていても、しんどいと思うどころか周りの景色に注意を払う余裕すらあるのだが……これは、俺の身体能力が特別高いから可能という訳ではなく、能力的にほぼ初期値のメイドたちでも余裕なのか……性能高すぎなのじゃが？

まぁ、そのへんはこれからも継続して調べていくとして……村ってどんな感じだろうか？　交渉……上手くいくといいんだが……あれ？　交渉？

言葉……通じるのか⁉︎

ウルルに先導されること約一時間、想像していたよりも小さな村へと俺たちは到着した。

二〇〇人くらい住んでるって話だったからもう少し大きな村なのかと思ったけど……一世帯五人家族で四〇世帯……農村部は子沢山のイメージがあるから、もう少し家族が増えて世帯数が少なくなると考えればこんなもんなのか？

そんなことを考えていた俺は……言葉の壁についてどう対処するか頭を悩ませていた。

走っている最中にそのことを皆に伝えたところ……恐らく大丈夫という心強いお言葉を頂いたのだが、かけらも安心できていない。

彼らにとって言葉は一種類しかないしね……俺の言っている意味がわからなかったのかもしれない。

そんな不安と共に村に踏み込んだ俺の前に第一村人……以下五名くらいが現れた。

「おぉ！　騎士様！　来てくださったのですね！」

もし神がいるのであれば、俺はそれに感謝を捧げたい。

言葉が……通じる……！

「貴様……」

「リーンフェリア」

折角話しかけてきてくれた第一村人に対して、威圧感を剝き出しにするリーンフェリアの名前を呼んで下がらせる。

っていうか……リーンフェリア以外の全員から一瞬不穏な空気が立ち上ったのだけど……村人さんたち、完全に畏縮しちゃったし……なんか怒るようなことあった？

「そちらは……？」

「も、申し訳ございませぬ！　騎士様！　私めはこの村の村長でございまする！」

膝に手を置き、頭を下げながらなんとも言い難い口調で謝る第一村人もとい村長。

なんか任俠《にんきょう》系の挨拶かな？　って感じのポーズだが……怯《おび》えているのは物凄くわかる。

「部下が失礼した、村長殿。頭を上げてほしい」

「は、ははぁ！」

俺はやはり覇王じゃなくって殿様なのかもしれんな……。

さて……それはさておき……どうするのがいいかな？　さっき村長は来てくれた……そう言っていた。

つまり村長は、この村に騎士を呼んでいたってことだよな？

何故騎士を呼ぶ必要があるか……騎士が警察みたいなものだと仮定すれば、まぁ十中八九厄介事だよな？

まさか畑仕事の手伝いに騎士は呼ばないだろうし……この場合俺が取るべき行動は……騎士の振りをするか、人違いだと否定するか……二択だな。

「村長。何やら騎士の派遣を求めていたようだが、俺は要請を受けてここに来た訳ではない。通りすがりのようなものだ」

「そ、そんな……」

俺の返事を聞いてがっくりと項垂《うなだ》れる村長。

……何に困っているかはわかんないけど、恩を売るチャンスっぽいな。

「ふむ、何やら緊急性のある話なのか？　俺で良ければ話を聞くが？」

「いえ……さすがに、騎士様といえど、一人や二人では……」

まぁ、鎧を着ているのは俺とリーンフェリアだけだしな……一人二人という気持ちはわかるのだが……

村長の言葉に再び気色ばむうちの子たち。そして怯える村人たち。

俺が首だけ振り返ると、恐縮したように怒りを抑えるのを見て内心ため息をつく。

怒られるのがわかっているならちょっと自制しなさいよ……。

とはいえ、何度も謝るのもアレなので、俺はそのまま村長に話しかける。

「人数が問題であるのなら気にする必要はないぞ？　この場にいるのはこれだけだが、我々はもっと大所帯だからな。村人を怯えさせてはいかんと思ってな。この人数で立ち寄っただけに過ぎぬ」

「お、おぉ……申し訳ございませぬ、騎士様。決して皆様を侮った訳ではなく……」

明らかに喜色を浮かべた村長が言い訳をしているが……申し訳なさそうな雰囲気が一切ないな。

「よい。それで話を聞こうじゃないか……」

「ははぁ！　それでしたら……汚い所ではありますが、私の家で話をさせていただきます。どうぞこちらへ……」

そう言って案内された村長の家は、他の家と大差ないもので……村長といえど別に権力がある訳でもない、ただの纏め役みたいな感じってことみたいだね。

さて、なんでわざわざ村長の話を聞くかというと……一つは情報収集の為、そしてもう一つは、しっかりと恩を売りつけてこの村に魔力収集装置を置かせてもらう為だ。

勿論、設置前にオトノハに調査をさせる必要はあるが……。

「ふむ……話を聞くだけなら全員いる必要はないな。リーンフェリア、オトノハ。お前たちは外に出ていろ。村長殿、よろしいかな？」

「はい！　勿論です！　手狭な家で申し訳ありませぬ！」

「問題ない、気にしないでくれ。二人とも、村の方たちに迷惑を掛けぬように……頼んだぞ？」

「「はっ！」」

これで調査はオトノハがしっかりしてくれるだろうし、リーンフェリアが護衛を務めてくれるなら問題ないだろう。

さて、それじゃぁ話を聞くとするか……俺たちで解決できる問題だといいけど……。

「それでは、村長殿。話を聞かせてくれるかな？」

「は、はい！　実はこの村の南にある森に、ゴブリンの集落ができてしまったようなのです」

「ふむ……ゴブリンの集落」

ゴブリンか……多くのゲームで序盤の雑魚《ざこ》敵として出てくるやつで、『レギオンズ』でもそんな扱いだったモンスターだな。

「ゴブリン共はネズミよりも早く数を増やしていくと聞きます。まだ被害は出ていないのですが……それも時間の問題かと」

「被害が出ていないのに集落ができたことに気づいたのか？」

てっきり、被害が出ているからなんとかしてほしいってことだと思ったのだが。

「はい。以前ハンターが薬草採取にこの村を訪れ、森に入って薬草を採っていたのですが、かなり森の奥深くまで入っていったらしく……その時にゴブリンの集落を見つけ、命からがら逃げ出してきたのです」

ハンターってなんじゃろか？　狩人とは違うっぽい雰囲気だけど……。

そう思ったけど絶賛覇王ムーブ中の俺は、ハンターってなんですか？　とは聞けずに話を進めてしまう。今重要なのはハンター云々《うんぬん》じゃないしね。

ただ、ハンターという言葉の響きから戦えそうな雰囲気はある。

「……命からがらということは、そのハンターはあまり手練《てだ》れではなかったということかな？」

「そのハンターの腕前は私にはわかりませんが……集落を発見した時に矢を射かけられ、慌てて逃げ帰ってきたと言っておりました」

「なるほど……」

ゴブリンの強さがこの話じゃ判断できないな……。

「それで騎士の派遣を要請していたということか。しかし、先ほどの様子を見るに、既に騎士が派遣されていてもおかしくないくらい時間が経っているのだろう？　いつゴブリンに襲われるかわからないこの状況、いつ来るともわからない騎士を待っていて、その間に被害が出てはやりきれないだろうな。そうだな……俺たちが調査をして、処理可能であれば処理してやろう」

「あ、ありがとうございます！　ですが、その……お礼の方はいかほどご用意すれば……」

「ふむ……そうだな。では、二つほど頼みたいことがある。俺たちは遠くから旅をしてきていてな、この辺りの話を聞きたい。もう一つは……ゴブリンの調査を済ませてからにするか。あぁ、金銭的な要求をするつもりはない」

「は、はぁ」

「説明してやりたいのだが、俺は上手く説明ができなくてな。後で俺の仲間から説明させる。変な要求はしないから安心してほしいんだが……すまんな」

「い、いえ……」

いや、ほんとごめんね？　不安にさせるとは思うけど……魔力収集装置を置かせてくれって言ったとしても、俺はそれがなんなのかを説明できないんだよな。

説明はオトノハに任せるとして……とりあえずウルルにゴブリンの集落の場所を調べてもらうか。

「ウルル」

「……はい」

俺が名前を呼ぶと、やはりどこからともなくウルルが姿を現す。村長さんめっちゃびっくりしているね。

「話は聞いていたな？　ゴブリンの集落を探してくれ。ただし手は出さないように。見つからなかったとしても夜には戻ってこい」

「……了解」

俺の命令を受けて、音もなく姿を消すウルル。その技、俺もできるようになるかな……ちょっとやってみたい。

「い、今の方は……？」

「俺の部下だ。彼女に任せておけばゴブリンの集落はすぐに見つかるだろう」

「た、頼もしいですな……」

明らかにビビっている様子の村長が口元をひきつらせながら言う。まぁ、得体の知れない相手に頼んでしまったってところだろうな。気持ちはよくわかる。

だが諦めて俺の糧になってもらいたい。

いや、殺す訳じゃないけどね？


あっさりとゴブリンの集落を見つけたウルルに案内されて、俺たちはゴブリンの集落を目指している。

既に夕暮れ近くの時間帯なのだが……ウルルの見立てではゴブリンの強さはなんというか……話にならない程度で、うちのメイドたちでも簡単に集落を殲滅《せんめつ》できるだろうとのことだった。

因みにメイドたちは全員未強化状態のエディットキャラなので、うちの子たちの中では最弱である。

そんな子が殲滅できるのであれば……俺たちが揃って行くのはオーバーキルもいいところだろう。

まぁ、どの世界でもゴブリンは雑魚の代名詞みたいな感じかね？

そんなことを考えながら森の中を苦もなく疾走していると、森が途切れ、高さ三メートルくらいのしっかりとした塀と見張り台が忽然と姿を現した。

「……着いた……」

ウルルが立ち止まり呟く。

え？　これゴブリンの集落なの？

「ここが？」

「……中にゴブリンいっぱい……」

「想像と違うな……」

もっとこう……野性味溢れるスタイルで集落を築いているものとばかり……。

「あの村より立派ではないか？」

「……塀の中の家も……結構しっかりした造り……」

ゴブリンって腰ミノ一つでげぎゃぎゃって笑うイメージだったんだが……かなり文化的な生活を営んでいる気が……。

「フェルズ様、殲滅を始めますか？」

「ん？」

傍にいたリーンフェリアが今日の晩御飯はどうしますか？　みたいな感じで聞いてきた。

俺はリーンフェリアの顔を見た後、ゴブリンの集落の方に視線を向ける。当然そびえ立つ塀に阻まれて集落の様子は見えない……が、これ殲滅していいのか？

「……少し待て」

今、俺の目の前にはゴブリンの集落……非常に文化的な生活を営んでいるように思える。ハンターとやらがこの集落を発見したらしいが、どう考えてもこの集落は一月やそこらではできないだろうし……長らくここに集落があったのは間違いない。

しかも村長の話では、村に被害を与えている訳でもない。ならば、対話できるか試してから判断してもいいんじゃないか？

「この程度の集落であれば殲滅は容易《たやす》いな」

「はっ！　あの塀は殲滅には都合が良いですし、取りこぼしなく殲滅することが可能です」

都合が良いって……逃がさずやれるってことだよね？

「ならば問題ない。俺が許可を出したら、リーンフェリア、ウルル、カミラ。三人で集落を殲滅しろ。全員魔法の使用も許可する」

「「はっ！」」

「ただし、許可を出すまでは何があっても絶対に手を出すな。たとえ攻撃を受けてもだ。良いな？」

「「はっ！」」

これでいきなり殺戮《さつりく》に走ったりはしないだろう。あとは……ゴブリンと会話が成り立つかどうかが問題だ。会話にならなかったら殲滅ルートだが……。

そんな物騒なことを考えつつ集落に近づいていくと、物見櫓《やぐら》から矢が放たれ、俺たちの進行方向……少し離れた位置に刺さった。

次の瞬間、俺を除いた全員から物凄い圧が放たれたのだが、俺が咳《せき》払いをすると嘘のように霧散する。

ちょっと離れた位置に刺さったし、俺たちを攻撃する目的じゃなくって威嚇か警告か……そんな感じのニュアンスだろうね。

すると案の定……。

「止まれ！　そこの人族！　ここより先は我らの村だ！　怪我《けが》をしたくなければ即刻立ち去れ！」

おぉ……言葉が通じるじゃないか。しかも問答無用で攻撃してくるのではなく警告……これは話し合いができそうだな。

「我々はこの森の傍にある村から依頼されてきた者だ！　危害を加えるつもりはない！　そちらの代表者と話がしたいのだが、取り次いでもらえないだろうか！」

俺が物見櫓の上から警告をしてくる人影……ゴブリンに聞こえるように声を上げると、若干物見櫓が騒がしくなる。

恐らく何か話し合っているのだろうが……うぅむ、やはり俺のイメージするゴブリンとかなり違う……。

やがて結論が出たのか、先ほど警告してきたのと同じ声が聞こえてくる。

「わかった！　今村長を呼ぶ！　だが、それ以上我らの村に近づくことは許可できない。それより一歩でも踏み込んでくれれば矢を射かける！」

「承知した！　この場で村長殿が来るのを待たせてもらう！」

うむ……普通に会話が成り立ちそうだな。でも……これからどうするべ？　会話が成り立つといっても……付近の村人が怯えているからどっか行ってくれと言っても……了承しないよな。

塀とかの様子を見る限り、昨日今日で集落を作った訳じゃあるまい。

あの村長は村の近くに集落ができたと言っていたが……下手したらゴブリンたちの方がこの地に長く住んでる可能性もある。

困ったな。呼び出しておいて話はないって言うのもアレだが……まぁ、仕方ないよね。我、出たとこ勝負の覇王だし。

ってそうだ……村の調査結果を聞いてなかったな。今のうちに確認しておくか。

「オトノハ。あの村の魔力の調査はどうだった？　魔石を生産できそうか？」

「あぁ、問題ないよ。魔力収集装置を置けば魔石を生産できるし、生産量も予定通りの数いけると思うよ」

「……それはよい話だ。これで今後の方針も決まるな」

情報収集、そして魔力収集装置を各地に設置していく。

特に大きな街には絶対に設置したい。『レギオンズ』の頃は一番大きな街の発展度を最大にしても、一〇万人が人口の上限だったが……それ以上に人の多い街とかあるかもしれない。一〇〇万都市とかあったら、そこに設置するだけで毎月一〇〇〇万の収入だ。美味《おい》しすぎる……。

「フェルズ様……申し訳ありません、お尋ねしてもよろしいでしょうか？」

「ん？　構わないぞ？　リーンフェリア」

俺が皮算用という希望溢れる未来を思い描いていると、何やら意を決したというか……覚悟を決めたような表情をしながらリーンフェリアが尋ねてくる。

「何故御身自ら、ゴブリン如きと対話をされるのでしょうか？　確かに現在の状況に対して、情報が不足していることは理解しております。ですが、それでもゴブリン如き下等なモンスター相手に……」

どうやらリーンフェリアが代表で質問しているだけで、同じ疑問を全員が抱いているような雰囲気だな。

「ふむ。リーンフェリア、確かにお前の言っていることは正しい」

「では……」

「だが、その正しさは俺たちがかつていたあの場所での正しさだ。そして、今この状況においては認めることができない正しさだ」

「……」

目に見えてリーンフェリアが落ち込むが……他の子たちも似たような感じだな。

「考えてもみろ、俺たちの知っているゴブリンがあのような集落を築いたり、流暢《りゅうちょう》に話しかけてきたりできたか？」

「そ、それは……」

「今は自分たちの常識こそが最大の敵だと考えろ。俺は今から会うゴブリンをモンスターだとは思っていない。あの様子を見る限り、俺たちとは違う人種……そう考えて対応するつもりだ」

情報が不足している中、相手が誰であろうとむやみに高圧的に出て敵を作る必要はない。

勿論覇王ムーブとして許容される範囲内での下手《したて》ではあるが……配慮するタイプの覇王に俺はなる！

「……申し訳ありません、フェルズ様。私が浅はかでした」

リーンフェリアだけじゃなく、全員がその場に膝をついて頭を垂れる。

まぁ……俺にとってはかけらも常識が通じない状況だからな……なまじ自分たちの知っている情報が混ざっているリーンフェリアたちは、考えが引っ張られるのだろう。

「わかってくれたのであれば構わん。俺への忠誠故の言葉だしな、咎《とが》めるつもりはない。だが、これだけは忘れるな。俺たちが覇者であったのは既に過去のことだ」

「!?」

一度は納得した面々だったが……俺の一言に衝撃が走る。

……それは良いとして、やっぱり俺なんか演説癖がついている気がするな。

「俺の始まりは、大国に挟まれ、吹けば飛ぶような小国の主《あるじ》だ」

まぁ、周回を重ねて強化しまくった状態だけどね……白の国の初回はほんと地獄だった。

「もう一度、初めからやるだけだ。大した話じゃない……皆ついてきてくれるのだろう？」

「勿論です！」

「楽しみだ……本当に楽しみだ。だから、お前たちも楽しめ、全力で楽しめ！　こんな機会もう二度とないぞ？　未知への挑戦というやつだな」

周回を重ねて知り尽くしたゲームを始める時とは違う、封を開けて買ったばかりの新しいゲームを始める時と似たような高揚感。一体どんなことが待ち受けているのだろうかという期待感……それと同じようなものを今の俺は感じている。

だが、それと同時に少し……いや、かなり気が大きくなっているとは思う。だって、この世界において俺たちが強者である保証はない。にもかかわらず、俺はこの世界で覇王を目指すと宣言したようなものなのだから。

　勿論、重要人物皆殺しルートは辿らないけどね？

　だが、魔石を得る為に支配地域を広げるつもりではある。

　まぁ、魔力収集装置の設置さえできれば、制圧する必要はないと思うけど……俺たちが一勢力として旗揚げをするのであれば、その力の源になる魔力収集装置の設置は支配下以外では許されないだろう。

　魔石の収集だけなら、騙して設置して、こっそり行うことも可能だ。なんせ魔石は城にある大本の魔力収集装置から回収するから、それを公開しない限りバレやしない。

　しかし、魔力収集装置の機能はそれだけではない。

　通信、転移……それに兵を召喚することも可能だ。そんなもの、自国の領内に設置を認める国はないだろう。

　こちらとしては、魔石が手に入らないとジリ貧となる。村程度なら丸め込んでなんとかなっても、街に魔力収集装置を置かせてくれって言っても受け入れられるとは思えないし……その地域を支配する者との武力衝突は避けられないだろう。

　銃器とか発達していないといいんだが。いくらリーンフェリアたちでも撃たれたらやばいだろうし……それに、魔力があるのはオトノハの調査のお陰でわかったけど……この世界の魔法についても調べなくては……魔法、あるよな？

　うん、やはりいきなり武力行使はダメだな。情報収集が一番大事だ。

「よし、そろそろ立つんだ。ゴブリンたちは貴重な情報源になり得るが……敵対する可能性もあるのだからな」

「「はっ！」」

　丁度いいタイミングだな……俺が立ち上がるように命じるとほぼ同時に村の門が開けられて……どう見てもゴブリンに見えない巨軀《きょく》な……いや、アレ何？

　のしのしと近づいてくる巨漢は……二メートル以上の身長に、俺二人分くらいはありそうな胸板。丸太を小枝のようにへし折りそうな巨大な手。

　絶対ゴブリンじゃないと思う……まぁ、ゴブリンの村の村長がゴブリンとは限らないよな。

「俺と話したい変な人族がいると聞いてきたが……いや、すまない。俺の名はバンガゴンガ。この村で村長をしているゴブリンだ」

　ゴブリンダッタヨ。

　しかも外見に見合わず非常に理知的……。って呆《ぼ》けている場合じゃないな。挨拶を返さないと。

「俺はフェルズだ。バンガゴンガ殿と呼べばいいかな？」

「敬称は不要だ、バンガゴンガでいい。それで、フェルズ。何用でこの村に来た？　ここはゴブリンたちの里、お前たち人族の益になるようなものはないぞ？」

　こんな恐ろしい見た目なのに、やはり非常に理性的な話し振りだ。目を瞑ってしまえば、とても今ゴブリンと話をしているとは思えない。

　……いや、目を開けていてもゴブリンと話しているようには思えないな。

　俺は、頭二つ分くらいは上にあるバンガゴンガの顔を見上げながら話を続ける。

「俺たちはこの森のすぐ外にある村から依頼されてここに来た」

「……以前追い返した人族の件だろうか？」

　バンガゴンガが額にしわを寄せつつ言うが……恐らく村で聞いたハンターのことだな。すぐにその話が出てくるということは、ゴブリンたちも気にしていたってことだろう。

「あぁ、追い返されたハンターから話を聞いた村人が、村の近くにゴブリンの集落があることを不安に思っていてな。俺たちに調べてきてほしいと依頼してきた」

「……フェルズ。依頼されたのは調査ではないのではないか？」

　ふむ……それもわかるのか。

「まぁ……そうだが、お前たちは森から出て人里を襲うのか？」

「……襲う理由がないな。俺たちの生活はこの森の中で完結しているし、人族と関わるような真似《まね》はしない。無論攻め入られれば抵抗するが……それは俺たちに限らず当然のことだろう？」

「それは当然だな。しかし……ふむ、困ったな」

「ん？　お前たちは俺たちの討伐を引き受けたのではないのか？」

「そんな依頼は受けていないな。俺が受けた依頼は調査と……対処ができるようであれば対処する……それだけだ」

　俺の言葉に首を傾げるバンガゴンガ。そういった動作は人間と同じなんだな。

「……お前たちは相当な手練れに見えるが？　対処とは、つまりそういうことだろう？」

「くくっ……物騒だなバンガゴンガ！　確かに全滅させてしまえば後腐れないかもしれないが……だが、勿体《もったい》ないだろ？　こうして会話のできる相手を問答無用で殺してしまうなど」

　っていうか、俺に命を奪うって行為ができるかどうか……剣こそ腰に佩いているけど、これを俺は人に……生物に向けられるのか？

「……その言葉は予想外だったが、しかし、対処とはどうするつもりだ？　二〇年と言わずここに住んでいる我らに、ここから出ていけとでも言うのか？」

「それについては……」

「村長！　北の方から狂化した魔物が来る！」

俺の言葉を遮るように見張り台から声が上がり、村の方から何か金属を打ち鳴らすような音が聞こえてきた。

「く！　こんな時に！」

一瞬でめちゃくちゃ凶悪な表情になったバンガゴンガが、歯を剥き出しにする。正直怖い。

「フェルズ！　今すぐここから退《ひ》け！　この辺りは戦場になる！」

さっき聞こえてきた声は北からなんか来るって言ってたっけ？　北ってどっちだ？　っていうか、この世界ちゃんと東から日が昇るの？

そんなどうでもいいことを考えている俺に焦《じ》れたのか、バンガゴンガが再び大声を出す。

「フェルズ！　聞いているのか⁉」

「あぁ、聞いている。それはそうと、バンガゴンガ。手を貸すぞ？」

「何を言っている？」

「俺はお前たちと話をしに来たんだ。だというのに、一言二言話しただけで帰っても仕方ないだろ？」

「だからといって……狂化した魔物は危険だ！　襲撃の度に死者が出る！　それがお前たちにならないとは限らないんだぞ！」

ふむ……この状況で俺の我儘《わがまま》に付き合って説明してくれるバンガゴンガは、やはり良い奴っぽいな。死なせると色々と面倒になりそうだし……死者こそ出るもののゴブリンたちだけで撃退できる程度らしいから、俺たちなら問題ないだろう。

それに何より、初めての実戦には良い相手だ。

「ここで話していても仕方がないだろ？　バンガゴンガ、お前が迎撃に出るなら邪魔にならないようについていくだけだ」

「……好きにしろ！」

そう言って駆け出したバンガゴンガを俺は追いかけ、当然部下たちもその後をついてきている。

「ところでバンガゴンガ、何と戦うんだ？」

「……狂化した魔物だ。知らないのか？」

俺の問いかけに、少し走りにくそうにしながらも律儀にバンガゴンガが答えてくれる。

「初耳だな。どうやって狂化しているか見分ければいいんだ？」

「明らかに動きのおかしい目の赤い奴が狂化している魔物だ……見ればすぐに判断できるだろう」

「そうか……」

俺が話しかけたことで少し走るペースは落ちたが、バンガゴンガは全力で走っているような感じだ。

しかし、身体能力の差は歴然だな……正直小走りくらいの感じでついていける。

そんな風に軽い気持ちで前を走る巨漢についていくこと数分ほど、進行方向から怒号のようなものが聞こえてきた。

次の瞬間、地面が捲《めく》れるほど速度を上げてバンガゴンガが駆け出していく。どうやら全力ではなかったようだね。

考えてみれば、これから戦うってのに移動に全力出してバテたら意味ないか。

「戦闘は俺、リーンフェリア、ウルルの三人で行う。カミラ、オトノハ、エイシャは後方待機。魔法の使用は自衛以外禁止する」

「「はっ！」」

俺は手早く指示を出した後、走る速度を上げた。

近づくにつれてなんとも言えないにおいが鼻腔《びくう》を突く……ちょっと行きたくなくなってきた……返り血とかついたらどうしよう。

そんな俺の想いを無視するように、リーンフェリアが俺を追い越していく。ウルルの姿は見えないが……既に戦闘を始めているのだろうか？

早く行かないと戦闘が終わってしまうかもしれないが……ちょっとここまで漂ってくるにおいのせいで行く気が削《そ》がれていくというか……いや、行くと決めたのだから覚悟を決めて行こう。

足に力を込めて……それ以上にくじけそうな心に力を込めて、俺は戦場に飛び込んだ。

視界に映ったのは襲いかかられるゴブリン……『レギオンズ』のゴブリンとは体の色が違うし体格も小柄ってほどでもないけど、先ほどまで話をしていたバンガゴンガに比べると、一回り以上小さくて、体つきもムッキムキって感じじゃないな。

っていうか、バンガゴンガとは別種族くらい見た目が違う……いや、そんな暢気に観察している場合じゃないな。

俺はゴブリンに伸しかかっている狼《おおかみ》に一気に接近……剣で斬りつけて伸しかかられているゴブリンまで剣が届くとえらいことになるし……思いっきり蹴り飛ばした。

蹴りを受けた狼は……なんというかサッカーボールというよりもミサイルくらいの勢いで飛んでいき、木にぶち当たり動かなくなった。

おおぅ……。

あまりのぶっ飛びっぷりに、伸しかかられていたゴブリンと目を丸くしながら見つめ合ってしまう。

「……大丈夫か？」

「あ、あぁ」

無事を確認した俺は他の魔物を求めて駆け出す。幸い……というか襲いかかってくる魔物はいくらでもいる。

ひとまず目に付いたでかい熊の元へと走り込むと、即座に反応した熊が爪を振り上げる。しかし、それを振り下ろすよりも早く、俺は巨大な熊の胴を手にした剣で素早く斬り……あれ？　手応えがない!?

そんな疑問もつかの間、熊による渾身《こんしん》の爪が迫り……俺の目にはゆっくりすぎて、欠伸《あくび》をしながらでも躱《かわ》すことができてしまう。

ナニコレ、こわっ!?

突然遅くなった時間の流れに驚きつつ、逆袈裟《けさ》に熊を斬りつけ……やっぱり手応えが全然ないんだけど!?

その後、熊に数度斬りつけたがやはり手応えはなく、熊は元気良く俺に襲いかかってくる。

この剣……熊を斬れないの？

いや、熊に限らず何も斬れないのでは……ちらりとリーンフェリアの方に視線を向けるが……彼女は何故か剣を使わず盾で魔物をぶん殴っている。その向こうではウルルも一瞬で数匹の狼を三枚おろしチックにしている……魚じゃないんだから……そんな風に斬ったら思いっきり骨ごと斬ってるじゃない……。

まぁ、それはさておき、どうやら魔物を斬れていないのは俺だけ……いや、リーンフェリアも斬ってはいないか。

俺が熊を倒せていないのを好機と見たのか、狼が二匹ほど俺の元に駆け込んでくる。

こうなったら……全部蹴りで倒すか？　エースストライカーになっちゃうか？

狼が跳躍して俺に食らいつこうとしてきたところに合わせ、思いきりミドルキックをかます。見事にヒットしたその一撃は狼を勢いよく吹き飛ばし、狙い通り熊の魔物にぶち当たった。

おっし！　狙い通り……じゃない！

吹き飛んだ狼が熊に当たった瞬間、熊がばらばらに弾《はじ》け飛んだのだ。

これには覇王もびっくり。

ぶつけた狼は普通に原形を留《とど》めているんだけど、これは一体……？　飛びかかってきたもう一匹の狼をあさっての方向に蹴り飛ばしながら考える。

いや……まさか……そんなことがあるのか？

さっきまで手応えのなかった剣……あれがもしや、手応えもないほど鋭く斬れていたのだとしたら……斬られたことに気づかずに熊が動いていた……？

めっちゃえぐい感じにバラバラだから確かめたくはないけど……さすがに狼をぶち当てただけでこうはならんよな？

斬られた相手が斬られたことに気づかない太刀筋《たちすじ》。これは俺の腕なのか……それとも覇王剣が凄いのか……うん、多分剣が凄いのだろうな。訓練場ではこんな現象起こらなかったし……。

うーん、他の武器があればいいのだが……鉄の剣とか持ってきておけばよかったな。

『レギオンズ』に於《お》いて最弱の性能を誇る鉄シリーズの武器は、武力を1だけ上昇させるあってもなくても大して変わらない武器だが、現実となった今は普通に武器として使えるだろう。

寧ろ切れ味が凄すぎる覇王剣よりも使えるかもしれん……でも、さすがに今日ここに連れてきているメンバーで、鉄の剣を装備させている子はいないな。

そんなことを考えながら、覇王剣を片手に襲いかかってくる敵を次々と蹴り飛ばしていく。

……そこはかとなく切なさを覚えないでもないが、こればっかりは仕方ない。

だって斬れてるのにくっついているんだもの……。

そんな俺はともかく……リーンフェリアやウルルの活躍もあり、もはや戦いの趨勢《すうせい》は決まったようなものだ。

バッサバッサと薙《な》ぎ払われていく魔物の群れ、ゴブリンたちは動きを止め唖然《あぜん》とした表情で俺たちの戦いっぷりを見ている。

しかし……二人に比べて、俺の戦い方はスタイリッシュ感がないな。熊に前蹴りをかまして吹き飛ばしながら、リーンフェリアたちの戦い方に羨ましげな視線を送ってしまう。

そんな俺の視線に気づいたのか、リーンフェリアがにっこりと笑顔を見せながら盾を振りぬき血糊《ちのり》を払う……笑みと大盾のアンバランスさが半端ない。

その直後、リーンフェリアの傍にいた熊の、上半身が下半身と泣き別れて地面へと落ちる。

格好いいけど……盾で斬ったの？　そんな疑問を抱きつつリーンフェリアをじっと見ていると、若干頬を赤らめたリーンフェリアが小走りに近づいてきた。

「……フェルズ様。いかがされましたか？」

「……いや、見事な立ち回りだ。実に美しい」

「ふぇ……は、は！　ありがたき幸せ！」

おっと……いかん。顔を真っ赤にしながら、膝をつこうとするリーンフェリアの腕を掴み持ち上げるようにする。

「膝をつく必要はない。戦闘は……もう終わったようだが、ここは戦場だ。俺に尽くす礼よりも大切なことがある」

というか、平時でもあんまり膝をつかなくていいよ？

「フェルズ様……周囲に……敵影なし……索敵範囲を……広げる？」

そう続けたかったのだが、それよりも早くウルルが俺の傍に現れ報告してくれる。

「いや、ひとまず必要ない。カミラたちと合流して、先ほどのゴブリンの長《おさ》……バンガゴンガと話をする。上手くいけば集落の中に入れてもらえるだろう。オトノハに、その場合は前の村と同じように魔力収集装置を置けるか確認するように伝えておいてくれ」

「了解……です」

ウルルが指示を受けていつものようにスッと消える。

別に一緒に歩いて合流してもよかったと思うのだが……あぁ、俺がオトノハに伝言を頼んだから先に行ったのか……。

なんとなく申し訳ない思いを抱きながらカミラたちの方に向けて歩き出すと、当のカミラたちがかなりの速度で走り寄ってきて俺の前で跪く。

いや、ほんとそれやらなくていいんだよ？　凄い話しにくいからね？

「……膝をつく必要はない。俺はお前たちが膝をついている姿を余人に見せることを好まないからな。それに、そんなことをされなくてもお前たちの敬意は常に俺に届いている」

もしかしたら、進んでやりたがっているのかもしれないけど、話のテンポが悪くなるしやめてもらう方向で進めよう。

「はっ！　ご下命賜りました！」

カミラが代表して返事をすると、四人が一糸乱れずに同時に立ち上がる。

玉座の間でも思ったけど、息の合わせ方が凄すぎる……。

そんなどうでもいいことを考えていると、バンガゴンガが険しい顔をしながら近づいてきたのでそちらに向き直る。

……多分険しい顔だと思うけど、もしかしたらゴブリン的な笑顔かもしれないな。

そんなことを考えていると、近づいてきたバンガゴンガは俺たちから少し離れた位置で立ち止まり、何故か黙ったまま俺のことをじっと見ている。

「……」

「……どうした？　バンガゴンガ。もう周囲に狂化した魔物はいないだろ？」

「……あぁ。お前たちのお陰で犠牲を出さずに済んだ」

「それはよかった。早めに対処できてよかったな」

「……あぁ」

犠牲が出なかった割にバンガゴンガの表情が硬い……気がする。多分。

会話が途絶えるとまたバンガゴンガが俺のことをじっと見つめてきて、非常に気まずいのだが……俺から話を始めるべきなのか？

できれば村の中に招待してもらいたいんだけど……そんな思いが届いたのかどうかはわからないが、バンガゴンガが固く結んでいた口を開く。

「先ほどの話の続きだが……迷惑でなければ、俺の家でやらないか？」

「俺は構わんが……いいのか？」

「お前たちは村の恩人だ。それに最初から誠意を見せてくれていたからな、拒む方が問題だろう。それに何より……」

「ん？」

最後にバンガゴンガが口籠もったのが気になった俺が首を傾げると、バンガゴンガがかぶりを振る。

「いや、なんでもない。案内する、ついてきてくれ」

バンガゴンガはそう言うと、ゆっくりと村の方に向かって歩き出す。

それにしてもゴブリンの村か……『レギオンズ』にはそういうのはなかった……というか、ゴブリンと会話なんてできなかったしな。ただの雑魚モンスターだったし。

こんな立派な塀を作ることができるゴブリンか……バンガゴンガが着ている服は革製っぽかったけど、アレは服じゃなくて鎧なのだろうか？　革の鎧は確か『レギオンズ』にもあったよな。鉄の剣と同じくカス装備だけど。

そんなことを考えながらバンガゴンガの後を追い、俺たちはゴブリンの集落へと足を踏み入れた。

◇第四章◇　狂化という現象を知る我覇王

「改めてフェルズ、礼を言わせてくれ。お前たちの加勢のお陰で犠牲を出さずに済んだ。本当に感謝している」

「気にする必要はない。偶然居合わせただけだからな」

「居合わせただけの人族が、我らに手を貸す理由なぞどこにもないだろう？　それにフェルズ。お前が倒した大型の熊の魔物はかなり危険な魔物だった。村に到達されていたら少なくない犠牲が出ていただろう。だから最大限の感謝を送らせてほしい」

「……そうか。なら素直に受けよう」

俺が倒した大型の熊ってどれじゃろ？　最初に斬ったやつ？　最後にヤ◯ザキックで倒したやつ？

どれもとても大きかったです。違いはわかりません。

まぁ、感謝されるのは良いことだ！

っと……その前に目的を果たさないとな。

「だが……俺はあまり面白くない話をしなければならない」

「……あぁ。聞かせてくれ」

どこか覚悟を決めた様子のバンガゴンガだけど……まぁ、村を捨てて移動してほしいって話だからな

……俺たちの実力は見せたたし、バンガゴンガとしては逆らえない相手からの勧告って感じだよな。

「お前たちが以前追い返したハンターの話から、森の中にゴブリンの集落……ここのことが森の外に住む連中にバレた。森の外……つまり村の連中だが、その者たちはゴブリンの集落を恐れて国に騎士の派

遣を要請している」

「騎士か……お前たちはその国の騎士ではないのか？」

「俺たちはただの通りすがりだ。村の連中が怯え切っていてな、騎士が派遣されるまで我慢できずに調査と可能であれば対処を依頼された訳だ」

……こっちから売り込んだとは言わないよ？

「なるほど。その村人の望みは……俺たちの排除だろう？」

「村の連中の望みはそうだろうな。だが俺が約束したのは対処であって殺戮ではない。バンガゴンガ、よい落としどころを考えないか？」

俺のその言葉に、バンガゴンガは目を剝き出しにしながら口を開いて……これはびっくりしているんだよな？

「……お、落としどころと言われてもな」

困惑したような声を出すバンガゴンガに俺は言葉を続ける。

「見つかってしまった以上、いつかは騎士団が派遣されてきて戦いになるぞ？　この村の戦力で、一国相手に勝ち切るのは難しい筈だ。俺としては、村を移動させるか、外の連中と交渉するかしかないと思うんだが」

「……交渉は不可能だ。人族が我らの話をまともに聞く筈が……」

そこまで言ったバンガゴンガがなんとも言えない表情で俺のことを見る。

そんなにゴブリンと人には軋轢《あつれき》があるんだな。

村の連中もめっちゃゴブリンのことを怖がっていたし……結構話せる相手だと思うんだけどな。

「それに村を移動させるといってもな。俺たちは長年ここに住んで……」

「この村の様子を見る限り確かにそうなのだろう。だが、そう遠くないうちに攻め込まれる可能性は否定できないぞ？　いつ来るかもしれない戦いに怯えて暮らすより、新天地を目指す方がよいのではないか？」

「……」

俺の言葉にバンガゴンガは難しい顔をして腕を組む。

まぁ、ひどい話をしている自覚はある……一朝一夕でこの規模の村ができるとは思えないし、移動した先で同じレベルの暮らしができるようになるまでどれほどの年月がかかるかわからない。

しかし、人との軋轢を理解していながらも自分たちを発見した冒険者を警告するだけで逃がしてしまった以上、これは予想された結果といえる。

完全に恩を仇《あだ》で返された形だが、これも世の理《ことわり》……弱肉強食というやつだろう。

個人的にはゴブリンたちの人の良さ……人ではないのか？　まぁ、人の良さは好感が持てるし、こうやって話もできる以上、あまりひどい目にあってほしくはないと思う。

だが、決めるのはゴブリンたちであり、村長であるバンガゴンガだ。

バンガゴンガが黙り込んでしまって数分。少々居心地が悪いのだけど……どうしたもんか。

そんな俺の思いがどこかに届いたのか、家の外が少し騒がしくなり次の瞬間、扉が勢いよく開け放たれ、慌てた様子のゴブリンが飛び込んできた。

「村長！　来客中すまねぇ！　狂化が出ちまった！」

「っ!?　すぐに行く！　フェルズ、すまないが席を外す！　説明は後でさせてくれ！」

部屋に飛び込んできたゴブリンと同じくらい慌てた様子のバンガゴンガが立ち上がり、部屋から飛び出していく。

「なんともせわしないとは思うが……緊急事態のようだな。狂化と言っていたが、この付近に狂化した魔物はいなかった筈だな？」

俺がそう尋ねると、当たり前のようにどこからともなく現れたウルルが答えてくれる。

「うん……村の外の魔物じゃ……ない。村の中で……何かあった……」

「ふむ……俺たちも行くか」

「「はっ！」」

俺は急いで家の外に出たが既にバンガゴンガの姿はなく、どうしたものかと思っていると、ウルルが声を掛けてくる。

「……案内……する」

さすが我らの外務大臣！　頼りになりすぎるわ。

ウルルの後を追い、原付もびっくりな速度で小走りをすること数秒、広場でバンガゴンガが多くのゴブリンに囲まれながら片膝をついているところに出くわす。

バンガゴンガの目の前には一人のゴブリンが横たわっている。

「ム……村長！　すま、ネェ！」

「お前のせいじゃねぇ」

横たわったゴブリンは、何やら苦しげに謝っているが……あれが狂化なのか？

先ほど襲いかかってきていた魔物たちとは違い、片目だけが赤くなっているようだが……。

「そ、ソレと！　お、おれ、オレの、かぞくヲ！」

「安心しろ。俺が責任をもって面倒を見る。決して飢えさせるようなことはしないと約束する」

バンガゴンガの言葉に、横たわるゴブリンが苦しげながらも笑顔を見せる。

「あり、がトウ……そ、ソロソロ、むりなヨウダ。ウグゥ……むらオサ……たのむ！」

「あぁ、さらばだ！」

バンガゴンガが腰に差していた大型の鉈《なた》のような剣を抜き、横たわっているゴブリンの首を刎ねる。

それに続くように広場にいるゴブリンたちのすすり泣く声が聞こえてきて、俺は彼らに背を向けバンガゴンガの家へと向かう。

さすがに部外者である俺たちがあの場に残っても仕方がないし、色々と葬式的なものもあるだろう……それを邪魔する気はない。

そんなことを考えながら歩いていると、村の調査をしていたオトノハが向こうからやってくるのが見えた。

「大将？　どうしたんだい？　難しい顔をしているけど」

「なんでもない、気にするな。調査はどうだった？」

「あぁ……ちょっと面白いことがわかったよ。どうやらゴブリン一匹当たり、普通の人間に比べて生成できる魔石の量が五倍くらいありそうなんだ」

「五倍だと？　そんなことがあり得るのか？」

「あたいもびっくりしたんだけど、間違いないよ。普通の人間と比べて魔力が多く吸収できるって訳じゃないんだけど、どうやら魔力の質の問題みたいだ」

「……ふむ。ウルル、この集落にはどのくらいのゴブリンがいるんだ？」

「約三五〇……です」

俺の問いに即返答をくれるウルル。

そうか三五〇……の五倍……えっと一五〇〇の……二五〇で……十倍だから……一万七五〇〇か！

素晴らしい！

「これはぜひとも魔力収集装置を置きたいところだが……」

大きな問題がある。

現在、村の場所を移転するように話をしているところなんだよな……まぁ、移転先に設置させてもらえばいいだけの話か。

あの村の村長が言っていたように、ゴブリンは数が一気に増えるっていうのが本当だったらウハウハなんだが……バンガゴンガの話ではこの集落は二〇年以上存在しているらしいが三五〇人……あの村長適当に言いやがったな？

「いっそのこと、ゴブリンたちを城に連れて帰るか？」

「ゴブリンをかい？」

「あぁ。城というか……城下だな。そこにゴブリンたちを住まわせて魔力収集装置を設置するのは悪くないんじゃないか？」

「ゴブリンを民として迎え入れるってことかい？　それはなんとも……突拍子もない考えだね」

オトノハが目を丸くしているが……文化の違いはあるかもしれないけど、ゴブリンたちは言葉も通じるし野蛮な感じでもないし、別に問題ないと思うけどな？

それに……俺たちに比べて圧倒的に弱いから、反旗を翻されてもどうにでもできるしね。

俺はそんな算段を付けつつ、オトノハに向かって肩を竦めてみせる。

「……オトノハ。開発責任者として、柔軟な発想は大事だぞ？」

「も、申し訳ありません！」

俺の一言に顔色を変えたオトノハが、膝をついて謝る。

いや、それほど畏まることじゃないよ？

「オトノハ、謝る必要はない。多くのことに興味を持ち、多くのことを学び、自由な発想で色々な物を作ってくれ。俺はお前にそういった働きを期待している」

「はっ！　ご期待に添えるよう、精進いたします！」

「わかってくれたなら立ってくれ。俺は普段の気安い感じのお前が好きだぞ？」

「へ!?　あ、いや、その、はい！　じゃなくて！　あぁ、わかったよ！」

慌てて立ち上がったオトノハが、しどろもどろになりながら答える。顔が真っ赤だけど……こういうのもセクハラになるのだろうか？

そんなことを考えながら家に辿り着いた俺は、バンガゴンガが戻ってくるまでゆっくりと待つことにした。

気落ちした様子のバンガゴンガが家に戻ってきたのは、結構時間が経ってからだった。

「すまない、フェルズ。大分待たせてしまったな」

「いや、気にしなくていい。それより、一つ教えてもらいたいんだが、狂化とは一体なんだ？」

狂化のせいで仲間を殺さなければいけなかったバンガゴンガにこれを尋ねるのは、非常に申し訳ないとは思うのだが……病気的なものだったりして、俺たちが罹患《りかん》したら堪《たま》ったものじゃないからな。

「俺たちはかなり遠くから旅をしてきていてな。狂化というのは初めて聞く言葉だ」

「そうだったのか。人族は狂化しにくいらしいが、絶対にしない訳じゃないからな。知っておいた方がいいだろう」

そう言ってバンガゴンガは表情を少し変えた。恐らく……少し疲れた表情から真面目な表情に変わったんだと思う。多分。

あんなことがあった直後だというのに、空気の読めていない質問に対して真剣に答えてくれる……本当にバンガゴンガは良い奴なのだろうね。

「狂化というのは瞳の色が赤くなり、理性をなくし狂暴化してしまうことをいう。魔物や魔族なんかは狂化することが多い。また我々のような妖精族も魔族に比べると少ないが狂化しやすい」

へぇ……ゴブリンって妖精なのか……バンガゴンガはゴリマッチョで妖精らしさのかけらもないけど……。どちらかというとYO！　SAY！　って感じだな。いや、それも違うか。

なんか頭の中でごついアクセサリーをじゃらじゃら着けたバンガゴンガが、ラップだかヒップホップだかをやっているイメージが脳裏をよぎったが、それを振り払いつつ話を続ける。

「何故そのようなことに？　原因はわかっているのか？」

アホなことを考えながらも冷静に話せる我覇王。

「原因は魔王の魔力だ。魔王から漏れ出た魔力が世界中に広がり、それを無意識に取り込み限界を超えた時……狂化してしまうのだ」

魔王いるのん？

「ほう……」

魔王いるのかー。

「一度狂化した者を救う手立てはない。また防ぎようもない……理性を全て失う前に逝かせる、それが我々にできるせめてもの手向けだ」

「……すまないな、辛いことを思い出させてしまって。だが、その情報には感謝させてもらう」

「あぁ、気を付けてどうなるものでもないが……いざという時は躊躇《ちゆうちょ》するな。尊厳を守る為、理性なき獣としてではなく、愛する者として逝かせてやれ」

「助言感謝する」

いいや、無理かなぁ……正直できる気がしねぇ……。さっきは何かテンション上がってたからかさくさくっと戦えたけど、さっきバンガゴンガがゴブリンの首を落とすのを見た時……ちょっと胃の中とかやばかったし。

やっぱ日常パートで殺伐とした感じなのは無理っスね。

戦ってた時は全然わからなかった血やら臓物やらのにおいが、生々しく感じられたというか……逆に戦っている時はなんで感じなかったのか……アドレナリンってやつのお陰か？　すげぇなアドレナリン。

「バンガゴンガ。これからどうするつもりだ？」

とりあえず狂化について聞きたいことは聞いたし、話を切り替える。

こういう時、違和感なく元の話に戻せる人って凄いよね？　俺には流れをぶった切って強引に話を戻すくらいしかできないんだけど。

「……その騎士というのがどれほどの数なのかはわからないが、争えば俺たちは滅びるしかないのだろうな。だが村を捨て、人族が入り込まぬほど森の奥に移動するということは、年寄りや子供は恐らく……」

ぱっと見た感じ子供とかは見当たらなかったが……やっぱいるのか。

移動して、森を切り開き、住めるように……想像しかできないけど、非常に大変そうだ。魔物とかいるし……危険も多いだろうし、そもそも村丸ごと養えるほど食料が、移動先ですぐに手に入るものだろうか？

どう考えても皆平穏無事……という訳にはいかないよね。

まぁ、俺からすれば好都合だが。

「バンガゴンガ、提案がある。お前たち全員、俺の所に来ないか？」

「……どういうことだ？」

「言葉通りだ。俺の拠点に来い、最低限の衣食住と安全は保証してやる」

城には住まわせないけど……城下町を作ってもらおう。オトノハたちが協力すれば多分できる筈……街の発展レベルを上げるのは開発部門の仕事だった筈だし。

それにこの村の建物は結構しっかりした造りだし……技術は十分ある筈だ。資材を提供すれば、現時点でもそれなりのものを造ってくれそうな期待感もある。

「先ほど、お前たちは遠くから旅をしてきたと言っていなかったか？」

ソウダッター！

やっぱその場のノリで適当に言うとやばいな……いや、遠くから来たこと自体は嘘じゃないけどさ……。

「……拠点は既にある。今はそこを中心に、情報収集等の活動をしているということだ」

気合でバンガゴンガから目を逸《そ》らさずに告げる。

俺はバンガゴンガの表情がよく読み取れないし、バンガゴンガも俺の表情を正確には読み取れない……と信じたい。

「……だが、その拠点というのは人族の拠点だろう？　ゴブリンである我々が足を踏み入れられる筈もない」

「問題ない。確かにそこにいるのは人族……」

人族なのかなぁ……いや、今そこに引っかかっている場合じゃないな。

「人族しかいないが、俺の決定に反してゴブリンたちを排斥しようとする者はいない。そうだな？　リーンフェリア」

「はっ！　そのような者はいないと断言できます」

俺が振り返りもせずに問いかけると、すぐに返事をくれる。

その返事はありがたいけど……間違ったことをしそうな時は注意してね？　俺全然賢くないからね？

そう思うものの、俺が何を言っても全力で肯定しそうなんだよな……うちの子たち。

そんな未来を憂いて一瞬遠い目をしそうになったが、今は話が先だ。

「不安だろうが、その点については心配しなくてもいい。もっとも会ったばかりの俺を信用するのは難しいだろうが……こればかりは信じてもらうしかないな」

「……少し考えさせてくれ。俺一人で即断できる内容ではない」

「あぁ、構わない。だが、あまり時間がないことを忘れるなよ？　いつ何時、この地の騎士が攻めてきてもおかしくはないのだからな」

「わかっている。今日中に結論を出す」

「いいだろう」

俺がそう言うと、バンガゴンガは重い足取りで部屋から出ていく。

気持ちはわかるけど……時間がないのは事実だ。この地の領主だかなんだかがどのくらい真剣に村からの要請に応えるかはわからないけど、こういう問題の場合最悪を想定して動いた方がいいのは間違いない。

ここまでできる限り友好的に接したつもりだが、話し合い次第では血迷って襲いかかってこないとも限らないからな……いざという時の打ち合わせをしておくか。

そう思い俺が振り返ると……何故か全員が恐ろしい目つきでバンガゴンガの出ていった扉を睨んでいた。

「……どうした？」

覇王的に口籠もるのはマズいので、一呼吸置いてから問いかけた。

「ゴブリンの分際でフェルズ様のご慈悲を即座に受け入れようとしないなどと……フェルズ様、ここは滅ぼすべきではありませんか？」

湧き上がる怒りを抑えつけながらといった感じでリーンフェリアが言う。

いや、考えたり相談したりする時間くらいあげようよ……。

「リーンフェリア。急いては事を仕損じるというだろう？　ゴブリンたちにとって居を変えるというのは大きな決断だ。ましてや互いに良い感情を持っていない人族の提案だ。冷静に、気持ちを落ち着けて考えるべきだ。そうでなければ下の者たちは納得できない」

「ですが、フェルズ様のお言葉を直接賜っておきながら……」

「落ち着け、リーンフェリア。言った筈だ、もう一度最初からだと。俺は今や領地も定かではない一城主に過ぎぬ。しかもその身分すら明かしていないのだ、バンガゴンガが信じることができないのは無理もなかろう」

「……」

寛容さというよりも……もう少し相手の状況を推し量れるようになってほしいなぁ。

「お前たちの憤りは俺への忠誠心故だからな、嬉しくは思う。だが交渉の場で己の心の内をさらけ出すのは悪手だ。自制せよ」

「「はっ！」」

俺も口では言えるんだけどねぇ……それが実践できれば苦労はしない。

っと、先に話を済ませないとな。

「ウルル。盗み聞きをしている者はいるか？」

「周囲に……こちらを監視している者は……いません」

すぐ傍に現れたウルルに頷いた俺は話を始める。

「ゴブリンたちがどんな結論を出すかはわからぬが、血迷って我らに攻撃を仕掛けてくる可能性もゼロではない」

「その場合は即座に殲滅いたします」

「……ふむ。だが通常の五倍の魔石が取れるというゴブリンを殲滅してしまうのは……勿体ないな」

「では、家畜として飼うのはどうでしょうか？　一度牙を剝いた者たちに自由意思は必要ないでしょう」

……即座にその発想が出てくるのは怖すぎるのですが？　リーンフェリアさん？　表には出さないけど、覇王ドン引きだよ？

「それならぁ、奴隷として労働力にした方がいいんじゃないかしらぁ？　自分たちの食い扶持《ぶち》くらい自分たちで用意させるべきでしょう？」

「あたいもカミラに賛成だね。ゴブリンたちから採れる魔石の量は城の維持費に届かない。数を増やすにしても時間はかかるだろうし、働かせながらの方がいいと思うよ」

カミラの提案にオトノハが賛同する。

まぁ、家畜にして飼いましょうよりはまともな意見……だと思う。多分。でも、奴隷ってのはちょっと……。

「……ゴブリンたちは、ネズミよりも早く増えるという話ではありませんでしたか？」

ずっと発言することのなかったエイシャが、頰に指を当てながら小首を傾げて言う。

桃髪幼女のあざとさが半端ねぇっス。思わず頭を撫《な》でたくなったが……セクハラとかで訴えられる可能性……はないにしても、ひそひそと噂《うわさ》される可能性は高い。

「エイシャ、この集落のゴブリンの数から考えてそんな一気には増えない筈だよ。あのでかいゴブリンの話では二〇年以上ここにいるんだ。塀や建物の感じから見てもその言葉は信用できる。ゴブリンたちの繁殖速度は、普通の人と大して変わらない程度だとあたいは見ているよ」

オトノハの言葉にエイシャは少し黙った後、あさっての方向に顔を向けながら言う。

「つまりあの村の村長は、フェルズ様に虚言を吐いたということですね？　どうやら……ゴブリンより先に滅さなければならないようですね」

滅する⁉　メッてするんじゃなくて⁉　うちの幼女聖職者が超過激派なんだが⁉

「エイシャ、落ち着け。学のない村人の言葉だ。迷信をさも事実であるかのように語っても仕方あるまい。いちいち相手にしていてはキリがないぞ」

「は、はい」

しゅんといった感じで項垂れてしまったエイシャに近づき、おでこの辺りをぽんぽんと撫でる。このくらいなら許されるよね……？

神官の帽子を被っているからこの辺りしか撫でられない感じでしたし。

「みょ⁉」

不思議な声と共にエイシャが目を見開いて俺を見上げる。

普段は糸目というか、目を瞑っている感じだけどちゃんと目は開くんだな……因みにエイシャの得意属性は聖と光なので見開いた瞳の色は金色だ。

「さて話が脱線してしまったが、ゴブリンたちが万が一血迷った場合はカミラの案でいこう。なるべく殺さずに生け捕りに。カミラ、魔法を使えば無傷で捕らえられるな？」

「勿論よぉ。簡単な話だわぁ」

「ならばその場合はカミラに任せる。ウルルはゴブリンたちが逃げないように監視を」

「了解……」

とりあえずゴブリン襲撃パターンはこんな感じでいいか……あとは恭順パターンだな。

「オトノハ。ゴブリンたちが俺の提案に従った場合、居住区を造るとしたらどのくらいかかる？」

「開発連中は総動員していいのかい？」

「あぁ、今は開発するべきものはないしな」

「建築資材を城から持ち出すなら一週間もいらないね。建築資材から用意するなら……木を乾燥させたりする時間を考えるとそれなりにかかりそうだね」

木って、切ったやつそのまま使ったら駄目なの？

「建築資材は……結構在庫あるよな？　いや、イルミットじゃないとわからないか」

俺が今ここにはいない内務大臣の名前を出すと、オトノハが問題ないというように笑う。

「さすがに素材関係だったらアタイが把握できているよ。建築素材は九九九個あるけど、三〇〇人程度の集落なら一個でも余るだろうね」

なるほど……建築素材って街や村の発展レベルを上げるのに使うアイテムだけど、『レギオンズ』の村の最小値が人口一〇〇〇人で、それのレベルを上げるのに資材一個消費だもんな。

個人で消費するアイテムじゃなくって街単位、国単位で消費するアイテムだから、たとえ一個だとしても物凄い資材の量になるんだな。

「……今後のことも考えて、城下町を造る方向で考えてもいいかもしれないな」

「街づくりか……一から造るのは初めてだね」

オトノハが少し感慨深げに言う。基本的に元ある街を発展させることしか『レギオンズ』ではできなかったからな……。

「都市計画はイルミットやキリクと相談してやってくれるか？　恐らく今後ゴブリン以外も住まわせることになるだろうしな。民となる候補の種族は……バンガゴンガにでも聞いてくれ。あぁ、勿論人も多く民とするからな」

ケモミミとかエルフ耳とか……そういう種族もいるのだろうか？　ぜひともいていただきたい。

「あいよ」

俺の丸投げにオトノハは楽しそうに頷く。街づくりに関してはイルミットとオトノハに任せてしまって大丈夫そうだね。

上下水道完備の綺麗な街づくりをしてもらいたい……水源って近くにあったかな？　城は動かせないし、良い感じの水源が近くにあると良いんだけど……。

そんなことを考えつつ、俺は話を続けていく。

「それと、魔力収集装置だが……設置にはどのくらい時間がかかる？」

ゲームだと一ターンで建設できたけど、一ターンって一週間だからな……日数的にはどんなものなのだろうか？

「都市用のでかいやつなら五日ってところだね。ダンジョンに設置する小型のやつなら一時間もあれば組み立てられるよ。ダンジョンに置く方は結界装置の方が面倒だからね」

「結界装置？」

そんなもの『レギオンズ』にあったか？

「モンスターに魔力収集装置を壊されないように近づけなくさせる装置だよ」

「……そういうことか」

ゲームには描かれてなかったけどそういう設定でもあったのだろう。

「街に設置するものとダンジョンに設置するものの違いは、通信機能や拠点間移動機能の有無とその結界装置だけか？」

「あぁ、そうだよ」

「結界というのはモンスターだけに反応するのか？」

「いや、許可した人間以外は通れないよ」

「であれば、森の外の村に設置するのはダンジョン用の魔力収集装置でいいかもしれぬな。我らの支配地域でもないし、拠点間移動や通信機能は必要ない。寧ろ触ることができないようにしておく方がいいだろう」

「なるほど……大将の言う通り、その方がいいかもしれないね」

オトノハが晴れやかな笑顔を見せながら、今みたいな発想をしなくちゃいけないってことかと呟く。

ゲームの機能をシステム外の使い方で運用するのは、まだ皆には難しいみたいだが……経験を積んで成長してもらえると、俺も助かるな。

「それと先ほどの……ゴブリンたちを奴隷とするという話だが。恭順を求めてきた者たちをそのような扱いにするつもりはない。俺はゴブリンたちをエインヘリアの民として受け入れ、エインヘリアの民として守っていく。良いな？」

「はっ！　フェルズ様のお言葉、確かに承りました」

俺の言葉にリーンフェリアが代表して返事をする。

これで良し。

このフェルズやリーンフェリアたちは覇王ルートを突っ走ってしまった為、中々過激な部分があるみたいだけど、そんな殺伐とした道は正直俺の心臓が持たない。

リーンフェリアたちの不満が溜《た》まらない程度に、平和路線の覇王として歩んでいきたいと思う。

ひと悶着《もんちゃく》あるかと思っていたゴブリンたちの会合は、意外とあっさりと終わったらしい。

バンガゴンガによると、騎士が送り込まれてくることの脅威よりも、俺たちが狂化した魔物と戦っている姿を多くのゴブリンたちが見ていたのが決め手になったとのこと。

砲艦外交なんかしてない……よね？

まぁ、真相はさておき、にこやかな雰囲気で契約は交わされ、ゴブリンたちは俺たちの城下に移り住むことになった。

引っ越しの準備に数日ほしいということだったので、三日ほどしてから迎えを出すことになっている。

家具なんかはこちらで用意するので身の回りの物だけでいいとは言ったが、長年住んだ場所との別れだ。全員が同じ場所に移動するとはいえ、色々と気持ちを整理したいだろう。

そのあたりを纏めた俺たちは一度城に戻ってきたのだが……この三日の間にお約束が如く騎士が攻めてきても業腹なので、集落にはウルルとカミラを残した。

いざという時はカミラの幻惑魔法で騎士の足止めをして、その隙にゴブリンたちを移動させるという寸法だ。

一万七〇〇〇にも及ぶ収入をみすみす失ってたまるものか、という気持ちがない訳ではないが……それ以上にバンガゴンガと話をして思ったのだ。問答無用で殺す必要どこにもないじゃん、と。

それに、同じ種族でも話の通じない奴が沢山いることを考えれば、バンガゴンガは実に話の通じる奴だ。種族が違うからと忌避することもないだろう。

とりあえず森の外にある村の村長には、ゴブリンの件は数日で片が付きそうだと報告してある。

目を真ん丸にして驚いていたけど、ゴブリンたちの移動が終わってからもぬけの殻になった集落でも見せてやればいいだろう。

それはさておき……城に戻ってゴブリンたちの準備を待つ俺は、部屋で頭を悩ませていた。

突然やり込んでいたゲームの主人公になった上、自分がエディットしたキャラと一緒に謎の世界に放り込まれてしまった……とかいう悩みではない。

うちの子たちの食生活についてだ。

この世界に来て三日、食堂で誰もご飯を食べている様子のないことに気づいた俺は、近くにいたメイドの子に問いかけた。

みんないつ食事をしているのん？　と。

いや、もう少し硬い口調だった気もするが、とりあえずそんな内容を尋ねたのだ。

すると、彼女は答えた。

「週の初めです」

ちょっと何を言っているかわからなかった俺は首を傾げた。

俺の前に立っていたメイドも俺を見ながら首を傾げた。

そのまま見つめ合うことしばし……メイドの子はエディットしただけでまだ鍛えていない子だから、ちょっと顔と名前を覚えきれていないけれど、とても可愛い子だった。

見つめ合っているうちに思考がそっちに向かい始めたところで、俺は初心に戻り尋ねた。

食事は週に一回なのか？　と。

するととても良い笑顔で「はい」と言われた。

週休一日どころか週食一回⁉

負債者を地下施設に拉致して強制労働させる金貸しグループも真っ青な労働条件である。

黙り込んでしまった俺を見て、メイドの子がおろおろとし出したので、俺は礼を言いその場から離れた。

これはどう考えるべきだろうか……部下たちはお腹が空かないのか？　それともどこぞの塔を登った先でもらえる豆のように一粒で一週間過ごせる的な？

そこで俺はエイシャやマリーのような、部下にいる幼女や少年たちのことを思い出す。育ち盛りにちゃんとした食生活をさせないのは絶対にダメだろう。

うん……一応確認は取るか。

俺は椅子から立ち上がり……あれ？　部下を呼びたいんだけどどうしたらいいんだ？　呼び出すコマンドとかないんだが……あぁ、誰かに頼めばいいのか。

そう気づいた俺は部屋の扉を開いて廊下に顔を出すが……誰もいない。さっきはメイドの子がいたけど……今は誰もいないようだな。

皆、普段どこで何をしているのだろうか……いや、多分色々働いてくれていると思うけど……武官系の子たちは訓練場とかに行けばいるかな？

開発とかの職人系の子たちは研究所とか工房とかか？

メイドの子たちは掃除だろうけど……このとんでもなく広い城を二〇人くらいで掃除できるものなのだろうか？

っていうか、うちの子たちって何人くらいいるんだ……？

俺がエディットした子たちが全員いたとして……一〇〇人は作ってない筈だけど……多方面で戦えるくらいの人数は余裕でいたからな……。

ゲームの時は、主要メンバー以外は育て終わったら適当に使ってたし……正確な人数がわからん。今度キリクあたりに確認しておかないとな。

そんなことを考えながら適当に歩いてみるが……誰とも会わない。広すぎるのも考えものだな……目的地に行くにも時間がかかるし、人探しも大変だ。

普段であれば徐《おもむろ》にウルルと呼べば出てきてくれるけど……今彼女がいるのは三〇キロ近く離れた森の中だからな。いくら超凄腕の外務大臣でも無理ってものだろう。

ちょっと試してみたい気もするけど、試すなら自室でだな……誰かに聞かれてたら恥ずかしい。

とりあえず、場所を知っている訓練場にでも向かうか？　誰かしらいるだろうし……。

そんな風に考えながら、何気なく窓の外に目を向ける。

相変わらず広々とした草原が広がっているが……あぁ、そうだ。オトノハたちがゴブリン用の仮設住宅を建設中だったたな。そちらに顔を出してみるか。

……いや、待てよ？　俺の命令に従って一生懸命働いてくれている子たちの所に行って「やぁ、ちょっと聞きたいんだけど、ご飯食べてる？」とか言って邪魔するのはどうなのだろうか？

なんせご飯を食べさせていないのは俺なのだ、そんな俺が一生懸命働いている皆の所に行っててちゃんと飯食ってるか？　って……うん、暴動が起きてもおかしくないよな。

そんなことを考えながら所在なげに廊下をうろうろとしていたところ、先ほど見かけた子とは違うメイドの子を発見した。

俺が発見すると同時にメイドの子は即座に頭を下げて動きを止める。

呼吸も止めているんじゃないのっていうくらいピクリとも動かないメイドを見て、この子に頼めばいいかと思いつく。

「忙しいとは思うが、一つ頼み事がしたい」

「なんなりとお申し付けくださいませ」

「キリクとイルミット、アランドールを俺の執務室に呼んでくれ」

「畏まりました」

メイドの子に三人の呼び出しを頼んだ俺は、一生懸命執務室の位置を思い出す。

大丈夫……俺は執務室に行ける覇王だ、自分の城でけして迷子にはならない……だから何一つ問題はない。


まぁ、予想通りというか……俺は城で迷った。それはもう迷いまくった。どうしても現在位置と施設の位置関係が掴めないのだ。窓から外を見て、何度飛び降りようか悩んだくらいには迷った。

……呼び出した三人には非常に申し訳ないことをしたと思っている。

なんせ執務室に三人を呼び出してから、既に一時間は経過しているのだ。

あのメイドの子も、俺と同じように城で迷っていたりしていないだろうか？　その可能性に一縷《いちる》の望みをかけて、俺は奇跡的に辿り着いた執務室の扉を開いた。

部屋の中には、いつからそうしていたの？　と聞きたくなるような直立不動っぷりで立っている三人とメイドの子がいた。

超気まずい……。

だが、気合を入れて……気にしていないという感じを装い、部屋に足を踏み入れた俺はソファに腰掛ける。

「待たせてすまないな。三人とも座ってくれ」

「「はっ！」」

三人が俺の向かいに座り一拍置いてから、俺の前にメイドの子がお茶を出す。

いつ淹れたのかわからないけど、実にいい香りがしている……気がする。って俺だけ？　これも食事の話に関わってくるような……水分摂取も週一なの？

「昨日の話は聞いていると思うが、何か聞きたいことはあるか？」

「いえ、ございません。リーンフェリアたちから子細漏らさず報告を受けておりますので」

代表してキリクが返事をする。

こういう時はいつもキリクが代表になって会話をしているけど……序列ってどういう風に決まっているのだろうか？　ゲームの時はそんなのなかったしな……。

って今はどうでもいいか。

「そうか。城の方は何も問題なかったか？」

「はっ！　何一つ」

昨日の件で情報共有しようと思ったのだが……三秒で終わってしまった。ま、まぁ、これは軽いジャブみたいなものだからな、本番はこれからだ。

「ところで、三人は食事を取っているか？」

「……は、取っておりますが」

一瞬俺が何を聞いたのか理解できなかったのか、キリクの返事に間があった。

まぁ、突然何を？　ってなるよね？　普通執務室に呼び出して、ご飯食べてる？　って聞かないよね？

「ふむ……どのくらいの頻度でだ？」

食事の頻度聞くっておかしくない？　普通一日に二回か三回だよね？　聞くまでもないよね⁉

「はっ！　週に一回です！」

……おう……やっぱりそうなのね⁉

しかし、俺はなんと聞いたらいいんだ？　お腹空かない？　って……覇王風にどう聞いたら？

腹は空かぬか？

……その質問めちゃくちゃ間抜けじゃない？

「……」

「……」

い、いかん……なんか言わないと。キリクだけじゃなく、イルミットやアランドールも疑問符を浮かべている気がする。

「……食事の頻度を上げるのはどうだろうか？」

「それは……何故でしょうか？」

ご飯を食べるのに何故もクソもねーですよ？　と言いたいところをぐっと堪える。

これは彼らに罪はない……だって『レギオンズ』のゲームシステム的に、食事は設定しておいたものを週に一度取るってものだったのだから。

だが、今いるここは現実で、彼らは実在している人間だ。システムの枠から飛び出さなければならない……だって死んじゃうもの。

「これも、今までとは違う試みの一つだ」

「……そういうことですか。わかりました。では週に二回でどうでしょうか？」

だから休みの話じゃないんだってばよ！

「日に二回ではどうだ？」

「一日のうちに二回も食事を⁉」

キリクだけではなく、イルミットとアランドールも目を真ん丸に剝いて驚いている。

その反応に俺の方がびっくりだよ！

「聞けキリク。それにイルミット、アランドール。お前たちとあの大陸を駆け抜け、統一したのはこの覇王フェルズだ。だが、以前も言ったがあの時の俺と今の俺、同じ存在だとは言い難い」

俺が聞けと命じたからだろう。三人は身じろぎ一つすることなく、真剣な表情で俺の言葉を聞いている。

「だが、それは俺だけに言えることではないと思っている。キリク、イルミット、アランドール。お前たちもあの頃と同じということはない筈だ。身体的、精神的な成長であったり気持ちの変化であったり……しかし、それは当然のことだ。ずっと同じ存在でいられることなぞあり得ないのだ」

俺の言葉に神妙さを増した表情に変わる三人……と、扉の横に控えているメイドの子。

メイドの子たちの名前も全員調べないとな……メニュー画面的な機能どこかで使えないだろうか……？

一瞬関係ない思考がまぎれたが、俺は言葉を続ける。

「何故なら、俺たちは今ここで生きているのだから。そして、これも当然のことだが……生きていれば腹は減る」

俺の言葉にギョッとした表情になる三人とメイド。

「お前たちは……腹が減っていないか？」

少なくとも俺は腹が減る。

覇王フェルズの体であっても腹が減るということは、キリクたちだって腹が減ってもおかしくない筈だ。

「……そ、それは……確かに……」

「やはりそうか……かく言う俺も、お前たちと同じ状態でな。これは早急に対策を取る必要がある」

対策というか、ちゃんとご飯を食べましょうってだけだけどね？

「キリク、全員に通達しろ。これより食事は最低一日二回だ。二回は必ず取るように。希望する者は三回取っても構わぬ。だが体調に変化が出たならすぐに報告を上げるように」

「はっ！」

椅子に座ったまま頭を下げるキリクから視線を外し、その隣にいるイルミットに命令を出す。

「イルミット。食事の回数が増えることで、食堂維持にかかる魔石の量がどのように変化するか算出しろ。それと、ダンジョンからしか採ることができない食材や、街から納品されていた特産物の放出を一旦ストップする。当面は、魔石で購入可能な食材から作ることができる料理のみを提供するように」

「はっ！」

って、あれ？

ゲームの時はよろず屋から在庫無限でアイテムは購入できたけど……今も使えるのか？

「よろず屋はどうなっている？　今まで通り魔石で商品の購入は可能なのか？」

「はい、問題ありません」

「そうか……ならば良いが、問題があったらすぐに報告するように伝えてくれ」

「承知しました」

在庫の補充ってどうやっているのか非常に気になるな……っていうかよろず屋って俺が作ったキャラじゃなくってお店専用キャラみたいなのがいたよな……そのうち確認しておこう。

城が広すぎて全然把握できないんだよな……迷わず動けるようにならないと、いざって時に大変なことになりそうだ。

いや、今日もキリクたちをがっつり待ちぼうけさせてしまったし、早めに把握しよう。

お城探検を心に誓いつつ、俺は話を続ける。

「アランドール。今まで俺たちには兵站《へいたん》の概念がなかった。だが、今後遠征する必要が出た場合、皆の食事のことを考える必要が出てくる。召喚した兵には恐らく食事はいらないだろうが、部将となる皆は確実に必要だからな。輜重《しちょう》隊を編成する必要が出てくるかもしれん。食事と部隊の運用について、今後どうするべきか草案を作れ。キリク、イルミット。この件にはお前たちも手を貸すように。アランドール、人手が必要ならすぐに言え。これはかなり重要な話だ、ぬかるなよ？」

「はっ！　一命に代えましても！」

うん、そこまで重く考えなくてもいいけどね？

「食事の件、今外に出ている者たちにも必ず伝えるように」

「「はっ！」」

これで大丈夫かな？　危うく皆が餓死するところだったな……死因は餓死および栄養失調……冗談じゃないな。犠牲者が出る前で本当によかった……今までで一番良い仕事をした気がするよ。

リーンフェリア、エイシャ、オトノハ、それにオトノハの部下である開発系の子を連れて、俺は以前訪れた村にやってきていた。

今日はバンガゴンガとの約束の日……ゴブリンたちの引っ越し当日だ。

この村にはゴブリンの件が片付いたと報告、そしてその報酬として魔力収集装置を村に設置しに来たのだ。魔力収集装置については、以前来た時にオトノハから簡単に説明してもらっているが……理解しているかどうかは知らない。

因みにゴブリンたちの集落には主力級の子を五人ほど送り込んでいる。ゴブリンの集落に待機してもらっているカミラたちと合流次第移動を開始してもらう予定だが、カミラと共に集落に残ってもらっていたウルルには、俺たちの方に合流するように伝言を頼んである。

「騎士様！　今日はいかがされましたか？」

俺たちの来訪に気づいた村長が、慌てた様子でやってきて声を掛けてきた。

「うむ、先日のゴブリンの件だが今日で片が付く。それで、以前話していた報酬の件を頼もうと思ってな」

「確か……魔道具を村に設置するという件ですな？」

「あぁ、彼女から説明を受けていると思うが、設置するだけで特に何か害のあるものではない。ただのオブジェとでも思ってくれればよい」

俺はオトノハを示しながら村長に告げる。

「は、はぁ。お約束ですから設置するのは構いません」

若干不安げな様子を見せながらも村長は頷く。

まぁ、得体の知れない物を村に置くのだから不安になる気持ちはわかるけど、こちらとしては死活問題なので遠慮はしない。

「そうか、では作業を開始させてもらう。オトノハ頼む」

「あいよ。それじゃ作業を始めるよ！　簡易版だからね、チャチャッと済ませちまうよ！」

オトノハの号令で開発部の子たちが魔力収集装置の設置を始める。一時間もあれば設置が終わるらしいから、先に村長に話をしておこう。

「ところで村長」

「なんでしょうか？」

「森にあったゴブリンの集落だが、今のところ破壊せずにそのままにしてある」

「はぁ」

なんとも気の抜けた返事をするな……まぁ、別にいいけど。

「だがあのまま放置するのは良くなかろう？」

「そうなのですか？」

首を傾げる村長の姿に、思っていたよりもこの世界は平和な場所なのかもしれないと思う。

「……例えば、野盗が根城にしたらどうする？　塀は高く建物もかなりしっかりしている。森の奥とはいえ、かなり良い拠点になるぞ？」

「そ、それは……」

俺の言葉に村長は顔色を変える。今までゴブリンたちから襲われたりすることはなかっただろうが、今後あの村を拠点にする者が現れた時、村が被害を受けないとは限らない。

寧ろ隠れ住んでいたゴブリンたちを追い出したことで、この村が野盗や魔物に襲われる可能性は増えたかもしれない……まぁ、そのことを教えてあげるつもりはないが。

「それは困るだろう？　だから今日焼いてしまうつもりなのだが……村から誰か確認の為に人を寄越してくれないか？」

「村からですか……？」

「あぁ。依頼完了の証《あかし》として、ゴブリンたちの集落が焼けたところを見れば村長も安心できるだろ？」

「ふぅむ……」

「森の奥だからな。今から向かって……焼いて戻るのに……夕暮れ時には村に戻ってこられるだろう。

なに、道中の安全は我々が確保してやる。だが森歩きに慣れている人物の方がよいな。無駄に時間を食うのは好ましくない」

「わかりました。確かに騎士様のおっしゃる通り、村の者の目で確認させてもらった方がいいと思います。狩りを生業《なりわい》としている者がおりますので、その者を連れていっていただけますでしょうか？」

「いいだろう。装置の設置が終わり次第、集落に向かう。それまでにその者を呼んでおくがよい」

俺の言葉に村長は深々と頭を下げると、物凄い勢いで駆け出していった。

そんなに慌てなくても……ってそうか、魔力収集装置の設置がどのくらいで終わるか伝えてなかったからか。万が一にも俺たちを待たせるようなことになってはってところか？

俺は指示を出すオトノハの元気な声を聞きながら、村長が戻ってくるのをのんびり待つことにした。


「き、騎士様……まだ……遠いんですかい……？」

「もう少しだ」

俺の後ろを歩く村の狩人が息も絶え絶えといった様子で問いかけてきたが、適当に返事をする。

森歩きに慣れている者と指定したんだが……予想以上に体力がないな。まぁ、時速三〇キロの移動を軽々とこなせる俺たちと比べる方がおかしいか。

だがまぁ、村の狩人程度とは比べものにならないくらい、俺たちの身体能力は高いってことがわかったのは収穫としておくか。

とはいえ……そろそろ集落が近いのは嘘ではない。

今ここにいるのは、俺、リーンフェリア、エイシャ、オトノハとオトノハの部下コリンとメイ……あと、村の狩人。

コリンは所謂《いわゆる》ドワーフチックなずんぐりした体型に短い手足をした桃髪に黒目の男で、一応魔法の得意属性は聖と闇……とはいえ魔法能力は全然鍛えていないので、キャラクターを作る時に選んだ属性という程度のものでしかない。

因みに『レギオンズ』の味方に人以外の種族は存在しないので、コリンはそういう体型をしているだけのキャラだ。

メイは銀髪灰目の美少女で、コリンと同じく魔法能力は初期値のままである。

いや、魔法能力だけじゃない。

二人ともオトノハの部下……開発特化のキャラなので、そもそも戦闘能力を伸ばす必要がなかったのだ。

つまり強さ的にはメイドの子たちと同等……何かあった時は全力で守らないといけない。まぁ、ゴブリンたちよりは強いらしいけどね。

現に狩人が疲れ切っているのに対して、コリンたちは全く疲れた様子を見せていない。頼もしい限りだ。

さて、今ここにいる面子で火の魔法を得意としているのは俺だけ……つまり、集落を燃やすのは俺の仕事だ。まぁ、わざと火の魔法を得意としている子を連れてこなかった訳だが……折角思いっきり魔法を撃つ機会だからネ！

この狩人が火の魔法の達人という可能性はなきにしも非ずだが……そもそもこの世界にも魔法はあるのだろうか？　魔力自体はあるみたいだが……そのへんも調べないとな。

そんなことを考えつつ、俺は訓練所以外で放つ初めての魔法に気分が高揚するのを抑えきれなくなってきていた。

「とりあえず、エリアで焼けばいいか」

『フレイムエリア』は戦争パートでのみ使える魔法だけど、今は普通に使うことができる。

消費魔石は他の魔法とは桁違いだけど……軍相手に使うような魔法なら集落くらい燃やせるだろう。

「神《フェルズ様》、お待ちください。さすがにエリア系は範囲が広すぎるかと愚考します」

俺の呟きが聞こえていたらしく、隣を歩いているエイシャが待ったをかけてきた。

「そうか？」

「はい。あの規模の集落であれば、ストーム系を六発ほど放てば跡形もなく処理できる筈です」

ストームはＲＰＧパートでの範囲系魔法だけど、たった六発で跡形もなくやっちゃえるの？

「ふむ……そんなものか。魔法の発動範囲や効果に関して、記憶が心もとないな。もう少し訓練所で属性ごとに色々と検証するべきだったか」

攻撃魔法の範囲もそうだけど、幻や聖属性の魔法は攻撃以外の魔法もあるしな。訓練所での練習はどちらかというと個人戦の練習……剣技や単体魔法ばかり使っていたからそのあたりの確認がまだ不十分だ。

帰ったら要検証項目を一覧にしておくか。

「聖属性の検証をする際は私にお任せください！」

そんなことを考えていると、若干鼻息荒くしつつ、エイシャが胸を張りながら自薦してきた。

「そうだな、その時はよろしく頼む」

「はい！」

エイシャがとてもいい笑顔で返事をする。

「ふぇ、フェルズ様！　光属性はぜひ私が……」

「あら？　リーンフェリアさん、光属性なら私も使えますよ？　といいますか……私の方が使いこなせると思いますよ？」

エイシャとは反対側にいるリーンフェリアが名乗りを上げたが、その台詞を遮るようにエイシャが小首を傾げながら言う。

「くっ……！」

悔しげに呻《うめ》くリーンフェリア。まぁ、仕方ないよね……エイシャは後衛系、リーンフェリアは前衛系だ。リーンフェリアが光を得意としているといっても、後衛系のエイシャの方が魔法の扱いは得意だろう。

「……魔法の検証なんて話になったら、カミラ一人で全部済むんじゃないかい？」

最後尾を歩くオトノハが身も蓋もない言葉を放ち、両隣の二人が石化したように固まる。

まぁでも、オトノハの言う通り魔法系最強であるカミラは、全属性の適正を最大にしている上に魔法系アビリティも完備しているからね。

魔法の扱いという意味では、彼女に比肩できる子はうちにいない。

「いや、魔法の検証には多くの者に参加してもらうつもりだ。適性やアビリティによる効果や威力、範囲の違いなども確認する必要があるからな。カミラは勿論、エイシャやリーンフェリア、それにメイドたちにも手伝ってもらうことになるだろうな」

「……フェルズ様は、あたいたちよりも研究開発に向いているんじゃないかい？」

俺の意見を聞いたオトノハが、困ったような笑みを浮かべながら言うが……俺は軽く笑いながら首を振る。

「自分たちの力を正しく把握するのは大事だ。研究開発とは少し違うだろうな」

っていうかそんな難しそうなことできる訳がない。ゲームなら指示するだけで数ターン後には研究も開発もできていたし……いや、今も指示するだけだから同じじゃか？

そんなことを考えながら歩いていると、ゴブリンの集落が見えてきた。って、そういえば内輪の話をしていたけど、狩人がいることを忘れていたな。

横目で表情を盗み見るが……疲労困憊《こんぱい》って感じで俯《うつむ》きながら歩いており、こちらの会話を気にしている様子はないな。

「集落が見えてきたぞ」

俺が声を掛けると死にそうな顔をしながら狩人が顔を上げる。一応聞こえてはいたようだ。

「あ、あれが……？」

茫然《ぼうぜん》とした表情で集落の塀を見る狩人……まぁ、君のとこの村より立派だもんね。

……いや、疲れ切っているだけかもしれんが。

「集落にいたゴブリンは三〇〇以上。もう一人も残っていないが……どうする？　中に入るか？」

「……いや、見る必要はない、です」

「いいのか？　ならば今から燃やしていくが……あまり前には出るなよ？」

「へ、へい」

さて……作業を開始するとしますか。

「エイシャ、ついてきてくれ。リーンフェリア、オトノハ、コリン、メイはこの場で待機。しっかりと守ってやれ」

俺はぱぱっと指示を出して集落へと向かう。ウルルは何も言わなくてもついてくるだろうし、魔法に関してこの場で一番詳しいのはエイシャだ。

魔法を使うだけなら俺一人でも問題ない筈だけど、さっきの件もある。

魔法に詳しい子がいてくれた方が間違いなくいいだろう。

「森のど真ん中で炎系の魔法を撃っても大丈夫か？」

今更ながらそんなことに気づいた俺はエイシャに問いかける。大火災とかになったら……えらいこっちゃで……。

「水を使う者はいませんが……いざとなれば、リーンフェリアさんに凍らせるように命じればよろしいかと」

「ふむ……なら遠慮なく燃やすとするか」

 っていうか、俺は水系を得意とする人間を連れてくるべきだったのでは……？　魔法をぶっ放すことに目がくらんで、完全に人員の配置ミスをしている気がする……まぁ、それを認める訳にはいかないのだが。

「エイシャ、どの辺りに魔法を撃てばいいか指示をもらえるか？」

「し、指示ですか!?」

エイシャが糸目を見開いて驚く。

「あぁ、こういう風に魔法を使うのは初めてだからな。どのくらいの範囲に影響が出るのかよくわからない」

「……畏まりました。では僭越《せんえつ》ながら、し、指示を出させていただきます！　まずは向こうの建物に『フレイムストーム』を。その次は移動するのでついてきてくださいますか？」

「あぁ、よろしく頼む」

こうして、幼女大司教に指示されながら、村の中を巡り範囲魔法で焼いていった。

『フレイムストーム』の魔法は背の低い炎の竜巻といった感じだったが、凄まじい熱量で近くにいるだけでこんがり焼けてしまいそうだった。

いやこんがりというか……がっつり炭化するかと思った。自分で撃った魔法だったけどちょっと逃げたし。

そんなこともありつつ、エイシャのアドバイス……いや、指示に従って魔法を放ち、大して時間もかけずに村を焼き尽くすことができた。

バンガゴンガたちには申し訳なくもあるが……我は大変満足である。まぁ、ここに戻ってくることはできないだろうし……破壊活動を満喫したことは許してもらいたい。

オトノハたちが頑張って作ってくれた、うちの城下を気に入ってくれると良いけど……まぁ、まだ仮設住宅だが。

そんなことを考えながらリーンフェリアたちと合流すると、何か恐ろしいものでも見たかのような表情で狩人が気絶していた。

いや、ちゃんと集落を潰したことの確認してもらわないといけないし……気の毒ではあるが狩人を起こし、しっかりと跡地を確認させた後、俺たちは村へと戻った。

思いのほか狩人の足が遅かったり、気絶したりと予定よりかなり時間がかかってしまったが……まぁ、村には狩人を送り届けて村長に報告させればもう用事はないしな。

この後はどうするかな？　城に戻るか、カミラたちに合流してバンガゴンガたちを城まで送るか……覇王的には城に帰った方がらしいとは思うが、どうしたもんか……。

そんなことを考えながら村の中に足を踏み入れたのだが……ん？

何やら雰囲気が違うような……。

「フェルズ様……騎士と村長が……魔力収集装置の所で……揉《も》めてる」

「騎士？　揉めているとはどういうことだ？」

騎士ってことは……ゴブリン討伐に来たってことだと思うが……何故揉める？

折角来たのに他の奴に依頼したとかで揉めているとか？　なんとなくのイメージだけど騎士ってプライド高そうだし……お前らの為に来てやったのにどういうことだ的な？

いや、民の為に的な騎士もイメージ的にはありだが……そもそもそういうタイプなら揉めないだろうしな。

「ゴブリンの討伐を……フェルズ様に頼ったことと……魔力収集装置を設置したことに……騎士が文句を言っている……消す？」

「消すのはなしだ。派遣された騎士にしてみれば、怒りを覚えても無理はないだろうしな。だが、魔力収集装置に文句をつけているのは見逃せない。ウルル、案内してくれ」

結界がある以上、魔力収集装置に手出しは不可能だと思うが……結界があろうがなかろうが、アレに手を出されるのは容認できない。魔力収集装置は俺たちの国の根幹だからな。

しかし、この世界に来て初めて戦うことを仕事としている人物との接触だ……できればどの程度の力量なのか、この世界においてはどのくらいの強さなのかを知りたいところだな。いや、さすがにそこまではわからんか。

そんなことを考えながらウルルの先導に従い歩いていると、何やらわめき声が聞こえてきた。

なんというか……ヒステリックなものを感じるな。めんどくさそうな相手のようだ。

「平民如きが！　どこまで私を馬鹿にするつもりだ！」

めっちゃブチ切れてる……っていうか馬に乗ったままなんだな。

しかし、ゴブリン退治に派遣されてきたって割には三人しかいないようだが……あの数のゴブリンを三人で殲滅できるのか？　広域殲滅の手段がなければ確実に逃げられるだろうし……そういう手段があるってことか？

「けしてそのようなつもりは……！」

「ではどのようなつもりだというのだ！　貴様らがゴブリン退治を陳情したのだろうが！　それが別の人間に頼んだから必要ないだと!?」

「その件につきましては……本当に申し訳なく……！」

「軍を起こすのにどれだけの費用がかかると思っている！　貴様ら程度の収めている税だけで軍を起こせると思っているのか!?」

プライドというより、金の問題で怒っているのか……現実的ではあると思うが、それを村長に怒っても仕方なくないか？

っていうか、三人で軍ってことは……もしかして俺たちと同じように魔石を使って兵を召喚できるのか？

そうなると、魔力収集装置のことも当然知っていることになる……もしそうなのだとしたら、やはりここは『ソードアンドレギオンズ』の世界なのか？

そうであれば、自分たちの設置していない魔力収集装置が設置してあることに憤慨するのは当然……いやいや、『レギオンズ』基準で考えるならそもそもこの村に設置していないのはおかしい。

設置コストに回収が見合わない？　だが一度設置すれば永続的に動くってオトノハは言っていたし……いずれは回収できそうだよな。

「いや、あの……その……」

となると、やはり『ソードアンドレギオンズ』の世界だというのは考えにくい。

俺がそんなことを考えている間にも、村長はどんどん追い詰められているようだ。

「もしや、軍が戦わなければ費用は発生しないとでも思っているのか!?　それとも税を納めているのだから、軍を派遣させて無駄足を踏ませるのは当然の権利だとでも？」

いや、ただの村人がそこまで考える訳ないよね？　っていうか偽の通報で警察を出動させて怒られているみたいな感じだが……村長からしたら首が飛びかねないって感じだろうな。

とはいえ、今のところこの騎士の憤りはもっともなものだし、村長が困っても俺は特に関係ないしな……まぁ、さすがに斬られそうになったら助けてやってもいいが。ん？　そういえばゴブリンの処理は俺から言い出したことだったっけ？　なら積極的に助けるべきか？

「それにこれだ！　この奇妙な物体はなんなのだ！　貴様の村にある物だろう!?　何故説明できない！」

お？

魔力収集装置のことは知らないのか……？　ブラフ……じゃないよな？　村長相手に嘘ついても仕方がないし。

「で、ですからそれは……ゴブリン退治をしてくださった……あ！」

魔力収集装置の傍で死にそうな顔で騎士とやり取りをしていた村長が俺に気づき、救世主を見た的な表情になった。

まぁ、気持ちはわからないでもないが……助けてくれた相手に更に厄介事を押しつけようとするなよな……。

ここで俺に迷惑を掛けないように立ち回れば……見直すところだが……。

「騎士様！　あちらの……あちらの御仁がゴブリン退治と、こちらの物を設置したのです」

……助ける気が失《う》せたな。

いや、まぁ、村長が騎士に逆らえる訳もないか。普通に首落とされそうだし。

とはいえ、仮にも恩人である俺たちに面倒事を押しつけようとする人物に信用はおけない……この村と関わるのはこれで終わりだな。

結界付きの魔力収集装置はこのまま置かせておいてもらうがな！

そんなことを考えていると、馬に乗った騎士がこちらに馬首を向け近づいてくる。

「おい！　きさ……ま⁉」

馬に乗ったまま近づいてきた騎士が俺に声を掛けてきたのだが……途中でその声が悲鳴のようなものに変わる。

原因は、俺と近づいてきた騎士の間に突然現れた小さな桃色の髪の女の子……エイシャが手にした杖《つえ》を振るい、馬の首を吹き飛ばしたからに相違ないだろう。

「うぉおおお⁉」

一拍遅れて横倒れになる首なしのお馬さん……ごめんな、君は悪くないのにうちの子が……後でしっかり供養させてもらうよ。

そんな不幸な馬から投げ出された騎士が這《は》いつくばっているところに近づいたエイシャが、感情の色が全く感じられない声音で騎士に話しかける。

「……貴方《あなた》は、どれだけの不遜を働けば気が済むのですか？」

「は……？　貴様、見習い神官か？」

「誰が口を開くことを許可しましたか？」

ぽかんとした様子の騎士に対して、今度は若干怒気を滲《にじ》ませた声音でエイシャが話を続ける。

「何を言っている！　貴様、私を誰だと……！」

「黙りなさい。主は貴方如きが自由に発言することを許していません」

エイシャの崇める神って超厳しくない……？

そういえば『レギオンズ』には神官とか神とかいたけど、宗教についてては特に言及されてなかったよな。

エイシャの神って誰なんだろ？　創造神か？

「いえ、神《フェルズ様》は誰よりも慈悲深く寛大です。なので、まずは地面に跪き額を地に擦りつけなさい。その上で心臓を差し出しなさい、そうすれば一言くらいは発することを許しましょう」

……それって断末魔の声ってヤツじゃない？

あと、気のせいか……神《フェルズ様》って聞こえた気がする。

いや、まぁ……確かにエンディングで神の一柱になってたけど……でも称号的には覇王だしな……。

「狂信者がぁ⁉」

立ち上がろうとした騎士の頭を踏み潰し、地面にめり込ませるエイシャ。

ようじょこわい……。

「コッポル様！」

後ろの方で呆気《あっけ》に取られていた二人の騎士が馬から飛び降り、剣を抜いてエイシャに迫ると村人から悲鳴が上がる。

まぁ、悲鳴を上げる気持ちもわかる。

なんせ鎧を着た騎士二人が剣を振りかぶり、どこからどう見ても可憐《かれん》な美幼女に斬りかかったのだから……次の瞬間血飛沫《しぶき》が上がり倒れ伏す美幼女がいるのは想像に難くない。

しかし、待っていただきたい。

一〇秒くらい前に、その美幼女が何をしたか思い出してほしい。

その小さな手で持っている……明らかに殴ることに向いていない華美な杖を振って、お馬さんの首を跡形もなく吹き飛ばしたのは彼女だ。

馬の首が消し飛ぶんだぜ？

その一撃、鎧で防げるものだろうか？

「エイシャ、殺すな」

「はい」

目の前で剣を振りかぶっている騎士がいるというのに、背中越しに振り返りにっこりと笑みを見せたエイシャは、徐に杖を振り、騎士の振った剣先を消し飛ばす。

マジシャンかな？

いや、大司教だったわ。

俺がそんなアホなことを考えている間に、足を払われた騎士が先ほどのオッポレ？　とかいう騎士と同じような体勢にさせられ、地面に顔をめり込まされる。

「見事な手際だ、エイシャ」

「も、申し訳ありません。あの者のあまりの無礼さに、つい我を忘れてしまい……見苦しいものを見せました」

「いや、気にすることはない」

頬を若干赤らめながら言うエイシャはとても愛らしい……いや、若干怖かった。それと、多少……信仰の向かう先が気になったけど……深く突っ込むと藪《やぶ》蛇っぽいから放置しておこう。

我が国は信仰の自由を推奨する。

「それで、村長……この者たちは？」

「は、はひ⁉　その方々は！　その……！」

顔色を真っ青にして、マッサージ器もかくやとばかりに震える村長だが……正直優しい台詞を言ってやるつもりはサラサラない。

「その装置は、ゴブリンへの対処の報酬として設置したものだ。別にそれを守る必要はないが……せめて義理くらいは果たしてもらいたいものだな」

「あ……ぐ……」

真っ青を通り越して真っ白になってきた村長の顔を見て……脅しすぎたかという思いが湧き上がってくる。

まぁ、結構イラっとしたけど……村長がこの地の権力者の部下である騎士相手にどうこうできる訳もないし、仕方ないといえば仕方ない。

それに……俺は覇王フェルズだ。

この程度のことで目くじらを立てていては、うちの子たちに狭量と思われるかもしれん……でも、あっさり許すと甘いと思われるかも……覇王的な匙《さじ》加減を誰か教えてくれませんかね？

「まぁ良い。それで、この者たちはこの辺りを治める国の騎士か？」

「は、はひ！　おっしゃる通り……ゴブリン討伐の為に送られた騎士団の先触れの方々です！」

三人で戦う訳じゃなく、先触れだったのか。

だったら軍の派遣云々って騒いでいたのも大げさではなかったってことだね。

まぁ、それはそれとして……俺は村長、そしてエイシャに踏まれて昇天しかけている騎士たちに視線を向けつつ話を続ける。

「ならば、ここでこうして先触れが地面にめり込んでいる以上、村長が取れる道はそう多くないな」

「そ、それは……？」

お前のせいだろうがという目で俺のことを見てくるが……俺のせいですが、何か？

「一つ、やがて来る騎士団本隊に先触れなど来ていないと嘘をつく。二つ、先触れは来たが本隊が来ることを伝えた後すぐに帰ったと嘘をつく。あぁ、その場合、この三人のことは我々で処理しておくので気にする必要はない」

「……」

処理という響きに真っ白な顔から更に生気を失う村長。

「まぁ、どちらを選ぼうとも、その装置は当然そこに置かれたままだからな。本隊が来た時同じような問答が起こらないとはいえないいな」

俺の言葉により一層恨みの籠もった視線を向けてくる村長。

番外として、突然頭と体が泣き別れするって選択肢が強制的に選ばれそうだから、もう少し柔らかい目をした方がいいと思うな。俺が話しているからって理由で後ろの子たち動かないけど、言葉選びを間違えたらいつでも飛び出しそうだ。

実は、三つ目の案は俺たちのことを襲って騎士団に許しを請うか？　って言うつもりだったけど……今の感じでそんなこと言ったら、後ろの子たちを刺激するだけかもしれないからやめておこう。

「……そして三つ。俺たちの完全なる庇護《ひご》下に入るかだ」

「そ、それは一体どういう意味で……？」

「俺たちがいかなる外敵からも守る。相手がゴブリンだろうとそのへんの騎士だろうとな。俺の庇護下……俺の民になるということだ」

「……その……守ってくださるというのはわかりますが……民というのは……？」

村長の困惑はよくわかるけど……どうやって伝えたらいいのかわからん。

「そのままの意味だ。この村を俺の統治下に置く。お前たちが我が民となるのであれば、守るのは当然であろう？」

「……」

何を言っているか一切理解できないといった様子の村長。

「俺たちの実力は……今見ただろう？　この程度の騎士であればどれだけ数が増えようと俺たちの敵ではない。それに……俺たちの兵数はそこらの国より多い筈だ」

俺たちが動員できる兵数は……どのくらいだ？　一万前後呼べる子が……あー、確かゲームでは三つの戦線で同時に戦えるようにしていたな。

一部隊に将が三人で、一つの戦線に最低五部隊、メイン攻撃部隊は一〇部隊を置いていたから……あー、思い出してきた。一〇、八、五部隊が基本戦闘部隊だな。つまり統率100以上が六九人で六九万。

更にＲＰＧモード用のキャラたちはダンジョンアタックの為に戦争参加させていなかったけど、普通に一万は召喚できる。これが五人で五万。

そして……未強化の子たちだって一人五〇〇〇は呼び出せるし……オトノハたち内政系の強化をされている子たちだって当然五〇〇〇は最低でも呼べる。

結局一度に呼べる兵数は……強さ度外視なら一〇〇万は軽くいきそうだな。

しかも将がやられない限り魔石で再召喚はできるから、負傷とか死者とかは気にする必要はない。

この世界が実は近代くらいの文明度で人口爆発後とかならともかく、この村の文明度から考えるにそこまで多くの人口を支えられるとは思えない。

騎士の装備も鎧と剣みたいだし……精々中世、下手したら安土桃山どころか源平合戦……もっとさかのぼって三国志か春秋戦国時代くらいってのもあり得るか？

この世界の広さにもよるだろうけど……一国が一つの戦場に送り込めるのは、万単位の動員ができるかどうかって感じかもしれん。

　まぁ、この辺りが秘境中の秘境って可能性もある。都会に行ったら空飛ぶ車とかロボット兵団とかいる可能性もゼロじゃない。

　そのあたりの情報が手に入るまでは、迂闊《うかつ》な行動をとるべきではないが……って、村長のこと放置してたな。

「まぁ、どれを選ぶかは好きにするがいい。だが、決断は早い方がよいと思うぞ？　こうして先触れが来ているのだ、そう遠くないうちに本隊も来るだろう」

「……で、ですが！」

「俺にとってこの村に来たことは成り行きでしかないし、ゴブリンに困っているというから助けてやっただけだ。さぁ、どうするのだ？　村長。決断するのはリーダーの仕事だ……そしてその責任を取るのもな」

「……」

　とまぁ、このように迫ってはいるけど……村長が決断できるだけの判断材料に乏しいことも事実だ。偉そうに大言壮語を放つ行きずりの人間を信じるよりも、派遣されてくる騎士を信じるのが普通だしね。

「私は……」

　たった数分で二〇歳くらい老け込んだ村長が重々しく口を開いた。

「大して収益がある村じゃないが、初の領地になるな」

　村を振り返りながら言った俺の台詞に、隣にいたリーンフェリアがそこはかとなく嬉《うれ》しそうな雰囲気を滲ませながら頷く。

「さすがはフェルズ様です。干戈《かんか》を交えることなく、他国統治下の村落を服従せしめるとは……やはり、フェルズ様のご威光は身分を隠したとて隠しきれるものではありませんね」

リーンフェリアはそう言って顔をほころばせるが……いや、アレは威光とかカリスマじゃなくって……ただの脅しじゃね？

しかし、魔力収集装置があんなに問題になるとは思わなかったな。

エイシャがこいつらをぶっ飛ばさなかったとしても、現地勢力との衝突は避けられなかっただろう。

俺たちとしてはアレを撤去するなんてもっての外だが、相手側としては得体の知れない装置を領内に置くなんてってところだ。

俺は気絶したまま引きずられている騎士に視線を向ける。

「クーガー、本当にその者たちの輸送を任せて大丈夫か？」

「問題ないっスよ。ご命令通り、すぐに城に連れ帰って情報を搾り取るっス」

この下っ端口調の男はクーガー。ウルルの部下で外交官だ。得意な交渉術は投薬と暗殺……そんな外交官絶対自国に招き入れたくねぇ……。

味方としてはとても頼もしい限りだが。

「あぁ、任せた。それと、キリクへの伝言も頼むぞ。明日にはこの村に軍を派遣できるな？」

「うっス！　問題ないっス」

「よし、では行け」

「はっ！」

俺の言葉を受けてクーガーが駆け出していく、三人の騎士を引きずって……死なないよな？　縛ったまま馬に引きずらせる拷問を兼ねた処刑とかあるよ？

まぁ、ちゃんと情報を聞き出すように言ってあるから大丈夫か。

とりあえず、クーガーには村に向かってきている騎士団とやらの情報を最優先で聞き出すように言ってある。そして相手の三倍程度の数の兵を召喚してこの村に派遣するように、キリクに伝言を頼んだ。

普通、伝言だけで軍を派遣したりはできないだろうけど……俺の命令であるということをキリクに理解させる為に、クーガーには俺の覇王剣を預けた。

アレを見せればクーガーの言葉が俺の命令であると証明できる訳だ。まぁ、クーガーが裏切ったらえらいことになるけど……その心配は必要ないだろう。

剣を渡した時……クーガーは生まれたての小鹿が驚くくらいガックガクに震えていたし、受け取った姿勢のまま暫く腰が抜けて立ち上がることができなかったし、いざ立ち上がったら我が子を守る猛獣のような目つきで周囲を警戒し、剣を抱きしめるように抱えていた。

アレが演技だったら、俺はもう誰も信じられない……。

「さて、リーンフェリア」

俺は走り去っていったクーガーから視線を切り、隣にいたリーンフェリアに声を掛ける。

「はっ！」

「この村のことは任せる。オトノハたちのことは勿論、我が民となったからには村人のこともしっかりと守ってやれ」

「はっ！　この命に代えましても！」

いや……オトノハたちのことは全力で守ってほしいけど、村人の命だったらリーンフェリア自身を優先してもらいたい……とは言えんよなぁ。

「……無理だけはするな、今お前たちにいなくなられては困る。明日には城から部隊が派遣されてくるから村の警備はそちらに任せ、魔力収集装置を設置次第、オトノハたちと転移で戻ってくるといい」

「はっ！　承りました！　……ウルル、エイシャ。私の分までフェルズ様をお守りするのですよ？」

「えぇ。身命を賭して」

「……うん」

命懸けすぎぃ……。

俺は真剣な表情で決意表明をするエイシャと、同じく真剣な表情で頷くウルルを見て戦慄を覚える。

今回、俺に同行するのはこの二人だけだから気合の入りようも違うのだろう……。

因みにオトノハたちは簡易版ではない転移や通信機能ありの魔力収集装置を村へ設置、リーンフェリアはその護衛。そして俺とウルル、エイシャは現在移動中のゴブリンたちに合流する予定だ。

収集できる魔石量から考えても、この村よりゴブリンたちの方が重要度は高いしね。

ゴブリンたちの護衛についている子たちを信用していない訳ではないが、やはり自分の目で見ないと心配なのだ。

この考え方は、上に立つ者としては駄目なんだろうが……まだ覇王レベル1ということで勘弁してもらいたい。

「では、行くとするか。ウルル、案内を頼む」

「はい……」

駆け出したウルルに続いて俺とエイシャも走り出す……しかし、俺はともかく、ちっちゃいエイシャも平然とこの速度についてくる光景は、何度見てもかなり違和感がある。

そんな常識外れの速度で走ることしばし、前方にそろそろと移動するゴブリンたちの集団を発見する。

「思ったよりも距離は進んでいないのだな」

「……申し訳ありません」

「いや、不満がある訳じゃない。俺たちのような移動速度を出すのは無理なのだと認識しただけだ」

牛歩とまではいかないが、至って常識的なペースで移動しているゴブリンたちを見て、若干ほっとする。

ゴブリンたちを刺激しないように速度を落として集団に近づいていくと、一人の人物が集団から離れこちらに向かってきた。

「フェルズ様。御身自らのご足労、痛み入りますわぁ」

そう言って近づいてきた人物……カミラが膝をついて頭を下げる。

「カミラ。ゴブリンたちの引率、ご苦労」

「勿体なきお言葉ですわぁ。とはいえ、ゴブリンたちも素直だしぃ、大した手間ではないわよぉ」

「特に問題はなかったか？」

「森を抜ける前に一度だけ魔物の襲撃があったくらいねぇ」

立ち上がりながら顎に指を当てつつ、カミラが軽い口調で言う。それはそれとして、カミラの服装はローブを着崩している感じで……目の前で膝をつかれると……こう、色々な部分がアレしたりして、色々とこう……アレする感じがアレな訳だからして……危険である。

しかし、覇王はそんな内心の葛藤をおくびにも出さない。

「ふむ、特に被害はなかったということだな？」

「ええ。ジョウセンが張り切って一人で倒したのよぉ。いいわよねぇ……魔法がなくても戦えてぇ」

そう言って頬を膨らませるカミラ。妖艶な美女といった姿のカミラには珍しい表情にも思えるが……中々愛嬌《あいきょう》があって可愛い。

しかしジョウセンか……彼はＲＰＧモードの主力剣士だからな。さぞ張り切って暴れ回ったことだろう。

「すまないな、カミラ。自由に魔法を使わせてやれなくて」

俺が謝るとカミラは慌てたように頭を下げる。

「も、申し訳ありません。そのような意図は……」

「気にする必要はない、不自由させてしまっているのは事実だ」

「は……はっ！」

恐縮しきってしまっているのか、カミラらしからぬ言動に俺は冗談めかした声音で話しかける。

「カミラ。俺はそうやって恐縮してしまっているお前より、普段通りのお前の姿を好ましく思うぞ？」

「ぴゅ！」

「ぴゅ？」

何を言おうとしたらぴゅって叫ぶのだろうか？　俺にはぴゅ◯太くらいしか思いつかないが……。

「い、いえ！　な、なんでもないわよぉ」

「ふっ……」

そう言って顔を赤らめながらしなを作るカミラを見て、少し笑ってしまう。

まぁ、笑ったのはカミラの仕草のせいでもあったがもう一つ……俺、全員に同じようなこと言ってない？　と思ったからだ。自分のボキャブラリーのなさに自嘲めいた笑いが漏れてしまったのだ。

「も、もう。笑うなんてひどいわぁ」

「……すまんな。ところでジョウセンはどこだ？」

俺が謝り、ジョウセンのことをカミラに尋ねると、一瞬で顔色を赤から普通に戻したカミラが普段の様子で答える。……いや、耳が赤いな。

「ジョウセンは集団の最後尾にいるわぁ。確か、殿《しんがり》は武士の誉れ……とか言ってたかしらぁ」

「そうか。アイツは武士じゃなくて剣聖なんだが……まぁ、いいか」

俺はそう呟きながら集団の最後尾に視線を向けるが、ジョウセンの姿は認識できない。

ジョウセン……カミラが魔法系の最強だとすれば、ジョウセンは近接物理系最強だ。

といっても魔法万能にしたカミラみたいに強化にコストはかかっていない。剣聖の名の通り、剣が得意ではあるが、槍と斧と弓もそれなりに使えるようにしてある程度だ。

基本的にＲＰＧパートのスタメンではあるが、戦争パートでも魔法こそ大して使えないもののかなりの強さを誇る。特に武力が最大値なので一騎打ちにめっぽう強い。

まぁ、ほら……日本における剣聖から名前をもらっていますからね？　まぁ、かの剣聖はノッブの野望だとあ
武芸も軍事もござれって感じのキャラにしたかった訳ですよ。まぁ、かの剣聖はノッブの野望だとあんまり能力値高くなくて切ないんだけど……ってか、あのゲーム、剣豪系のキャラは軒並み微妙なステータスなんだよね。

「フェルズ様……ジョウセン……呼ぶ？」

ウルルの提案に、あさっての方向に向かっていた意識をこちらへと戻す。

「いや、仕事中だしな。最後尾は確かに重要な役目だし、呼び出す必要はない。だが、バンガゴンガには会っておいた方がいいかもしれないな。どこにいるかわかるか？」

「ゴブリンの長なら集団の先頭にいるわよぉ」

「よし、ならば行くか」

「……御身自ら足を運ばれるのですか？」

俺の一言にエイシャが反応する……覇王的にＮＧなのか？　いや、でもこうやって集団が動いていっ

ている訳だし、その先頭にいるバンガゴンガをこっちに呼び出したら全体が止まらないか……？　いや、案内人って訳じゃないから止まらないかもしれないけど……。

「お前たちにはすまないと思うが……今は効率を重視したい。権威や威厳よりもな」

そう言って俺は、ゴブリンたちの進行方向へと足を進めた。

その後ろをエイシャたちは黙ってついてきている。しかし……今の言葉で納得してもらえるだろうか？　うちの子たちは皆、俺に最大限の敬意をもって接してくれている。いきすぎじゃないかと思うこともあるが……その敬意に対して、俺は行動で報いる必要があると思う。

だが、色々と簡略化したいと思うことや、気軽に行動したいと思う部分があるのも確かだ。そのへんの塩梅《あんばい》を上手く取っていきたいとは思っているのだけど……皆の中にある覇王フェルズ像ってどんな感じなのだろうか？　今更ではあるけど、少し確認しておいた方がいいかもしれない。

そんなことを考えながら、ついてくるエイシャたちを盗み見るが……特に不満そうな顔はしていないな。

セーフ……なのか？

そんな風に内心ドキドキしながら集団の先頭に行くと、どこからどう見てもゴブリンには見えない巨体の持ち主が、俺に気づき声を掛けてきた。

「フェルズ……いや、フェルズ様。この度は我らゴブリンを受け入れてくださり、本当にありがとうございます」

「……どうした？　バンガゴンガ。今までのような口調で構わないぞ？」

「いえ……フェルズ様は王であらせられると、カミラ様より伺っております。しかも、人族の王です。我らゴブリンを受け入れるということは、必ず他国との軋轢が生まれることでしょう。にもかかわらず我らを保護すると約束してくださった……」

そう言って神妙な面持ちになるバンガゴンガ。

え？　ゴブリンの保護ってそこまで大ごとなの？　少し確認しておいた方がよさそうだな……。

「バンガゴンガ。以前俺たちは旅をしてきたと言っただろ？　それはかなり遠くからでな……この辺りの情勢をまだよく知らないのだ。ゴブリンを受け入れることが他国と軋轢を生むというのはどういうことだ？　騎士団を送り込まれるということから、あまり人族から良く思われていないというのはわかるのだが……」

俺の言葉に、少し目を大きく見開いたバンガゴンガが若干苦しそうに語り始める。

内情を知ったら見捨てられると思ったのかもしれない。

「数百年前のことですが、ゴブリンはこの辺りに大きな国を築いていました。その国と人族の国は長い間戦争に明け暮れ……最終的にゴブリンの国は滅びました。それ以降、人族は我々のことを徹底的に排斥し続けております。今や数を減らしたゴブリンは、人族に見つからぬように隠れ住むのがやっとといった有様です」

種族間戦争に敗れたって感じか。

しかし、話は通じる。確かに見た目は違うし、ゴブリンの女性を見ても可愛くは見えないけど……魔石五倍だし、問題ないだろ。

周囲の国の国力や軍事力次第ではあるけど、火種を抱え込むことはエインヘリアにとって悪いことではないしな。

「数百年前の敗者というだけか？　ならば別に問題ない。そのような遥か昔の話、俺の知ったことではない。そもそも今の人族にしても、ゴブリンに親兄弟が殺されたというのなら恨む気持ちもわかるが、そういう訳ではないのだろう？」

俺が下らないというように鼻を鳴らすと、バンガゴンガは目を丸くした後、破顔しながら深々と頭を下げた。

「そういった種族の違いだけを依《よ》り代《しろ》とした憎しみは、国家主導の洗脳みたいなものだからな。俺たちのように外部から来た者からすれば、鼻で笑い飛ばす程度のものよ。無論、お前たちが我らに牙を剝くというのであれば、刈り取ることになんら躊躇いはないがな」

「あり得ません。フェルズ様方の鬼神の如き強さは、この場にいる全ての者が理解しております。そして何より、滅びの運命よりお救いくださったその慈悲深さを……。我ら如きの力なぞ、フェルズ様の一助にすらなり得ないとは存じますが、せめて恩に報いるだけの忠誠を捧げさせてください」

膝をつき、真摯に言葉を紡ぐバンガゴンガの姿に……若干の後ろめたさを覚える。魔石一万七〇〇〇ゲット！　と浮かれていた覇王が、罪悪感で押し潰されそうだ。

「俺はお前たちを保護すると約束した。それは、お前たちを我が民として招き入れるということだ。そこに種族の貴賤《きせん》はない。そして、お前の集落の者だけに限らず、庇護を求めるのであれば、他の隠れ住んでいるゴブリンたちも我が民として迎え入れよう。いや、ゴブリンに限らず、人族、妖精族……どのような種族であっても俺は拒まない」

「……」

バンガゴンガが膝をついたまま顔を上げ……先ほど以上に呆《ほう》けたような表情を浮かべている。今日も俺の演説癖は全力で働いているらしい。

「それとな、バンガゴンガ。自らを卑下するのはやめておけ。我が民となるということは、それだけで俺を助けてくれているということだ。我が民を軽んじる奴は……誰であろうと許さんぞ？」

俺がそう言って皮肉げに笑うと、バンガゴンガが平伏……いや、地面に頭突きを入れる。この様子を見る限り、前みたいに気安く喋ってくれとは言いにくいな……。

「バンガゴンガ、頭を上げろ。俺たちが動かないと後続が動くに動けないだろ？」

俺がそう言うと、バンガゴンガは立ち上がり、恐縮したように俺と後ろに続くゴブリンたちに謝った後歩き始める。

「ウルル、このペースだといつ頃城に着くことになる？」

「休憩を考えて……明日の昼頃……」

「結構かかるな。今夜は野宿か……城下に着いたらすぐに休めるように準備だけはしておかねばな。ウルル、後でキリクに伝令を頼む」

「……了解」

テントとか持ってないけど、野宿とかできるだろうか……？


ぱちぱちと音を立てながら、俺の目の前で木がはぜる。

いわゆるたき火だが……なんだろう……無茶苦茶落ち着く。ずっと見ていられるな……何が面白いって訳じゃないんだけど……いや、面白いな。

そんな風にぼーっとたき火を眺めていると、俺の傍に控えていたエイシャが声を掛けてきた。

「神《フェルズ様》。バンガゴンガが来ました」

「そうか。通してくれ」

俺の言葉に黙って頭を下げたエイシャが俺から離れていく。

っていうか通してくれも何も、ここ普通に平原だからな……許可するまでもなく風や砂がばんばん通っている。

まぁ、俺の周りはしっかりうちの子たちが固めてくれているから、風はともかく生物はそう簡単には通過できないだろうね。

勿論、うちの子たちは俺の周りだけではなく、ゴブリンたちの護衛もしっかりとやってくれている。言い方はアレだが……ゴブリンたちは貴重な収入源だからね。あの村の五倍……いやそれ以上に大事にしなくてはならない。

そんなことを考えていると、俺が立っていたとしても見上げるような巨体と、俺が座っていても目の高さが合う……は言いすぎだが、椅子に座っていたら目の位置が合うくらいの矮軀《わいく》が連れ立って近づいてくる。

言うまでもなくバンガゴンガとエイシャだ。

この二人が並ぶと身長差が凄まじいな……。遠目ならともかく、近くに来た時二人の顔を同時に視界に収めるのは不可能といえる。

「フェルズ様。お呼びとのことで参上仕《つかまつ》りました」

「……あぁ。少し聞きたいことがあってな。忙しいとは思うが付き合ってくれ」

仕るってなんだっけ……？　まぁ……なんでもいいか。多分古めかしい言い回しなんだろう。

「……」

「……座れ。椅子はないが、我慢してくれ」

「はっ」

こういうのをいちいち言わないといけないのは本当に面倒だな……そんなことを考えながらバンガゴンガを見ていると、たき火を挟んで反対側にどかりと胡坐《あぐら》をかいて座った。

「知らなければ知らないで構わないから、気を楽にして聞いてくれ。バンガゴンガ、お前はこの辺を治める国のことを知っているか？」

「申し訳ありません。人族の国のことは存じておりません」

バンガゴンガが申し訳なさそうに頭を下げるが……まぁこれは予想通り。いや、まぁ少しだけ期待してなかった訳じゃないけど、予想通りだ。

「そうか。人族を避けて暮らしていたのだからそれは仕方ないな。まぁ、そちらは良い情報源がいるから問題ない」

今頃、クーガーがいい感じにあの二人から情報を聞き出してくれているだろう。確かオッポレとかいってたっけ？　なんかちょっと違う気もするが、まぁどうでもいいか。

それはともかく、尋問とかってのは『レギオンズ』の頃はなかったからなぁ……クーガーは上手くやれているだろうか？　『レギオンズ』での捕虜の扱いは配下にするか逃がすか……首チョンだったからな。

まぁ、自信ありそうだったし大丈夫か。できないならできないって言うだろうし。

クーガーのことよりも、今はバンガゴンガとの話を進めないとな。

「本題はこれからだ。俺たちがこの辺りの人間じゃないことは何度か伝えたと思うが、色々と情報が知りたくてな。この辺りには、人族以外の種族が結構いたりするのか？　ゴブリンは……確か妖精族だったか？」

「はい。ゴブリンは妖精族ですが……この付近にいる妖精族は恐らく我々だけです」

「ふむ……」

この付近がどの辺りを指すのかわからないけど……いや、そもそも俺の聞き方が悪いのか。

「因みに妖精族というのはゴブリン以外にどのような種族がいる？」

「南の方に、ハーピーの村があると聞いたことがあります。あとは、住んでいる場所はわかりませんが、ドワーフ、エルフ、スプリガンが妖精族です」

「ゴブリン、ハーピー、ドワーフ、エルフ、スプリガンか……」

どれも聞いたことのある種族……いや、スプリガンってよく知らないな。ふわっと聞き覚えがあるくらいだが……外見は全くわからないな。

いや、そもそもゴブリンも俺の知っている姿とは違うし、ドワーフやエルフも全然違う可能性はあるか。

「それぞれの種族はどんな見た目だ？」

「ハーピーは腕や足が鳥に近い感じです。腕は翼になっており……知り合いのハーピーは、空を飛ぶことができなかったのですが、他のハーピーは飛行が可能でした」

ハーピーか……『レギオンズ』で魔物としていたな。手足が鳥っぽい感じの女性型の魔物だったけど……アレって全部雌だったのかな？　それはともかく、ゴブリンと同じくこちらでは妖精族か……。

聞いた感じだと、『レギオンズ』にいた魔物の姿に近いみたいだけど、ゴブリンみたいに人族に嫌われている感じなのかな？

「エルフやドワーフ、スプリガンに関して私は直接見たことはありませんが……三種族とも人族に近い見た目だそうです。スプリガンはその中でもかなり体が小さいようです」

「ふむ……」

ドワーフは……小さくないのか？　俺のイメージではエルフは痩身、ドワーフは小柄でガタイが良いって感じだったんだが……まぁ、バンガゴンガも見たことがないなら説明のしようもないか。

「お前たちの村で少し言っていた、魔族については何か知っているか？」

「申し訳ありません、魔族について私は全く……」

「そうか……魔王については？」

「魔王についても正確な情報は持っていません。ただ、その身から溢れる魔力が狂化の原因になっていると伝え聞いております」

魔王についてもわからずだけど……まぁ、今は別にいいか。何がなんでも知りたいって情報じゃないしな。

それよりも俺が気になるのは、ゴブリン以外の妖精族も魔石回収効率が人族よりも良いのかどうかってことだ。もし他の妖精族も効率五倍だったら非常に助かるんだけどなぁ。

とりあえず、南の方に住んでいるっていうハーピーの村に、魔力収集装置を置かせてもらえるように頼みに行くのが良いかもしれない。バンガゴンガを連れていったら交渉しやすいか？

「因みに……ゴブリン以外の妖精族と人族の関係は良好なのか？」

「……良好とは言いづらいですね。人族……いえ、この辺りの人族は他種族を見下す傾向が強いので」

あー、人が他の種族を見下すって、物語ではよく見る感じだけど……ここもそうなのか。

人族っていうのは排他的ってことなのかね。まぁ、そのへんの情報も、次第に集まっていくのだろうけど……バンガゴンガがこの辺りのってわざわざ言い直したのは……俺たちも人族だからってことかな？

「もし俺たちが、バンガゴンガたちのように他の妖精族たちも迎え入れたいといったら、問題はあるか？」

「……それは、その者たち次第ではないかと。恐れながら、他の妖精族の生活様式を私は存じておりません。共に暮らすにあたって、致命的な生活習慣の違いがないとは言いきれないかと」

「それは至極当然だな。直接話をしてみないことにはわからないか」

「……フェルズ様は、他の妖精族も民として迎え入れていくのですか？」

窺《うかが》うようにバンガゴンガが尋ねてくる。多種族共生国家みたいなのは普通じゃないのか？

「おかしいか？　俺は理性を持ち、会話のできる者はすべからく民となり得ると考えている。そこに貴賤はない。あるのはそれぞれの個性だけだ」

そう、会話が通じる相手ならば何も問題はない。寧ろ考え方や在り方を種族単位で枠に嵌《は》めて見るべきではないと思う。同じ国、同じ言葉、同じ人種であっても、話が通じないことなんてざらにあるしね。個人個人考え方が違うのに、種族とかの大雑把なくくりで一纏めにして、変なレッテルを貼るやり方は好きじゃない。

だから俺はゴブリンだから邪悪とも考えないし、人族だから話は通じるとも考えない。どんな相手だろうと会話は試みるし、どんな相手だろうと疑ってかかる。その上で判断していきたい……そういう覇王であろうと思う。

「フェルズ様の考え方に敬服いたしました。フェルズ様のような考えの統治者が多ければ……差別やそこから生まれる争いはなくなるのでしょうか……」

「くくっ……！　バンガゴンガ、それは違うぞ。俺は明確な差別をする。我が民とそうでない者に対する差別をな。無論、我が民でないからといって蔑みはしないし、無下に扱うことはしない。全ての存在は我が民となり得るのだからな。だが、守るべき我が民を害そうとする者がいれば、容赦するつもりはない。たとえ相手が一〇〇万の人族であろうと、一〇〇万のゴブリンであろうと……我らに牙を剝くというのであれば、容赦なく薙ぎ払う」

敵には容赦はしない……さすがに斬りかかってくる相手をいなして会話を試みようとするほどお人好しではないつもりだ。

「相手の言い分もあるだろう。もしかすると俺が悪いのかもしれない。だがそんなことは関係ない。無論、慈悲は与えるし、まずは会話を試みよう。だがそれでも牙を剝くというのであれば、逆に牙を突き立てられても文句はなかろう？」

俺が笑みを浮かべながらそう言うと、バンガゴンガは喉を鳴らしながら唾を飲み込む。

「俺は王だからな。容認できることと容認できないことがある。まぁ、その線引きは簡単だ。俺や部下、そして民に危害を加えることは許さない。それだけだ。だからバンガゴンガ。もしお前たちが俺についていけないと思った時は……忌憚《きたん》なく俺に意見をぶつけに来い。俺は部下や民の声に耳を塞ぐほど狭量ではないつもりだ。だがいきなり刺しに来れば……それなりの対応をせざるを得ない。こうして会話を交わせた相手にそんなことをしたくないがな」

というか、積極的に意見を言いに来てください。マジで俺の舵取りで行先が決まっていくのは心臓に悪い。

「……心に刻んでおきます」

神妙な面持ちでバンガゴンガが頭を下げる。

少し脅しすぎたかもしれないけど……無下にはしないからちゃんと不満とかあったら言ってねって伝わったよね……？　いきなり後ろから首へし折りに来ないでね？

とりあえず、空気を変えよう……なんかめっちゃ空気重くなった。

「ところでバンガゴンガ。お前たちは……酒は呑《の》めるか？」

「は……？　あ、いえ、申し訳ありません。酒は好物です」

「そうか……なら俺たちの拠点に着いたら宴《うたげ》でもするか。バンガゴンガたちは我が城下町の最初の住民だからな。交流も兼ねて酒や料理を出そう」

『レギオンズ』にはお酒ってアイテムもあったから、それを出せばいいだろう。ってそういえばフェルズって何歳なんだ？　ゲームでは特に何歳って明記されていなかったよな……まぁ、成人はしているだろうけど。多分。

「それは……楽しみにしておきます」

「明日の昼頃には到着予定だが……少しは休みも必要だろう？　宴会は夜に行うとしよう」

「お気遣い、感謝いたします。集落では酒を造るのも一苦労でしたし、皆も喜ぶと……ぐっ⁉」

凶悪な笑みを浮かべながら話していたバンガゴンガが、突然胸を押さえて苦しげな様子を見せる。

「どうした？　大丈夫か？」

肋間《ろっかん》神経痛か？　一瞬そんなことを思ったのだが、バンガゴンガは胸を押さえながら項垂れ、噛《か》み殺すように苦しげな声を上げている。

これは……ちょっとマズそうだな。

「どうした、バンガゴンガ⁉」

俺が立ち上がり、たき火の反対側にいるバンガゴンガに近づこうとしたところ、苦しげな呼吸をしながらバンガゴンガが俺を押しとどめるように掌をこちらに向ける。

「ふぇ……フェルズ……様……も、申し訳……ありません。これは……きょ……狂化……です！」

「なんだと⁉」

このタイミングで⁉　唐突すぎるだろ……なんか前振りくれよ⁉

って、今はそんなことを言っている場合じゃない！

「エイシャ！　バンガゴンガの容体を確認しろ！」

「はっ！」

俺の言葉に即座に動いたエイシャがバンガゴンガの容体を確認する。その間もバンガゴンガは苦しげな声を上げながら脂汗を出しており、一見すると強烈な腹痛って感じに見えるが……その苦しみは俺にはわからない。

ただ、ゴブリンたちの集落で見た狂化したゴブリンの最期は……バンガゴンガも死ぬのか？

今、こうやって普通に話をしていた相手が？

集落で見たゴブリンの最期を思い出し、俺は言いようのない怒りを感じる。意味がわからない……なんだ？ この理不尽は。ふざけるなよ……!?

たき火が傍にあるにもかかわらず、視界が暗くなっていく……そうかと思えば、フラッシュをたかれたかのように視界が白く弾ける。鬱陶しい……それに体が妙に熱い……意味がわからん……。

「……」

俺の視線の先ではバンガゴンガが苦しげな様子で横たわり、その傍でエイシャが真剣な面持ちでバンガゴンガの体を調べている。その額には汗が玉のように浮かび、指先が震えているようにも見える。

咄嗟にエイシャに調べるように命令してしまったが……彼女は神官であって医者ではない。

そもそも病気とかではなく、魔王の魔力とやらが原因とのことだ……原因が魔力だというなら、エイシャよりもカミラの方が適任だったか？

そう考えた俺は、少し離れた位置で神妙な顔をしているカミラの方を見て……声を掛ける直前、はたと気づく。

俺はエイシャにバンガゴンガの容体を見るように命令した。その命令に従い、エイシャは全力でバンガゴンガの容体を確認している。にもかかわらず、俺がここでカミラに命令をすれば……エイシャに役立たずと言っているようなものだ。

エイシャがバンガゴンガの容体を見始めてからまだ十数秒……そんな一瞬で結果を出せって？

馬鹿か？

ここはゲームではないんだぞ？　コマンドを選択したら即座に結果が出る訳ではない……ちゃんと理解しろ！　ここは紛れもない現実だ！

煮えたぎる頭で、千切れた理性をかき集め必死に冷静であろうとする俺だったが、バンガゴンガがこちらを見ながら苦しげに口を開くのが見えたのを切っ掛けに、内向きだった意識が外へと向かい視界が輪郭を取り戻した。

「は……はは……」

「バンガゴンガ……？　どんな具合だ？　俺たちにしてやれることはあるか？」

覇王らしくない言動のようにも感じられたが、正直今はかなり感情がギリギリで、いつものように振舞えない。

そんな俺を見ながら、バンガゴンガは苦しげではあるが笑みを見せた。

「フェルズ、そんな……顔をするとは……な。だが……少し……殺気を抑えて……くれないか？　その……お嬢ちゃんが……怯えている……ぞ？」

バンガゴンガの言葉に、エイシャが肩を震わせる。さっき……殺気？　俺はそんなものが出せるのか？殺気がどんなものなのかわからないけど……俺はエイシャを怯えさせていたのか？

そういえば……俺がエイシャを見ていた時、かなり汗をかきながら手を震わせていたような……あれは俺の態度に怯えていたということか。

その光景を思い出し、頭から氷水をぶっかけられたように熱が引いていく。

「エイシャ、すまなかった。バンガゴンガと話がしたい、少し下がってくれるか」

俺はエイシャの肩を軽く叩きながら……できる限り優しい声で言う。

「は……はっ！」

少し気落ちした様子のエイシャが下がるのを見て、更に申し訳なくなる。ってか、さっきカミラに声を掛けなくてよかったな。もし声を掛けていたらこれ以上の罪悪感に……いや、エイシャへのフォローは後でしよう。今はバンガゴンガだ。

「すまないな、バンガゴンガ。このような状態のお前に気を使わせて」

「いや……少し驚いた……だけだ。だが……そんなお前だから……先ほどまでの言葉が……嘘ではないと……信じられる」

「そうか……」

再び苦しげながらも笑みを浮かべるバンガゴンガに、俺も釣られて苦笑を浮かべてしまう。

「この口調は……許してくれないか……？　そちらまで……気が回せ……そうにない」

「気にするな。俺としては堅苦しいのは好みではない。権威を示す必要のある場所でもなければ、友人が気安い口調で話したところで俺は気にしない」

俺の言葉に一瞬苦しみを忘れたかのような表情をバンガゴンガが浮かべる。

「……友人……か」

「バンガゴンガ。俺がしてやれることはあるか？」

「……村の者たちを……頼みたい……」

「当然だ。頼まれるまでもなく、彼らは既に我が民。なんの心配もいらん」

俺の言葉に、バンガゴンガの苦しげな表情が少し緩む。

「……感謝……する……。あとは……次の村長予定だった……カルモコルモを……呼んでほしい。俺を送るのは……そいつの……役目……だ」

「……手はないか」

「……ない。一度……狂化した者は……もう……引き返せない……」

そりゃそうだ……なんらかの手があれば、バンガゴンガが同胞を手にかける筈がないし……今もこうして苦しんでいる筈がない。

だが……何か手はないか？

……狂化……原因……魔王の魔力……バンガゴンガの知識……それ以外の手段……『レギオンズ』に何か良いアイテムはなかったか？

魔力……魔力……魔力……そもそも魔力ってなんなんだ？ 『レギオンズ』で魔力といえば魔石だが……魔法を使う時のエネルギー源ってくらいだ。ゲーム内で特に言及されてはいなかったしな。

それとこの世界の魔力は別物か……？ いや、同じである可能性が高い。

何故なら、もし『レギオンズ』の魔力とこの世界の魔力が別物であるなら、魔力収集装置で魔石を生成できる筈が……ん？ 魔力収集装置？

魔力収集装置は、生物から害にならない程度に魔力を吸収しているんだよな？ 人口が多ければ回収できる魔石の数が増えるのだから……そこは間違っていないだろう。

人が多いと空気中の魔力が増えるとかでなければだが……いや、前にオトノハがゴブリンから回収できる魔力は質が違うと言っていた……やはり人そのものから魔力を吸収していると考えていいだろう。

そして狂化とは魔王の魔力を取り込んで、限界を超えた時になるものだとバンガゴンガは言っていた。

つまり、原因は体内にある魔力……魔力収集装置の傍にバンガゴンガを連れていけば……もしかしたら治るか？

わからん……だが試す価値はある！ やらなければバンガゴンガはこのまま死ぬだけだ！

「バンガゴンガ！　死を受け入れているところ悪いが……俺にもう少しだけあがかせてもらえないか？」

「……どういう……ことだ……？」

「お前のその状況……改善する手があるやもしれん」

「……無理……と思うが……当てが……あるのか？」

「あぁ。だが今ここでという訳にはいかぬ。一時間……あと一時間耐えられるか？」

「……俺を……友と呼んだ……お前の言葉だ……耐えてみせる……」

「感謝する、バンガゴンガ。もしお前が助かれば……今後全ての者を狂化から救うことができる。だから数多《あまた》の同胞の未来の為にも、全力で耐えてくれ！」

俺の言葉に、バンガゴンガの目に宿る力が強くなる。

ここからならあの村が近いのか……？　いや、村の魔力収集装置はオトノハが一度撤去して新しいものを設置中だ。城の方に行くしかない。

「ウルル！　戻ってきているか!?」

ウルルにはゴブリンたちの迎え入れの準備をするように伝える為、城に走ってもらった。だが……ウルルであれば既に戻ってきていてもおかしくはない。

「……います」

「よし、バンガゴンガを城に運ぶ！　タンカ……いや、テントを張っている布を使って俺とウルルでバンガゴンガを運ぶぞ！　エイシャも共をしろ！　他の者たちはゴブリンたちの護衛を続行せよ！」

「御身自ら……」

「問答はしない！　急げ！」

諫言《かんげん》をしようとしたエイシャを遮って命令を飛ばす。エイシャには本当に申し訳ないと思うけど、後で謝るから勘弁してもらいたい。

「「はっ！」」

俺の命令に従い、ウルルが即座にテントに使っていた丈夫な布を持ってくる。

できる限りバンガゴンガの負担にならないように布の上に寝かした後、俺とウルルで持ち上げ二人で運んでいく。

バンガゴンガの体がもう少し小さければ、俺が背負ってもよかったのだが……体がデカすぎて一人で運ぶのは難しい。ただでさえ弱っている状態でしっかりしがみつけというのも難しいだろうしな。

俺とウルルで布を使いタンカのようにしてバンガゴンガを運び、エイシャは落ちないように支えながらついてくる。走りにくいなんてものではなかったが、時速三〇キロを軽く超える速度で、俺たちは夜の草原を走った。

魔力収集装置がダメだったら……城にある『レギオンズ』のアイテムを総動員してでもバンガゴンガを助けてみせる！

そんな決意をしつつ、俺は必死に走り……三〇分もかからずに城まで帰ってきた。

タンカというよりもハンモックでバンガゴンガを運んだ俺たちは、城下町……というにはまだプレハブばかりだが……そこに設置されている魔力収集装置の下へやってきた。

キャンプ地から三〇分もかからずにここまで辿り着いたが、バンガゴンガの苦しげな様子は変わらず、やはり時間を置いてもなんの解決にもならないことがはっきりとわかる。

この魔力収集装置を設置こそ既にできているが、転移や通信等の機能は使うことはできない。

魔力収集装置の機能を使えるようにするには、この地に人が最低一カ月住む必要がある。そしてその人の中に俺たち……俺やうちの子たちは含まれない。

つまり、この城下町に今向かってきているゴブリンたちがここで暫く生活をしてくれないと、これはただのオブジェにしかならない。

しかし、その状態であっても魔力を吸収する機能だけは動いている……今はその機能だけあれば問題はない！

俺たちは魔力収集装置のすぐ隣にバンガゴンガを下ろし、暫く様子を見るが……なんら変わった様子はなく、バンガゴンガは苦しげなままだ。

「バンガゴンガ、体調に変化があったらすぐに言え。それと……耐えることができなくなったら……その時は俺が看取る」

「……頼む……。ここ……は？」

「俺の城……その城下町だ。まぁ突貫工事の仮宿といったところだがな。お前たち受け入れの為に用意したものだ」

俺の言葉にバンガゴンガは顔を傾け、仮建設の城下町に視線を向ける。

「……明るい……な」

「そうか？」

バンガゴンガの視線の先に目を向けるが……特に明るいという訳でもない。一応街灯のようなものは立っているが、そこまで数は多くなく、月明かりに照らされてなお暗い部分も多い。

「あぁ……村の者たちは……これから……ここで過ごすの……だな」

「お前にも纏め役として住んでもらうからな。楽ができると思うなよ？」

「……は、ははっ……楽させてほしい……が……」

苦しげに笑い声を上げるバンガゴンガ。その様子は先ほどまでとなんら変わっている様子はない……。

ダメか……？　魔力収集装置で魔王の魔力を吸い出すのは無理なのか……？

元々、魔力収集装置は普通に生活している人間に影響が出ない程度にしか魔力を吸収しないという設定だし……その吸収量は大したことがないのかもしれない。

だが……狂化とは、体内に取り込まれた魔王の魔力が一定量を超えた時に起こる現象だとバンガゴンガは言っていた。

それは、何かきっかけがあって一気に取り込むというよりも、日常生活の中でじわじわと吸収していくのではないだろうか？　いや、根拠はないんだが……イメージ的にはコップにゆっくりと水を注いでいく感じで、普通にコップに水が溜まっている間は問題ないが、溢れることによって狂化する……という感じではないだろうか？

ただの当てずっぽうで、推論とも呼べないただの希望みたいなものだが……もしそうだとすれば……微量であっても魔力を吸収する魔力収集装置を使うというのは、的外れな考えではない筈。

問題があるとすれば……魔力収集装置の吸収量が自然に吸収してしまう魔力量以下だったら、発病を遅らせることはできても治療することはできない……。

魔力吸収装置の吸収量を上げる改造をオトノハに指示するか……？　効果範囲を狭めて吸収量を増やす……それが可能であれば……だが、オトノハは今ここにはいない。いや、一時間もあれば呼び出すことはできるかもしれないが……改造にどのくらい時間がかかるかわからない……いや、それは本人に確認すればいいことだ。

「ウルル、オトノハ……いや、城に残っている開発部の人間をここに。話がある」

「……了解」

一瞬で姿の消えたウルルを見送りバンガゴンガに視線を戻しながら、今指示を出した時にふと頭をよぎったことを思い返す。

オトノハは開発部長……そしてその部下は全て開発部門員。オトノハの補佐というか、副部長とかがいないので、オトノハがいない時に責任者となれる人物がいない。

これはオトノハに限ったことではない。

ゲーム時代に引っ張られるなよとキリクたちに言ったにもかかわらず、今更そんなことに気づくなんてな……今度そのへんを決めるのと、ゲーム時代にはなかった役職を作って色々なことに対応させた方がいいだろう。

オトノハやリーンフェリアが城に戻ったら、急ぎそのへんの補佐役を決める必要があるな……それとキリクに新しい役職について考えてもらうか。まぁ、丸投げにはしないが……今後、支配地域が増えたら『レギオンズ』の時にもあった代官を置く必要もある。

ゲームの時の代官は収集できる魔石量を増やすだけの役割しかなかったが、現実となった今ではしっかりと統治してもらう必要があるし、そのへんの適性も調べないとマズいよな。

そんなことを考えていると、バンガゴンガがゆっくりと目を開ける。

「……どうだ？　バンガゴンガ。何も変わらないか？」

「……気のせいかも……しれないが……少し……苦しさが……減ったような……」

「本当か!?」

思わず俺が声を上げると、バンガゴンガが少し苦しげに顔を顰《しか》める。

「……わからない。……いや、確かに……楽に……なってきた？」

少し茫然としながらバンガゴンガが上半身をゆっくりと起こし、信じられないといった様子で自分の体を見下ろす。

「馬鹿な……本当に楽になってきたぞ……？」

「もう異常はないのか？　それとも、異常はあるが耐えられるレベルということか？」

「……違和感はある。だが、先ほどまであった気が狂いそうな衝動……飢餓感や破壊衝動、自分が塗り潰されていくような喪失感……そういったものは殆ど感じなくなっている」

先ほどまでの苦しげな様子は微塵《みじん》もなく……茫然としながらではあるが、会話を普通に行うバンガゴンガ。

「バンガゴンガ、まだ無理はするな。あくまで予想だが、今お前の中にある魔王の魔力とやらは限界ギリギリのところまで溜まっている筈だ。お前の容態が良くなったということは……恐らくその魔力はじわじわと減っていく筈だが、まだ少し時間がかかるだろう」

「……」

「そして、これもまだ予想に過ぎないが……俺たちの下にいる限り、ゴブリンたちが狂化することはないだろう。この魔力収集装置のお陰だがな」

そう言って、俺は傍らに設置されている魔力収集装置を見上げる。

その視線に釣られたのか、バンガゴンガも魔力収集装置を見上げながらぽつりと呟く。

「これは……一体？」

「これは魔力収集装置……まぁ、その名の通り、魔力を収集する為の装置だが……生命活動に害はない。昔俺が治めていた土地では、大小問わず街や村には必ずこの装置を設置していた」

「魔力収集装置……これがあれば、狂化を防げるのか……？」

「その為の装置という訳ではないが、お前の様子を見る限りその効果はありそうだな。ふむ、赤く染まっていたお前の目も元に戻っているな」

邪眼（笑）的な感じになっていたバンガゴンガの目が、落ち着いた色合いになっているのを確認しながら俺が言うと、ハッとした様子で自分の目を手で覆うバンガゴンガ。

「本当に俺は……俺たちは狂化から解放されたのか……？」

「経過観察は必要だが……恐らくそう考えて問題ない筈だ。よかったなバンガゴンガ、これであの下らぬ理不尽は、お前たちの下から消え去ったぞ」

「……」

片目を手で覆ったまま、茫然と俺を見上げたバンガゴンガは次の瞬間、両目を手で覆い肩を震わせ始めた。

「魔族や妖精族は狂化しやすいと言っていたな。今後それらの種族に遭遇した際には良い交渉材料になりそうだ。どの種族にとっても狂化なぞ、百害あって一利もあるまい」

俺の言葉を聞いたからなのかはわからないが、肩を震わせていたバンガゴンガが平伏する。

「フェルズ様！　我ら……我らはけして！　フェルズ様の御心に背くようなことは未来永劫《えいごう》いたしません！　どうか……どうか我らの忠誠を御身に捧げることをお許しください！」

「……」

えっと……つまり？　えー、あぁ、忠誠を誓うってことね。え？　未来永劫？　唐突じゃね？　いや、そうでもないのか……？　でも重くね？

「くくっ……！　確かにお前はゴブリンたちの長だが……ここにいない者たちの総意を一存で決めてしまってよいのか？　そこまで重く捉えずとも、お前たちは既に俺の民。守り、導き、富ませるのは王である俺の役目だ」

まぁ、反乱しないって言ってくれるのは嬉しいけどね？　でもちょっと……今のバンガゴンガからは、狂信的な何かを感じてちょっとコワイ。

「村の者たちがこのこと……狂化への対処法のことを知れば、間違いなく私と意見を共にする筈です。確かに今は私の一存ではありますが、明日には総意となりましょう！」

……魔力収集装置のことはゴブリンたちには秘密にするか？

いや、裏切らないのはほんと嬉しいけどね？　でも、もう少し熱量を落としてくれると、もっと嬉しいかもしれない。

「私たちがどれだけ狂化に怯え……憎んでいたか。それはフェルズ様にはご理解いただけないかと存じます。ですが、狂化の克服……これにより、今まで我らが狂化という現象に対して感じていた負の感情全てが翻り、フェルズ様に向くことは想像に難くありません。そしてこれは、我が村の者たちだけに限らず、これよりフェルズ様の庇護下に置かれる全ての種族が、我らと同等の忠誠を捧げるに違いありません！」

さっきは良い交渉材料になりそうだって言ったけど、他の種族もこの熱量でグイグイこられると……キツイな。

とはいえ……抗《あらが》えないと思っていた病気を治してくれた相手に、尊敬や感謝の念を捧げるという気持ちは理解できる。それに、民が増えるのは良いことだし、魔石もがっぽり稼ぎたい。妖精族を傘下に加えるなら……魔力収集装置による狂化の抑止はいい交渉材料になるだろう。

そうだ……今回引き入れたゴブリンたちが城下町に落ち着いたら、バンガゴンガを対妖精族の外交官にするか？　いや密偵という意味ではなく、本当の意味での外交官ね？

暗殺とか服毒とかでなく、ちゃんとした交渉役としての外交官……必要だな。いや、ウルルたちに不満がある訳じゃないよ……？　でもこの先、斬ルｏｒデスな交渉だけだと色々問題がありそうだし……

ね？

「……そうか。お前たちの忠誠、嬉しく思う。その忠誠に報いる為にも、俺は全力でお前たちを守ると約束しよう」

「ははぁ！」

地面に頭を擦りつけながら平伏するバンガゴンガを見て、さっきまでみたいな口調でいいんだけどなぁと思う。

それはそうと……少し離れた位置で俺たちのやり取りを見ていたエイシャが、糸目ながらも何か怪しい視線をバンガゴンガに向けている気がする。

なんだろう……？　別に負の感情って感じではないんだけど……何かを思いついたというか……気づいたというか……若干使命感のようなものも感じる。

そんな視線が気になった俺はエイシャに声を掛けようとしたのだが、それよりも一瞬早くウルルに声を掛けられた。

「フェルズ様……連れてきた」

「お呼びとのことで、フェルズ様」

「……ヘパイか。少し待て……バンガゴンガ、頭を上げろ。まだ暫くお前はこの魔力収集装置の傍にいるのだ。明日の夜は宴もあるからな、しっかり体調を元に戻しておけよ？　それと、普段は今まで通りの口調でよい」

少し冗談めかしながらバンガゴンガに声を掛けた後、俺はヘパイを連れて少し離れた位置に移動する。

ヘパイはオトノハの部下で開発部門に所属させている。当然その能力は開発向けのものになっており、戦闘力はメイドレベル。容姿はコリンと似たようなドワーフの爺さんって感じのずんぐりむっくりした体型で、灰色の髪に黒目となっている。

「ヘパイ、狂化の話は聞いているか？」

「聞いております。オトノハが以前ゴブリンの集落で確認したとか」

髭《ひげ》の生えた顎をさすりながらヘパイが言う。

「知っているのであれば話は早い。以前我々が倒した魔王にはそのような不可思議な能力はなかった。だがこちらでは、狂化という現象を引き起こす魔王の魔力というものが存在するらしい。開発部門は研究部門も兼ねているが、誰かにこの魔王の魔力について研究させられないか？　今後、我らが支配地域を広げていったとして……いつか魔王とぶつからぬとも限らぬからな」

「ふぅむ……誰がという点はオトノハと相談が必要じゃが、研究自体は問題ありませぬな。フェルズ様の望みのままに研究、開発を進めるのが我らの使命です故」

そう言いながら、一瞬ヘパイの目がギラリと光る。目って本当に光るんだな……。

「それともう一つ。魔力収集装置の改造はできるか？」

「ふむ……どのようなことをお望みで？」

「効果範囲を狭め、魔力の吸収量を上げることは可能か？」

俺がそう言うと、ヘパイが衝撃を受けたような表情になる。そんな難しいことを言ったのだろうか？

「……考えたこともありませんでした」

「調べてくれ。実現可能かどうか、可能であればそれにかかる費用と期間も出してほしい」

「畏まりました。ふむ、これがオトノハの言っておったことか……」

何やらヘパイがぼそりと呟いたが……もう色々と頭の中で考え始めているのだろう。オトノハたちみたいな研究タイプは、指針を示しておけばあとは色々と良い感じにやってくれる筈だ。

あとは……そうだ、エイシャにさっきのことを謝らないといけなかったな。

キャンプ地で色々とやらかしてしまったし……ん？　そういえばエイシャに関してなんか確認することがあったような……なんだっけ？

まぁ、話している間に思い出すか。

◇第五章◇　騎士と出会う我覇王

View of ハリス　ルモリア王国 ヨーンツ領 私設騎士隊 中隊長

私の名はハリス。

ルモリア王国、ヨーンツ領に仕える一兵士です。

平民からは騎士と呼ばれることもありますが、立場的には準騎士で……王都辺りで平民から騎士などと呼ばれると、非常に肩身の狭い思いをすることになります。

因みに中隊長という偉そうな地位にありますが、腕に覚えがある訳でもなく、指揮能力に優れている訳でもありません。ついでに言うとおべっかやゴマすりが得意という訳でもなく、私が中隊長なのはただただ勤続年数の長さによるものです。

個人的には出世には一かけらも興味なく、できれば面倒なことには関わらず平々凡々な生活を送りたいと考えていました。

とりあえずで通った王都の騎士学園をそこそこの成績で卒業した後、同期たちが血眼になって王国騎士や大貴族の私兵になり出世競争に身を投じる中、私はできる限り面倒事を避ける為にヨーンツ領で雇われることにしました。

ヨーンツ領は大して大きな領でもなく、交通や交易の要衝でもなく、他国と面している訳でもなく、治める貴族も新興という訳でも大貴族という訳でもないほどほどの地位……この上なく私に理想的な職場でありました。

そして私は若い頃の理想のまま、面倒事にも巻き込まれず特に起伏のない順調な人生を歩んできたと思います。

勿論兵である以上、争い事と無縁だったという訳ではありません。野盗や魔物の討伐や国境争いの救援等……当然、仕事である以上戦いに身を投じることに異論はありませんでした。

争いがないに越したことはないと思いますが……完全になくなってしまうと我らの存在意義がなくなってしまいますしね。

そんな風に生きてきた私の下に、先日ある命令が下されました。その命令は、とある村の近くの森の中にゴブリンの集落が発見されたので討伐せよとのこと……。

「はぁ……」

「どうされたのですか？　ハリス殿。ため息などつかれて」

今回の作戦の副官に任じられたルンバート殿が声を掛けてきました。

「あぁ、すみません。ルンバート殿。恥ずかしいところを見せましたね」

「いえ……何か心配事ですか？」

至極真剣な顔をしたルンバート殿が顔色を窺うように尋ねてきます。実に真面目な好青年といった感じですね。

「ルンバート殿は……ゴブリンのことはご存じですか？」

「ゴブリンですか？　あまり詳しくはありませんが……人に害為す魔物とだけ。気を付けなければならないのは……繁殖力が強く、発見次第早急に対処しなければ、群れの数が大変なことになると」

「なるほど……」

ゴブリンについての正確な知識はない……いや、これは当然のことといえます。ルンバート殿は去年王都の騎士学校を卒業したばかり。実践的な知識はこれからといったところですからね。

非常に優秀な成績で騎士学校を卒業した後、王国騎士に取り立てられたエリート……今は経験を積むと同時に王都以外のことを学ぶ為、ヨーンツ領に出向してきている訳だから、これも学ばなければならないことなのでしょう。

ゴブリンのことを伝えるのは……私としては非常に憂鬱なことではありますが、仮とはいえ、今は彼の上司という立場。これは上手く伝えろという上からの命令ということですね。

まぁ、この任務に彼が同行している時点でわかっていたことではありますが……。

「ルンバート殿、これから話すことは基本的に他言無用に」

「……？　承知いたしました」

私の言葉に一瞬疑問を抱いたようですが、すぐに承諾するあたり生真面目さがよく表れていますね。

「ついでにもう一つ。これは気持ちの良い話とはいえません……特に貴方のような方にとっては、納得しがたい事柄かもしれません。ですが、私は先達として貴方にそれを伝えなければならない。そして、貴方はそれを聞いた上で命令に従わなければならない」

「騎士である限り、それは避けて通れないことだと存じております」

曇りのない瞳でそう言い切るルンバート殿を見て、少しだけ憂鬱さが増す。

こんな純粋な若者に、どうしようもない現実を教えなければならないのか……恨みますよ、カルモス様。

私は、ヨーンツ領の領主でありこの仕事を命じたカルモス様に、心の中で恨み言を言ってからルンバート殿に説明を始めます。

「……では、ゴブリンについてお話ししましょう。まず最初に、ゴブリンは別に繁殖力の強い生物ではありません。我々とほぼ変わらない程度ですよ。十月十日の妊娠期間を経て……生まれてくるのも基本的に一人ですね」

「……そうだったのですか。……一人？　一匹でなく？」

　敢えてそう表現したところにちゃんと気づきましたか。

　優秀な生徒というのは教える側にとっても非常に楽しい存在ですね……内容も楽しければよかったのですが。

「はい。一人です。ゴブリンは……魔物ではありません。エルフやドワーフと同じ、所謂妖精族というやつですね」

「そうだったのですか……」

　少しだけ驚いたように目を丸くするルンバート殿。まだ余裕はあるでしょうが……本題はこれからですよ。

「つまり……ゴブリンというのは理性なき魔物ではなく、会話が可能な妖精族ということです」

「……なるほど」

「そして、ここからが本題なのですが……」

　私の言葉に、ギョッとしたような表情になるルンバート殿。ええ、気持ちはわかりますよ。ここまでの話でも十分衝撃的な内容ですからね。

　民たちの間ではゴブリンは狂暴な魔物と認識されています。まぁ、言葉を操るくらいは知られているでしょうが。

「基本的に、ゴブリンは人を襲ったりしません」

「……どういうことですか？」

「そのままの意味です。理由なく人を襲うような蛮性のある存在ではありませんよ、ゴブリンたちは。

寧ろ非常に文化的な生活を送っています。私は見たことありませんが……とあるゴブリンの集落では農耕をしている場所もあったみたいですね」

「農耕……」

「勿論、ゴブリンも人それぞれですからね。悪人もいるでしょうし、そういった者が人里を襲うこともありますが……まぁ、野盗の類と同じですね。違うのは……被害にあうのは食料くらいなもので、金品や女子供が攫《さら》われたりといったことは基本的にありません。ゴブリンたちがもっと多く存在すれば人族を奴隷として連れ帰ったり、金品を奪ったりするのでしょうが……幸いにして村以上の規模のゴブリンの集落は発見されていません」

「……」

そう、ゴブリンにも悪人は当然いる……ですが、裏を返せば普通に暮らしているだけの……善良なゴブリンもいるということ。

私の話が進むにつれて、ルンバート殿の顔色が悪くなっていきます。これがどういう話なのか、もう理解したということでしょう。

しかし、まだ話をここで終わらせるわけにはいきません。

「今回、森の奥で見つかったゴブリンの集落ですが……近くの村から何か被害が出ているという報告は受けておりません。これは即《すなわ》ち、我々人族に見つからぬようにひっそりと暮らしている集落……言わば、ただの小さな村に過ぎないといったところでしょう」

「……それは……つまり……」

ルンバート殿の手綱を握る手が震えている……それは恐怖でも武者震いでもなく……。

「私たちがこれから討伐するのは……ただの村人に過ぎません。老若男女問わず、村ごと全て討ち滅ぼさねばならないのです」

「……ば、かな」

私もこれを初めて知った時……いえ、任務が終わった時、泣き崩れましたね。

無抵抗の子供や老人を斬り捨てる……彼らは何も悪いことはしていない、ただ種族が違うというだけで殺さねばならない。正直、同族の野盗の討伐や、戦場の方が気楽に剣を振れます。

そんなことを考えていると、表情を硬くしたままルンバート殿が絞り出すように声を出します。

「何故……ゴブリンを討伐する必要が……？　本当に会話ができるのであれば、エルフやドワーフたち同様自治を認めるなり、税を取り民として取り入れるなりしてもよいのでは……？」

「……これは、私が昔王都の知り合いに聞いた話で、他の誰にも教えたことのない話ですが……まだルモリア王国が建国されるよりも以前、この辺りにはゴブリンたちの大国が存在していたのです」

「……ゴブリンたちの……国？」

「何万、何十万とも言われた軍勢を有し、我々の祖先と血で血を洗う戦争を繰り広げたそうです。知っての通り今ではそんな国は存在していないので、祖先の勝利で戦争は終わったのでしょうが……それ以降、人族は徹底的にゴブリンの排斥に乗り出しました。再びゴブリンたちが集結して、自分たちを脅かすほどの力を付けさせない為に」

「そんな理由で……？」

ルンバート殿が言葉を失《な》くしたような表情になる。

「まぁ、ゴブリンを恐れる気持ちはわからなくもないですけどね。一説では今の中原の覇者である大帝国……あれよりも広い版図を誇っていたそうですよ、ゴブリンの国は」

「あ、あり得ませんよ。それはもはや、戦争でどうにかできるような国ではありません。どんなに我らの祖先が一丸となったとしても不可能です」

中原の大帝国……この大地のおよそ半分という馬鹿げた版図を持ち、それを維持している最強の国。それすらも超えるほどの版図を持った国を倒すなど、まぁ現実的にあり得ませんね。いいとこ内側から内部分裂を誘発させ、自滅に追い込むといったところでしょう。

「そうですね、私も不可能だと思います。人はどんな時でも一枚岩にはなれませんしね。とはいえここで重要なのは真実ではなく、ゴブリンたちが集結するとそのような大国を作ることができるかもしれないという点です」

「……」

「エルフやドワーフと違い、我々人族という種を脅かす存在になり得るゴブリン。その歴史がある以上、ゴブリンたちを討伐することは我々人族にとっては正義の行いなのです」

「……それは、本当に正義の行いなのでしょうか？」

「正義です。それは疑いようもありません」

私はルンバート殿の目をしっかりと見つつ、きっぱりと言い放ちます。

何故なら……その大義名分が崩れてしまっては、我々は剣を振るうことができなくなります。特に若く真面目なルンバート殿は絶対に……。

「我らの後ろには民がいます。しかもこの件に関しては我らルモリア王国だけではなく、この大地に住む全ての民がいるのです。私たちの意志が……剣が鈍り、ゴブリンを逃がした先に……ゴブリンの王が誕生するかもしれない」

「……」

「王が生まれる……それは既に事が成った後ということです。だから、我々は汚泥を被り、手を血に染めようとも……その意志を緩めてはならないのです。我らの守るべき民に血の涙を流させない為に」

「……わかりました」

唇を噛み締めながらルンバート殿は言う……かなり厳しそうですね。まぁ、だからこそカルモス様は私の副官に付けたのでしょうが……いくら小規模な部隊とはいえ、指揮官や副官が直接剣を振ることはありませんしね。

彼の今の状態で前線に立つのは自殺行為でしょう。村人と変わらないとはいえ……ゴブリンたちも無抵抗という訳ではありません。

しかも今回は森の中にある集落です……魔物との戦闘経験豊富なゴブリンたちであってもおかしくないでしょう。本来ならばそういう相手の方がやりやすいのですが、迷いがある状態では万が一があり得ます。

「色々威勢のいいことを言いましたが……私のように長年この件に携わってきたとしても、やはりため息くらいは出てしまうのですよ」

「……それは、仕方のないことかと」

「ルンバート殿は真面目な方ですから、色々と思うところもあるでしょう。深く考えるなとは言いませんが、騎士としての役割と割り切った方が楽だと思いますよ」

「……ありがとうございます」

「もう一度言いますが、ゴブリンの件は他言無用です。重い、の一言では生ぬるいほどの罪になるのでお気を付けください」

私の言葉に生唾をごくりと飲み込みながらルンバート殿が頷きます。

うん、この様子なら大丈夫でしょう。そろそろ脅すのも終わりにしないといけませんね。

「ルンバート殿がこの件に関わったのは上の指示ですからね……恐らく、相当ルンバート殿は期待されていますよ」

「は、はぁ」

極力軽い感じでルンバート殿に話しかけていきます。

「ルンバート殿ほどの若い方がゴブリン討伐に参加するのは、異例中の異例だと思いますよ？　これはあくまで私の予想に過ぎませんが……王都に戻ったら、ルンバート殿は近衛騎士に抜擢《ばってき》されるのではないでしょうか？」

「こ、近衛騎士ですか⁉」

「あはは、あくまで私の予想ですがね。ですが、国家レベルの機密事項を、学園を卒業したての若人《わこうど》に明かすのですから、それなりの重職につけるつもりなのだと思いますよ」

「……私が……近衛騎士……」

先ほどまでとは違った様子で茫然としてしまいましたね。まぁ、無理もありませんが……近衛騎士になるということは騎士にとって最高の誉れ。王の盾となる近衛騎士は、武力、知力、礼節、忠誠……その全てを国が認めたということですからね。

少なくとも出世争いに心血を注いでいる人物がなれるものではありません。近衛騎士だけは。

かく語る私は、近衛騎士には程遠い存在ですが……近衛騎士の知り合いは三人ほどおり、どの人物もとても立派な騎士で尊敬すべき友人です。

さすがに今のルンバート殿が彼らと肩を並べるには早いと思いますが、数年もすれば任命されてもおかしくないですし……まるっきり嘘ということもないでしょう。

そんな感じで、副官であるルンバート殿と色々な話をしつつ行軍を続け、私たちはゴブリンの目撃報告のあった村へと辿り着きました。

道中は特に問題も起こらず、順調な行程であったといえます。一つ前の街で先触れを送っており、彼らは三日ほど前に件《くだん》の村に着いている筈……なのですが……。

「我が名はリーンフェリア！　覇王フェルズ様に仕える騎士である！」

問題発生のようですね。


バンガゴンガたちが城下町に到着して数日後、俺は先日支配下に入れた村へと再びやってきていた。

狂化しかけていたバンガゴンガの容体は安定しており、ゴブリンたちの纏め役として精力的に働いてもらっている。少し落ち着いたらまた色々話を聞きたいところだが……まずは目の前の状況をなんとかしないとね。

現在、俺たちから少し離れた位置に二〇〇人ほどの兵が並んでおり、それと相対するように召喚された兵六〇〇人が俺の周りに控えている。

先日捕らえたオッポレとかいう騎士を尋問して得た情報から予め相手の兵力は二〇〇ほどと判明しており、その三倍の数の兵を村に送り込むように指示を出していたのだが、本日ようやく相手方の兵が到着したということだ。

因みに、あの連中は騎士ではないということだが……馬に乗って中々シュッとした綺麗な鎧を装備している様は……どこからどう見ても騎士って感じだ。

『レギオンズ』には騎馬兵って兵科はなかったからなぁ……かなりかっこいいな。馬……ゴブリンたちに世話を頼んでみるか？　乗ってみたい……。

リーンフェリアとかアランドールとか……騎乗したらかなり絵になりそうだよな。まぁ、見栄えだけで馬を飼育するのも考えものだが……馬の餌って……飼い葉だっけ？　魔石で交換できるアイテムの中には当然ない。

それと、踏破能力というか、移動能力は正直自分で走った方が……って気もするんだよね。

そんなことを考えていると、リーンフェリアがこちらの隊列から離れ前へと出る。

俺は彼女と並んで立っていたのだが、その横顔も後ろ姿も……凛々《りり》しいというか……滅茶苦茶かっこいい。

俺たちから離れ、一人歩いていったリーンフェリアが俺たちと敵軍の丁度中間辺りで立ち止まり、腰に差していた剣を鞘《さや》ごと引き抜き地面に突き立てる。

「我が名はリーンフェリア！　覇王フェルズ様に仕える騎士である！」

大音声という感じではないが、非常によく通る声でリーンフェリアが名乗りを上げる。背後にいる俺にもはっきりと聞こえたのだから、相手方にも当然聞こえているだろう。

現に相手方が動揺したかのように揺れているのがこちらからでも見えたが、リーンフェリアの名乗りからあまり時間を置かずに一騎の騎兵が前に進み出てきた。

リーンフェリアから数メートル離れた地点で馬を止め、馬から飛び降りた騎兵は……白髪の初老の騎士って感じだな。表情は穏やかというか……突然の事態に対しても動揺している様子が見えない。

本当に余裕があるのかどうかはわからないけど……あの内心を悟らせない感じ、見習いたいものだね。

「私はルモリア王国ヨーンツ領に仕える準騎士ハリス。リーンフェリア殿、準騎士の身ではありますが、この部隊を率いるのは私となります故、問答をお許しいただきたい」

「いいだろう。だが問答をするというほどの事柄はない。即刻兵を引け。ここは既にフェルズ様の統治下。それ以上足を踏み出すならば武力をもって排除することになる」

「と、統治下ですと？　いや、お待ちいただきたい。ここはルモリア王国ヨーンツ領。不当に領土を踏み荒らしているのはそちらですよ？」

うん。俺もそちらの言い分が正しいと思うよ？　自国内にいきなり訳のわからない勢力が現れて勝手に自領を名乗っているのだから。厚かましいにも程がある……というか普通に戦争案件だよね。

「なるほど、貴殿の主張はもっともだ。だが我らが王フェルズ様に、あの村の者が直接訴え出たのだ。付近で見つかったゴブリンの集落の対処をしてほしいと。当然我々は善意をもって村の者たちの望みを叶《かな》えた。すると彼らは次にこう願い出たのだ、自分たちが困った時に中々手を差し伸べてくれず、やっと来たと思ったら不当にも横暴に振舞う騎士を送り込んでくるような国は信じられぬ、だから我々の庇護下に置いてほしいと」

「……」

先ほどは困惑したような口ぶりながらも笑顔を絶やさなかったハリスという騎士……準騎士だったか？が一瞬顔を顰めた。

なんかどこかで聞いたことあるな、リーンフェリアの主張は。自国が頼りないから村や街が独自に別の勢力に庇護を求める。庇護を求められた国は、無辜《むこ》の民が苦しむのは誠に心苦しいとかなんとか言って軍を送り込み、実効支配。表向きは苦しむ民を救う為という名目で相手の領土を切り取るってやり方だ。

国際社会であれば非難囂々《ごうごう》の行いだが……まぁ、面の皮の厚い国は非難されようとも平気でそんなことをやってのけるからな。国際社会であっても……別に認めなくてもいいよ？　こっちは勝手にやるからってのが、なんだかんだとまかり通ってしまう。

騎士とかが軍を率いているような文明度であれば、このやり方はかなり有効な手なんじゃないだろうか？

まぁ、個人的には国というよりヤ◯ザのやり方に見えるけど……。

それにしてもリーンフェリアの説明、起こった事実は確かにその通りだけど……ほんの少しずつ言葉が足りない部分があるというか、誇張があるというか……うん、やっぱヤ◯ザだな。

「……貴殿らがここに兵を置いている理由は相わかりました。ですが、一つお聞きしたい。そちらは一体どこの国に所属する軍なのでしょうか？　先ほど……フェルズ陛下とおっしゃっていました。ですが……学のない身で大変恐縮ではありますが、私はフェルズ陛下の御名をお聞きしたことがありません」

「フェルズ様の御名を知らないだと……？」

リーンフェリアさん？　そこは怒るところじゃありませんよ？　俺の名前を知らなくて当然だからね？……ってそういえば、ここは『レギオンズ』の世界ではなく、俺たちの全然知らない世界だって話をちゃんとリーンフェリアたちにしたっけ？

はっきりとは言っていなかったかも……？　した気になってた……？　マズいか……？

「……そうですか。フェルズ様の御名を知らない……やはりそうなのですね」

「……どうかされましたか？」

考え込むように呟くリーンフェリアを訝《いぶか》しむように窺うハリス。当然俺にも聞こえなかったし、どんな表情を浮かべているかも見えない。だが、ブチ切れて襲いかかるって雰囲気ではなさそうだ。

寧ろ何かに納得したような……？

「いや、なんでもない。我らの国の名は……エインヘリア。ここではない遠き地で、世界を制した覇王フェルズ様の治める国。無謬《むびゅう》の楽土エインヘリアだ！」

リーンフェリアが国の名を叫ぶと同時に、俺の周りにいた召喚兵たちが一斉に剣を抜き空に向かって掲げる。召喚兵たちは声を上げることもできないので無言だ。しかし一糸乱れずに剣を掲げる姿は向こうから見れば不気味に映ったかもしれないな。

当然ではあるが、突然の動きに俺はついていけず剣を掲げていないので、向こうから見たら超目立っている気がする。しかし今から掲げたら途轍《とてつ》もなくダサい上に目立つので、このまま微動だにせずに過ごすことにする。

それにしてもエインヘリアか……俺が白の国を使う時に付けていた国の名前だな。俺はこっちに来てから一度もその名前を出していなかったけど、リーンフェリアたちはそれを当然のように知っていた訳だ。むぴゅうの楽土っていうのは初めて聞いたけど……どういう意味だ？　楽土は……楽園的な感じだろうけどむぴゅうは？　無乳と何か関係が……？

あと、めっちゃどうでもいいけど、リーンフェリアとエインヘリアって語感がめっちゃ似てるな……ゲームやってた時は全然気づかなかった。

それと……こっちに全く同じ名前の国があったらどうしよう？　間違いなく大問題になりそうだよね。あとうちの子たちがブチ切れてその国滅ぼしそうな気が凄いする。

ないといいな……同じ名前の国。

「エインヘリア……ですか」

「聞き覚えが……？」

「申し訳ありません。失礼とは存じますが、寡聞にして聞き及んだことがございません」

「仕方なきことか……。それで、私の所属も明かし、ここに兵を置く道理も説いた。その上で、貴殿らはどうするつもりだ？」

「……許していただけるのであれば、私たちは兵を引こうと思います」

ハリスのその言葉に、彼の率いていた兵がざわりと揺れる。そりゃまぁ……どこの誰とも知れぬ軍が自領内を占拠しているのに、戦いもせずに引こうとする指揮官の言葉に動揺するのは当然といえる。

しかし、それを理解した上で退くという判断を下したあの指揮官……相当冷静だな。

領土を占領されたという怒りや、騎士としてのプライド等に支配され攻撃を仕掛けてきていれば……確実に俺たちの情報は領主や国には届かないだろう。

兵数で三倍の差があるからね……包囲するように逃げ道を塞げば、文字通り全滅してもおかしくない。

相手の有利な点は騎兵がいることだけど……その一点だけで三倍の敵に突撃はあり得ないといえる。

「貴殿らが退くと言うのであれば、我々は手を出さぬと約束しよう」

「ありがとうございます。それと一つ伺いたいのですが……数日前、村に先触れを送ったのですが……その者たちは？」

「その者たちであれば、我らの王に無礼を働いたのでな。拘束して捕虜として扱っている。本来であれば不敬罪で首を刎ねるところであったが、フェルズ様の寛大な御心によりまだ生かされている」

「……身代金をお支払いすれば解放していただけますか？」

ハリスのその言葉に、リーンフェリアの空気が変わった。

「貴殿……話を聞いていなかったのか？　王への不敬罪だぞ……？　次の言葉はよく考えろ」

一気に剣呑《けんのん》となったリーンフェリアだが……これが殺気ってやつだろうか。後ろから見ているだけでも内臓がひんやりするというか……気を抜くと身震いをしてしまいそうになるな。

それを間近で浴びせられているハリスは……折り目正しく頭を下げている。

「軽率な発言でした、平にご容赦いただきたい。確かに、ルモリア国内とはいえ他国の王族に対する不敬罪を金銭で解決しようとは、傲慢にも程がありました」

「……次はない。去《い》ね」

「失礼いたします」

　ハリスは頭を下げた後、馬に乗り後方の騎士団の下へ駆けていく。暫くの間ざわざわとしていた騎士団だったが、ハリスの言葉に従い馬首を返し退いていった。

　それを不動のポーズで見届けたリーンフェリアが、踵《きびす》を返しこちらに戻ってくる。

「ご苦労、リーンフェリア」

「いえ、大したことはありません。次が本番になりましょう」

　俺の労《ねぎら》いに、リーンフェリアは小さく笑みを浮かべながらかぶりを振って応える。

「そうだな。どの程度の規模を率いてくるか見物だ」

「必ずや、フェルズ様に勝利をお届けいたします」

「楽しみにしておく」

　さて……これで戦争確定だけど……まぁ、しょうがないよね。誰が悪いって聞かれたら間違いなく人の家で旗揚げした俺が悪い。覚悟を決めましょう……。

Ｖｉｅｗ　ｏｆ　ハリス　ルモリア王国 ヨーンツ領 私設騎士隊 中隊長

「本当に一当たりもせずに退いてよかったのですか？」

　私の横で馬に乗っているルンバート殿が、若干不満げに私に尋ねてきます。まぁ、若く真面目なルンバート殿がそうなるのは当然だと思いますが……。

「ええ。これが最善です」

「最善……なのでしょうか？」

「今は何よりこのことを報告することが最優先です。彼我の戦力差はざっと見ただけでも三倍はあったと思います。突然の会敵で布陣もままならず、更になんの防御設備もない中、三倍の敵とぶつかればただでは済みません。敵軍に騎乗している者は見られませんでしたし、恐らく騎兵は逃げ切れたでしょうが、それでも被害は相当なものになったでしょう」

私の説明でルンバート殿の感情が落ち着いたように見えますが……この状況で混乱するなという方が難しいですね。

「恐らく、ルンバート殿は突然の事態にまだ困惑しておられるのでしょう。私もまだ混乱しているところなので二人で一つ一つ確認していきませんか？」

「は、はい。よろしくお願いします」

ルンバート殿が背筋を伸ばしながらお礼を言ってきますが、言葉通り私もまだ整理しきれていません。年をとると外面を取り繕うことだけは上手くなってしまって……困ったものですね。

こういった時は、誰かと話すことで冷静に出来事を情報として処理できますし、見落としに気づくことができるものです。声を出すという行為は、自分が思っている以上に心を落ち着けますからね。

「まずは……フェルズという名や、エインヘリアという国に聞き覚えはありますか？」

「いえ、聞いたことがありません。南の方は現在荒れておりますし、南方小国家の一つといったところではないでしょうか？」

「ふむ……その可能性は高そうですが、今は推測を交えないでおきましょう。判明している事実の確認を優先します」

「はっ！　申し訳ありません」

そう……ここで情報を整理して、早急に上へと報告しなければ取り返しのつかないことになる。そんな予感がしています。

伝令は既に送っていますが、アレは第一報だけですからね……詳しい説明は必要です。

「彼ら……エインヘリア軍と呼称しておきましょう。軽く見積もってもあの場に六〇〇は下らない数がいました。それに対する私たちの数は二〇〇……三倍以上の兵力にぶつかれるほど、我々は強くありません」

「……はい」

「領内で武装兵力が六〇〇以上も見つかったのです、早急に報告する必要があります。相手が予定通りゴブリンであったとしても、五〇〇もの数を確認できたらそのまま戦うということはありませんしね」

「……ですが、報告するといっても信じてもらえるでしょうか？　領内に突然、他国の軍が現れたなどと。ここが国境付近ならともかく、ヨーンツ領はルモリア王国でも中央にほど近い土地。国境まではいくつかの領を越える必要がありますよ？」

ルンバート殿のおっしゃる通りですね。六〇〇もの兵が突如として内地に現れることはあり得ません。どこから侵入したにせよ、どこかしらで目撃されていなければおかしい。

その情報を追えばエインヘリアがどこにある国なのかわかりそうですが……いえ、今これを考えても意味はありませんね。

「そうですね。まだ大規模な野盗の集団といった方が現実味がありますが……ありのままを報告するしかありませんね。エインヘリア軍……アレは相当に訓練された兵に見えましたが、どうですか？」

「はい。その見立ては間違っていないかと。ハリス殿と敵将の会話中、一切の感情を見せず、しかし国の名が出た時の一糸乱れぬ動き。王都の儀仗《ぎじょう》兵であっても、あれほどの動きは無理かもしれません」

そう……あの兵たちが国の名に剣を捧げた時、私はその洗練された美しさに見惚《みと》れてしまいました。若かりし頃、式典の時に王都の儀仗兵の動きを見て感動したものですが、はっきり言ってエインヘリア軍の動きはそれ以上のものでした。

「エインヘリア軍の中で彼らがどういう立ち位置にある兵たちなのか、気になるところです。もしアレが一般兵だとしたら心が折れますね」

「さすがにそれはないのでは？　あの動きはただの兵ができるものではないかと。最低でも準騎士以上で構成されているのではないでしょうか？　とはいえ……あれだけの人数の準騎士以上の人材を揃えるというのも非常識な気はしますが」

五〇〇名以上、準騎士以上の兵を揃える。

大国であれば簡単でしょうが……エインヘリアという国の名が知られていない以上、大国である筈がありません。

現実に目にした兵の練度と国の知名度が一致しませんね。

「……そうですね、失礼しました。過大評価も今は必要ありませんね。あとは、あのリーンフェリアという将……相当な実力者に見えました」

「はい。終始隙を見せることのなかった立ち居振舞い、そして一度見せたあの殺気。正直、私はハリス殿が剣を抜かずに堪えたことに感服いたしました」

「ははは、アレは体が震えて剣に手を伸ばすことすらできなかったに過ぎませんよ。はっきり言って死を覚悟しましたね」

あの時、彼女の感情を見る為に少し踏み込みましたが……一瞬で後悔しましたね。

あれほどの殺気。我が国で彼女とまともに戦える人間が一体何人いることか……少なくとも、私は全力で遠慮させてもらいたいです。

もしかすると彼女は……。

「ハリス殿ほどの御方でもですか？」

目を丸くしながらそう言ってくださるルンバート殿に、思わず苦笑してしまいました。

「私はただの老兵に過ぎませんよ。ですが……私の戦歴を振り返っても、彼女ほど強烈な殺気を放った相手は……殆ど記憶にないですね」

「それほどの相手ですか……」

「しかもあの若さですからね。しかし……あれほどの女傑、情報が全くないというのも不思議な気がします。あれほどの雰囲気を纏った若い女性騎士……しかも非常に見目麗しい方でした。あの落ち着きようから見て戦場に出たことがないという訳ではないでしょうし、リーンフェリアという名と合わせて噂になってもおかしくはない筈です」

「確かに、聞いたことのない名です。ですがエインヘリアという国の名すら聞いたことがないのですから、それも当然では？」

結局同じ結論に戻ってきてしまいますね……まぁ、報告を上げやすくはありますが。

「エインヘリア、フェルズ、リーンフェリア。これらの名については最優先で調べてもらった方がよいですね。ヨーンツ領だけで解決できるとも限りませんし……王都であれば何か情報があるかもしれません」

「なるほど……あ、そういえばエインヘリア軍について、私も気になったことがありました」

「なんでしょうか？」

「後ろに控えていた軍の中で、一人だけ剣を捧げず微動だにしなかった黒い鎧の男がいました。後ろの兵たちはリーンフェリアではなく、あの男を守るように布陣しているように感じられました」

ふむ……私の位置からは、丁度彼女の陰になって黒い鎧の男は見えませんでしたが、馬に乗って近づく時に、一際目立つ鎧の男がいたのは覚えています。

しかし、守るようにですか……。

「鎧の男のことも報告を上げておきましょう。その者がフェルズ本人、ないしリーンフェリアよりも上の地位にある者である可能性は高そうですが……こちらは推測に過ぎませんね。何名かあの村の監視に置いていますし、何か情報が得られているといいのですが……」

「ゴブリンの集落を発見する為に連れてきた斥候ですね？　彼らなら新しい情報を持ち帰ってきてくれる筈です」

「……そうですね。最寄りの街に置いてきた部下もいますし、上手く情報を集めてくれると助かります。領都に走ってもらった伝令は明日の朝には到着するでしょうし、私たちもなるべく早く戻らないといけませんね」

「伝令の説明だけでは、私たちの頭がおかしくなったと思われかねないですしね」

そう言って肩を竦めながらルンバート殿が笑みを浮かべます。どうやら大分落ち着いたみたいですね。

しかし、ルンバート殿の言うこともっともです。私も伝令からこんなことを聞かされたとしたら二、三度は聞き返した上で、それでも首を傾げることでしょう。

「ヨーンツ領の兵力だけで対処できるでしょうか？」

「難しいかもしれません。私たちが遭遇した兵が約六〇〇……相手の戦力がこれだけであればなんとかなると思いますが、あれが全軍の半分程度であったりすると厳しいですね」

私はそう口にしながらも一抹の不安を覚えます。

兵の数……それだけであれば、地の利を生かし立ち回ることで時間を稼ぐことも可能でしょう。ですが……私の脳裏に、あのリーンフェリアという女性騎士の姿が浮かび上がり、どうしても嫌な想像が拭えません。

「……最初の方の話に戻りますが、それだけの数が人知れずヨーンツ領に現れることがあるのでしょうか……？」

ルンバート殿の言葉に、私は湧き上がる不安を振り払って口を開きます。

「六〇〇でもあり得ない話ですからね。別動隊がいたとしてもおかしくはないでしょう」

「……」

私の言葉に笑みを消し、再び考え込んでしまうルンバート殿。相手を過剰に恐れるのも、甘く見積るのも危険ですからね……しかし、まさかゴブリンの討伐に向かって、聞いたこともない国の軍に遭遇するとは思いませんでした。

国の上層部が何か摑んでいるといいのですが……その場合は既に討伐軍が編成されていてもおかしくはありません。希望的観測に過ぎますかね？


「それでは、会議を始めます。今回の議題はルモリア王国との開戦についてです」

キリクの開会の言葉と共に会議が始まる。

「先日、フェルズ様自ら統治下に入れた村……その付近はルモリア王国という勢力の支配下にありました。あぁ、当然といいますか、我らの城のあるこの付近一帯の草原も彼の国の勢力圏にありますが、いわくつきの土地ということで入植は進んでいないようです」

え？　いわくつきってなんぞ？　ちょっと怖いんだけど？　ホラー系はいらないですよ？

俺は内心もやもやしたものを抱くが、そのいわくとやらをキリクは説明してくれない。ま、まぁ、今度聞いてみよう……かな？　知らない方が幸せ……？　いや、でもなんかいわくがあることは知っちゃったから知らないと逆に怖い……。

「ひとまず、フェルズ様に不敬を働くという大罪を働いた、コッポルなる汚物から得た情報を共有します」

そう言ってキリクはキャスター付きの黒板の横に立つ。黒板には既にこの辺りの地図が描かれている。

が……かなり略式で城の位置、村の位置、そしてバンガゴンガたちの集落のあった森しか描かれていない。

っていうか、捕まえたヤツってコッポルだったっけ？　オッポレじゃなかったっけ？　あと、汚物に関してはツッコまないよ？

「城から東におよそ三〇キロの地点、ここが件の村の位置になります。この村から北東に約一二キロ行くと街があり、敵軍はこの街を経由して進軍してくる筈です。また、この付近の地形はほぼ平地となっており、村の南側に広がる森以外、特徴を挙げるほどの地形はありません」

『レギオンズ』では戦う場所によっていくつも戦争用のマップが用意されていたけど……平地戦は兵の損耗が激しくてあまり好きじゃなかったな。他の地形だと地形効果を利用するだとか、奇襲による側面攻撃とか背後からの攻撃だとか、作戦や行軍次第で色々な攻め方ができたんだけどね。

「ゴブリンを殲滅する為に派遣されてきた兵は二〇〇。斥候が一〇、騎兵が二〇、魔法兵が五、残りが歩兵と輜重隊。この騎兵というのは、私たちが戦ったことがない兵種ですね」

騎兵か……正直格好いいとは思うけど、あまり強そうには思えないんだよな。

確かに西洋甲冑《かっちゅう》で騎乗突撃みたいなのは凄そうだけど、馬の足を止めてしまえばただの的だし、側面からの攻撃に弱そう。騎馬弓兵は強そうだなって思うけど、この前の騎士たちは剣を持ってたからな。馬に乗った状態で剣って……めっちゃ戦いにくそうだけど、彼らがどんな風に戦うのか見てみたい気はする。

まぁ……馬が全速力で正面から走ってきたら超怖いとは思うけどさ。そう考えると、今回の戦場となる平原で騎兵は中々厄介か？

「注目すべきは一つの部隊に兵種が四つ以上いることですね。これはフェルズ様が常々言われている、今までの常識を捨てろということにも当てはまります。私たちの兵の運用の仕方では一部隊には多くても三つの兵科しか組み込めませんでしたからね」

『レギオンズ』の一部隊は最大三人の将を組み込む形だったからね。その将が召喚する兵は自分の分身のようなもので、兵科は当然将と同じものになる。

「未知の兵科に部隊編成。これまでと同じ戦い方では痛い目を見る可能性は十分あります。アランドール、戦術の研究が必要になるでしょう。ウルルと協力して未知の兵科や戦術に関する情報を集めてください」

「承知した」

うむ、素晴らしい提案だキリク。この世界に来てまだ一〇日程度だというのに成長が見える。自分たちの情報にない未知に対する姿勢……最初の会議の頃はまだ理解していなかったように見えたが……さすが参謀、順応が早い。

「ゴブリンたちの討伐に来た部隊はリーンフェリアの勧告により速やかに退いていきましたが、すぐに正規軍を送り込んでくる筈です。私たちの常識で考えるなら、国内隣接拠点からの派兵であれば今週中といったところですね」

『レギオンズ』では、自分の支配地域の拠点には拠点間ワープで移動ができて、そのターンのうちに拠点から出陣。攻め込んだ拠点との距離に応じて到達ターンが決まるというシステムだった。キリクの計算では、二キロ離れた街からの派兵であれば一ターン未満で到着するということだろう。

しかし、ここは『レギオンズ』ではない。あの部隊が情報を持ち帰り、そこから軍を編成して出陣。ここから彼らの拠点までどのくらい距離があるかわからないけど、歩兵が一生懸命行軍したとして……さすがに今週中にあの村までは来られないんじゃないかな？

ゲームと違ってボタン一つで出陣できる訳じゃないしね。軍を動かすなら色々と準備が必要な筈。オッポ……いや、コッポルも軍を動かすのには金が凄いかかるってあの村の村長に怒ってたしな。

そのことを注意するべきかと思ったが、キリクの話はまだ終わっていないのでひとまず黙っておくことにする。

「ですが、捕らえた者を尋問した結果、彼らは魔力収集装置やそれに付随する拠点間移動等の知識がないことが判明しています。これはつまり、自国内であっても兵の移動にかなりの時間を有するということに他なりません」

おぉ……キリク、君は本当に素晴らしい。伊達《だて》にインテリ系眼鏡をかけていないな！

「さらに驚くべきことに。ルモリア王国の兵は、全てが実在の人間という情報が入っています」

キリクの言葉に、俺とウルルを除く会議参加者が目を丸くする。

「一兵卒に至るまで、全てが指揮官クラスの武人ということか？」

アランドールが険しい顔をしながらキリクに尋ねる。『レギオンズ』では兵卒は全部召喚兵になるからね……実在の人間イコール指揮官というのが常識だろう。

そして召喚兵の強さは指揮官の強さに比例する訳で……基本的に将は戦闘力が高い。アランドールが表情を険しくするのも無理はないといえる。

「武人と呼べるかどうかはわかりませんが、兵の全てが調練を受けており、命令を忠実にこなすと……」

「ふぅむ。最寄りの拠点を出立した時に、敵軍の総数をしっかりと確認する必要があるのう。仮に一〇〇〇人がそれぞれ一万ずつ召喚兵を出してきおったら、とてもではないが防ぎきれぬ」

そのアランドールの言葉を聞いて、俺はとんでもない勘違いをしていることに気づいた。

俺はここが『レギオンズ』の世界でないと考えているけど……だからといって、『レギオンズ』と同じことができないと決めつけるのもまずいのではないか？

現実である以上、ゲーム時代と考え方を変えるべきではあったけど……現実であったとしても、『レギオンズ』のゲームシステム的なことを相手ができないとも限らない。そもそも、全く未知の戦い方だってあるかもしれない。

こちらに召喚兵という手段があるのだから、相手だけ生身で吶喊《とつかん》してくると考えるのは大間違いだろう。

まずい……これは相当マズイぞ⁉

『レギオンズ』の召喚兵は拠点でしか呼び出すことはできず、一度呼び出すと倒されない限り最低一週間は召喚されたままとなる。

俺たちの場合、召喚兵を呼び出すには魔力収集装置が必要だけど、相手はどこでも出し入れ自由という可能性だって考えられる。

仮にこの前の部隊の人間がそれぞれ一〇〇人の召喚兵を呼び出せていたとしたら、二〇〇人ではなく二万人の軍だったことになる。ゴブリン相手に訓練も兼ねて召喚兵を使わなかったという可能性もゼロではない……？

バンガゴンガたちゴブリンの存在に狂化という現象。ここは現実であると同時に、俺たちにとって全く未知の世界だ。何が起こってもおかしくはない。

そのことに気づき内心冷や汗をだらだら流していると、冷静さを崩すことなくキリクがアランドールに言葉を返す。

「召喚兵という概念が、そもそも相手にはないようです。戦場に立つのは一兵卒に至るまで全てが生身の人……動物や魔物を使役する者もいるようですが、基本的に人だけで戦うそうです」

キリクのその言葉に、これ以上ないくらいの安堵のため息が……出ないようにぐっと堪えつつ、心の中でガッツポーズをしながら小躍りする。

よ、よかった……一〇〇〇万の敵兵に襲われるかと思ったよ。いや、一〇〇〇万人の軍ってどんなだよ。どのくらいの広さがあれば布陣できるんだよ……焦らせんなよ、アランドール。

いや、口では色々と偉そうなことを語りつつ、全然考えが足りていなかった俺が悪いな……今度からもっと注意しよう。

「ふむ、魔物の使役……それもまた未知の兵種じゃな」

落ち着いた様子で既に別の話をしているアランドールをちらりと見る。その胆力、覇王よりもよっぽど覇王していると思う。分けてもらいたい。

「未知の兵種や戦術について、色々と調べておきたかったのですが……捕虜にした者たちは用兵や戦術には明るくなく、大した情報は得られていません。可能であれば此度《こたび》の戦の折、指揮官クラスは率先して捕虜にするべきでしょう」

キリクの言葉に、アランドールが少し考えるようなそぶりを見せた後口を開く。

「……いや、キリクよ。この際、敵兵は兵卒であってもできる限り捕虜とするべきではないかのう？」

「どういうことですか？　アランドール」

「一兵卒に至るまで、全てが人なのじゃったら……捕虜としておくだけで魔石が取れるのではないかの？」

「っ⁉ ……なるほど、確かに捕虜にはそういう使い方もありますね」

むむ、アランドールも中々良い発想をするじゃないか。『レギオンズ』の頃は敵も指揮官以外は全部召喚兵だったからそんなことはできなかったけど、この世界ならそれも可能だ。

「ちょっと待って～。捕虜から魔石を取るのって良い案だと思うけど～その子たちもご飯を食べるのでしょ～？ さすがに何百人のご飯ってなると～魔石の消費も大きくなるわよ～？」

……確かに！ イルミット、お主も中々やるのぅ！

「牢屋《ろうや》の問題もあるね。さすがに何百人も収監できるほど、牢屋の数がないよ」

オトノハから更に問題点が挙がる。うむ……目の前の魔石に釣られて即座にアランドールに賛成しなくてよかった。

でも、みんな色々考えてくれてて、余は大変満足じゃ。そして覇王は完全に置物じゃ。

「ふむ……問題点が山積みのようじゃな。すまぬ」

「いえ、私も色々見落としていました。ですが、コスト計算をして収監施設を作っておくのも悪くないかもしれませんね。イルミット、一〇〇人当たりの収監コストを算出できますか？」

イルミットたちに指摘されたアランドールが謝るが、キリクは眼鏡のフレームを指でクイっと上げてイルミットに確認を取る。

「今捕虜にしている子たちを基準にすればできるわよ～」

「では、纏めておいてください。一般兵と指揮官クラス、あとは貴人用にパターンを用意してもらえますか？ 指揮官と貴人は一人当たりで出してください」

「了解～」

「それとオトノハ、収容施設の建設コストを……ひとまず一〇〇〇人を収容可能な施設で算出できますか？」

「少し時間をくれるかい？　全く新しい施設だし、防御面や間諜《かんちょう》対策も必要だろう？　設計図の開発からだから……最低でも三週間はかかるよ」

「設計図の開発となると、フェルズ様の決裁が必要となりますね……」

おっと……ここで俺の判断が必要になるのか。

まぁ、確かに開発部門に何かを作らせる時はプレイヤーが指示しないといけないからな。とはいえ……少し考える時間がほしい。何か時間稼ぎを……。

「ふむ。今城にある牢屋は何人程度収監できるのだ？」

「一〇〇人です～」

誰とはなしに尋ねるとイルミットが答えてくれる。城の施設だからイルミットの担当になるのか。

とりあえず一〇〇人収監できる牢が、多いのか少ないのかさっぱりわからんけど……少なくとも戦争で捕らえた捕虜を入れておくには足りなさそうだな。

「ならば、現時点では指揮官クラスのみを捕虜とする方向で考えるのが良かろう。収容施設の設計図を開発するかの判断は、イルミットの算出するコスト次第だな。赤字になるようでは元も子もない」

まぁ、魔石以外にも捕虜の使い道はありそうだし一般兵も捕虜にしてもよさげだけど、身代金とかもらっても仕方ないし……ぱっと活用方法が思いつかないから、とりあえずこんな感じでいいでしょう。

「はっ！　おっしゃる通りかと、性急に事を考えすぎました」

「いや、そんなことはないぞ、キリク。アランドールよ、素晴らしい提案だった。そういった今までにない、新しい発想こそ俺が求めていたものだ。これからも頼むぞ、期待している」

「はっ！　ありがたきお言葉！」

「それに、イルミットにオトノハ。すぐに問題点に気づいた点も素晴らしかった。よく考えてくれている」

「「はっ！」」

「最後にキリク。問題点が見つかった時の素早い対処と指示。さすがは参謀を任せているだけのことはある。お前がその職にある限り、俺は安心して任せていられるな」

「あ、ありがとうございます！」

アランドールたちは少し嬉しそうに返事をしているだけだが、キリクはちょっと泣きそう……いや、完全に泣き顔になっているな。

会議の続きをしましょうって言いにくいな……。

「捕虜の件はひとまず脇に置くとして、他に敵軍に関する情報はないのか？」

「は、はっ！　最初に捕虜にした三名から得た情報は以上になります」

「他にも捕虜がいるのか？」

キリクの言葉に引っかかった俺が問いかけると、キリクではなくウルルが答える。

「……撤退した部隊から……斥候が放たれたから……捕まえた」

「ほう」

あの騎士……老紳士って感じだったけど、油断ならない相手みたいだな。退いたと見せてしっかり監視要員を残していたか。いや、当たり前のことなんだろうな。

まぁ、うちの子たちにあっさり捕まったみたいだし問題はないけどね。

いや、斥候全員が捕まったとは限らないか……潜伏している斥候が、俺たちのことを探っている可能性は否定できない。

　とはいえ、存在しないことの証明はできないしな……非常に気持ち悪いが、うちの子たちを信じるしかないか。

「でも……さすがに……中々口を割らない……」

「間者であれば当然であろう」

　対拷問訓練を受けているか……うむ、絶対就きたくない職業だな。そういえば、ウルルたち外交官もそういう訓練を受けているのか……？　『レギオンズ』には尋問とかの描写はなかったが……。

　そんなことを考えながらウルルのことを見ていたら、俺と目が合ったウルルが表情をあまり変えずに体をくねくねと捩《よじ》る。若干顔が赤いけど、照れてるのか……？

　そんな不思議なウルルの姿を見ていると、正気に戻ったキリクが再び会議の進行を始める。議題は変わり、ルモリアの軍とどう戦うか、編成はどうするかといった話になる。

　俺が魔石をできる限り温存したいと考えているのは皆理解しており、その方向で話を進めてくれているので、俺は極力口を挟まずに再び置物と化した。

◇第六章◇　戦争を始める我覇王

リーンフェリアがルモリア王国の部隊を追い返してから一カ月ほどが経過した頃、俺の下に急報が届いた。

急報といっても報告してきたのがウルルだったので、非常に緊急性の感じられない雰囲気で告げられた急報だったが。

まぁ、口調はともかくその内容は予想通りのものだったし、慌てる必要は全くなかったが……内心ではついに来てしまったかとため息をつきたいくらいのものだった。

その内容は、ルモリア王国ヨーンツ領の領都より、一五〇〇の軍がこちらに向けて進軍を開始したというものだ。

軍が起こるまで一カ月というのが、早いのか遅いのかわからないけど……少なくともこちらの予想よりはかなり遅いことは確かだ。

お陰でこの一カ月を使いこちらは周辺地理の把握を行い、ヨーンツ領のことをかなり調べ上げている。張り切って働いてくれている外交官たちは、ヨーンツ領の外にも手を伸ばし始めており、既にルモリア王国の王都での情報収集も始めていた。

まぁ、そのへんの情報整理はまた今度するとして……今は戦争である。

相手の軍は一五〇〇だが外交官たちの頑張りによって、軍の構成から糧食の量は当然、総大将以下指揮上層部から現場指揮官まで全ての情報が丸裸となっている。

更に今も領都には外交官が潜伏しており、その気になれば上層部の家族全てを人質にすることも可能だ。

まぁ、そんなことはしないけど……なんせ相手は一五〇〇だ。『レギオンズ』基準で考えるならば、チュートリアル戦闘でも今回の相手の一〇倍くらいはいる。

勿論、ここは『レギオンズ』ではないし、国全体ではなく一地方領主の動員する兵の数としては十分なものなのかもしれない。

だが、『レギオンズ』の世界で戦場を駆け抜けてきたうちの子たちからすれば、拍子抜けする数ではあるのだろう。

うちの子たちは基本的にバトルジャンキーって感じではない。だがゲームの頃、メインメンバーあたりは毎週のように戦場に出ていたのだ。しかも小競り合いなどではなく、十数万規模の軍勢のぶつかり合い。基本的にほぼ相手が全滅するまで戦う訳で……頭がおかしいとかそういうレベルではないだろう。

そういう戦いに身を投じ続け世界を制覇したうちの子たちにとって、たとえ一五〇〇人の生身の人間が相手だったとしても児戯みたいなものなのかもしれない。

現に彼らの様子は普段となんら変わることなく、ただの日常の一コマといった感じだ。

かくいう俺も、脅威というものは全く感じていない。

寧ろ初めての戦争……更に俺が指揮を執るということで非常にワクワクしている。これはゲームではなく実際の戦争なのだ。システムに縛られず自由に行動を取ることができる。しかも俺の指示で動くのは慣れ親しんだ『レギオンズ』のキャラたちだ。

『レギオンズ』ではできなかった色々な動きやスキル、魔法の応用ができるのだ。楽しみじゃない訳がない。

……。

……。

……嘘である。

戦争なんてしたい訳がない。

はっきり言ってこの一カ月相当憂鬱だったし、夜もろくに眠れなかった。

俺の指揮で人の命がなくなる。しかも、下手をすれば命を失うのはうちの子たちや俺だ……。

無理だと叫びたい。ベッドに飛び込み泣きわめきたい。目を閉じ、耳を塞ぎ、何も考えずに部屋の隅で丸くなりたい。なんの因果でこんなことになった？　俺はただいつも通り、ゲームをしようとしていただけなのに……。

目を瞑り、周囲の音から意識を外し、自分の中に埋没していく……。

なんでこんなことに……いや、自分の責任だな。

あの日……この世界に来た時、テンションが上がっていたとはいえ、歓声を上げる皆の熱にあてられたとはいえ……覇王フェルズを名乗ったのは、俺自身の意志だ。

そして俺は、同時にこう思った……面白くなりそうだ、と。

あの時はまだ、エンディング後の平和な世界に転移したと考えていたというのもあったが、その考えはすぐに打ち砕かれた。

しかしそれでも俺は外を目指した……魔石という生命線には限りがある。それを理由に俺は城の外に足を踏み出したが……毎月の維持費が数万で手持ちが一億だぞ？

一年で減るのが約五〇万。一億消費するのにどれだけかかるんだって感じだ。

勿論、年間五〇万は基本維持費だけなので、他に散財すればどんどん目減りしていくだろうが、基本維持費だけで十分生活は成り立つし、寧ろ贅沢《ぜいたく》な暮らしができる。

うちの子たちの手前、城でだらだら過ごそうぜとは言えないけど……情報収集をしつつ、ゆっくりと事を進めることも可能だった筈だ。

なんせ余力は数字としてはっきりとわかっているのだから。急速に支配地を増やす必要は全くないと言える。

とはいえ俺たちが外に出ようが出まいが、現地勢力との衝突は避けられるものではない。なんせ城があるのだ。悠然とそびえ立つ城が自国内に突然現れれば、最初は混乱するだろうがすぐに排斥に動き出すだろう。

少なくとも俺の部屋の中に誰かが勝手にテントを建てたら、俺は全力で排除する。

まぁ、俺は別に狙ってあの場所に城を置いた訳じゃないが……出ていけと言われれば全力で抵抗する。あの城は絶対に手放すことはできないし、代替は存在しない。

相手からすれば理不尽な占拠だろうけど、こちらにだって都合がある。つまり、遅かれ早かれ俺の望みのいかんにかかわらず、俺たちは争いに巻き込まれる……いや、戦争を起こす運命にあったのだ。

それを避けたければ、城を捨て、うちの子たちと別れ、個々人が思い思いに生きていくしかない。

……それは嫌だ。

俺は覇王フェルズを宣言して、玉座の間にいたうちの子たちと生きていくと決めたのだ。

そう、俺は覇王フェルズ。

うちの子たちが敬愛する、覇王フェルズだ。

この戦争は、俺たちがこの世界で生きていく上で避けられない戦争。俺が望んで起こした戦争だ。

俺はゆっくりと目を開ける。

そこには、俺の命令を待つ皆が並んでいた。

一切の混じりけのない信頼の眼差し、そこから目を逸らすことなく俺は口を開く。

俺は今日、人を殺す。

「戦争を始める」

天幕から、今回の戦争に参加する子たちが出ていき、この場に残っているのは俺の護衛を務めるリーンフェリアとウルル、そして参謀であるキリクだけとなった。

天幕の外には数人が控えているが、中にいるのは俺を含め四人だけとなっている。

ここは本陣であり、各部隊への指示を出す軍の心臓部だ。

その場所に四人しかいないというのもおかしな話だろう。まだ開戦していないとはいえ、既にお互いの軍は陣形を整えて睨み合っている。

恐らく向こうの本陣では、指示を出したり情報を伝えに来たりと、伝令がひっきりなしに司令官の下に訪れている筈だ。

敵軍の情報、そして自軍の情報は戦争において非常に大事なものであるが、人の視界には限界があり、それを補う為に多くの人間を動員してできる限り多くの情報を得ようとする。

現に敵軍は物見櫓を建てて、そこから得た情報を司令官に伝えこちらの陣形を把握、戦術を組み立てているのだろう。

対する我が軍は、物見櫓を建ててはいないし、戦場の情報を伝えるためにひっきりなしに伝令が本陣を訪れることもない。

俺たちの本陣は、軍の司令部とは思えないほど静かなものとなっていた。

「さて、そろそろ始めるとするか。リーンフェリア、ウルル、護衛を頼む。そしてキリク、サポートを頼むぞ」

「「はっ！」」

三人に声を掛けた俺は目を瞑り、アビリティを発動する。

アビリティとは、『レギオンズ』におけるキャラエディット要素の一つで、魔法やスキル以上にキャラクターの特性に関わってくるものだ。

アビリティにはパッシブとアクティブがあり、パッシブとはそのアビリティを所持しているだけで効果があるもの、アクティブとはスキルや魔法のように任意で発動させるもののことをいう。

そんなアビリティの中で、俺は『鷹《たか》の目』と呼ばれるアビリティを起動した。

これは『レギオンズ』の主人公専用アビリティにして、ゲームシステム上必要な機能だ。

効果は戦場の俯瞰《ふかん》。

戦略シミュレーション系のゲームをやったことがある人はわかると思うが、多くのゲームで戦争中の画面は戦場を上から見下ろし、各キャラクターに指示を出して戦わせるものとなっている。

『レギオンズ』では、この戦場を上から見下ろすシステム的な部分を、主人公特有のアビリティとして説明付けていたのだ。

更には『鷹の声』『鷹の耳』というアビリティで遠く離れた味方に声を届け、向こうの声を聞く能力まである。

『鷹の目』はともかく、『鷹の声』と『鷹の耳』は後付けさくさくといった感じだが、正直このアビリティを主人公に付けてくれた制作陣にはよくやったと喝采したい。まぁ、ゲームをしていた時は、いるか？この設定って感じだったけど。

とりあえず、そんな設定好きな制作陣のお陰で、俺はこの世界でも戦場を俯瞰して見ることが可能。更に指示もノータイムで部隊に出すことができる。

この世界の通信技術は、捕虜にした連中から聞いた限り全く発展していない。

つまりアナログというか……足で情報を物理的に運んでやり取りしなければならないとのこと。俯瞰して相手の陣を覗《のぞ》く限り、その情報に嘘はなさそうだ。本陣っぽい場所にバンバン伝令が出入りしているからね。

因みに『鷹の声』と『鷹の耳』は自軍に所属している者にしか効果はないので、作戦の盗み聞きをしたり、偽情報を流したりはできないし、『鷹の目』も天幕等を透過して中まで見ることはできない。

『レギオンズ』には、屋内戦とか洞窟みたいな場所で戦うってのはなかったからね。

っていうか、相手の陣の中まで見える『鷹の目』超便利。角度を変えたりズーム機能もあるので色々覗き放題……の、覗き放題!?

い、いや、戦争中に何を考えているんだ？　我覇王ぞ？

そもそも俯瞰できるのは戦場であって……いや、別に日常的に『鷹の目』を発動させることは不可能じゃない気がするな……うん。これは、実験が必要だ。他意はない。

……。

そんな場合じゃねぇ！

「よし。戦場は隅々まで把握できるな。キリク、視界を共有する。サポートを頼む」

「お任せください！」

戦争パートでは指示を出さずに自動で戦わせることもできたが、基本的にはプレイヤーが指示を出したほうがよい。自動で戦わせると、基本的に真っ直ぐ突っ込んで最大火力をぶっ放すってやり方を取るので、味方の被害が大きくなるのだ。

しかし、自分で指示を出すといっても、戦争パートはＲＴＳ……リアルタイムストラテジーとなっていて、敵はリアルタイムでガンガン動いてくる。当然指示を出したり、戦場の一部に集中している時も相手は動きまくるので、敵の動きを見落としてしまうことも少なくはない。

そういった時の為に、戦争中は参謀が敵の動きや狙い、戦局なんかを教えてくれる。シミュレーションパートでは、後半攻め込みましょうしか言わなくなる参謀も、戦争中は超有能なのだ。

それにしても、『鷹の目』は凄いな。ゲームの時は３Ｄマップだったけど、今や完全実写仕様……臨場感が半端ない。

「どうだ、キリク。違和感はないか？」

「問題ありません。む、寧ろ、フェルズ様と視界をきょ、共有することで……一体感……いや、気合十分であります！」

なんか質問と答えがすれ違った気がするが、気合が入っているならいいか。……ちょっとテンションがおかしい気もするけど、この世界での初陣だからかな？

「そうか。では、これより指示を出していく……ジョウセン、聞こえるか」

『はっ！　殿、聞こえているでござる！』

俺が語りかけると、近接物理系最強にして剣聖であるジョウセンの、似非《えせ》サムライ言葉が聞こえてくる。

『鷹の声』『鷹の耳』もばっちり仕事をしているようだ。今更ながら有効範囲を調べておかないとな……。戦場でいきなり声が届かなくなったらヤバイ……なんとなく、相手がいる限りどこまでも届く感覚はあるけど……今度忘れないように実験をしよう。

っと、今は指揮に集中しなくては。

「ジョウセン、中央に配置したお前の部隊に先陣を切ってもらうことになる。危険な役割だが、問題ないな？」

　俺は心に力を込めて、ジョウセンに危険な命令を下す。そうでないと、日和《ひよ》ってしまいそうなのだ。

『万事問題なし、ですぞ！　殿のご命令とあらば、たとえ火の中、水の中でござる！　それに何より、一番槍は武士の誉れ！』

「お前の働き、期待している。大いに暴れてくれ。だが、指示には従えよ？」

『はっ！　承知したでござる！』

　目と声と耳……全部使用に問題はないな。

　アビリティの効果に満足しつつ、俺は視点を両軍が一度に見える位置までズームアウトする。

　こちらの数は一五〇〇、ルモリア王国軍も一五〇〇……その気になれば一〇万単位の兵力を動員することも容易い我が軍が、わざわざ敵軍と同数の兵で軍を構えたのは、この戦いを俺の……覇王としての俺の試金石にする為だ。

　兵数は同じであっても、圧倒的なアドバンテージを有するこの戦い。ここで圧倒的な勝利を収めることができないようであれば、俺に覇王を名乗る資格はない。

　……人の生き死にを物差し程度に使おうとする俺は、既に人でなしの類なのだろうね。

View of ハリス　ルモリア王国 ヨーンツ領 私設騎士隊 中隊長

「敵軍の数は一五〇〇。騎兵はおらず、また陣地の構築や物見櫓の設置も見受けられません」

「ご苦労、引き続き敵軍の監視を頼む」

「はっ！」

私の言葉に、物見に上がっていた兵が天幕から出ていきます。

「騎兵が全くいないというのは珍しい軍だな」

兵が外に出ていき、最初に口を開いたのはカルモス・フィブロ・ヨーンツ子爵。私の仕えるヨーンツ領領主。此度の戦の総大将も務めておられます。

既に隠居されていてもおかしくない御年なのですが、こうして戦場に来られていることからわかるように、まだまだ現役といったお方です。

「そうですね。戦場は平原……この地形での騎兵の強さは向こうも理解している筈。にもかかわらず騎兵を用意していないということは……」

「まともな馬すら用意できない愚か者共、ということだな！」

私の言葉尻を拾い、続けるように言い放ったのはグスコ・ハバル・アッセン子爵。

我々ヨーンツ領の隣、アッセン領を治める子爵家のご当主。年の頃は確か四〇を過ぎたあたりだったと記憶しています。あまり鎧姿が似合っているとは言い難いですが、元々武人という訳ではありませんからね、これればかりは仕方ないことでしょう。

アッセン子爵は今回の戦いの際に五〇〇の兵を援軍として送ってくれただけではなく、何故かご当主自ら指揮官として参陣してくれています。

まぁ……少しばかり、自己顕示欲の強い方で、あまり軍事にも明るくない方ではありますが……五〇〇もの兵を派遣してくれたお方です、感謝しかありませんね。

「ふむ、敵軍はどうやってかはわからぬが、この地にあれほどの数を送り込んでおる。その中に軍馬が全くいないというのも不思議な話ではないかな？」

カルモス様が机に広げられた地図を見ながらそう言うと、確かにそう言われてみれば不思議ですなとアッセン子爵が追従します。

「ハリス。お前はどう考える？」

地図から顔を上げられたカルモス様が私に意見を求めてきたので、私も地図から顔を上げて答えます。

「まず考えられるのは騎兵を伏兵として伏しているという策ですが、この辺りで兵を伏せておくことができる場所はあまり多くありません。南の方に広がる森が有力ですが、戦場からは少し距離があり、奇襲を仕掛けるには遠すぎますね」

「となると……森に潜ませておくとすれば後詰か？」

カルモス様の言葉に私は首を横に振ります。

「後詰をこの距離に置くのであれば、最初から軍に組み込んでおいた方がよいと思われます。それに斥候に調べさせましたが、森の中はとても静かだったそうです。魔物の多い森の中に軍が入り込めばそれだけで森は騒がしくなってしまいます。森の様子から見るに、あそこに軍はいないでしょう」

私の見解に、両子爵は納得したように頷いておられます。お二人とも戦場とは基本的に無縁でしたから無理もありません。

「森の反対側に兵を隠しておくというのは無理なのかね？」

地図を見下ろしながら、アッセン子爵が思いついたというように問いかけてきました。

「この森は非常に大きいので反対側に兵を隠しておくことは可能ですが、森を迂回するにせよ、森を通り抜けるにせよ、この戦場に来るまでには非常に時間がかかります。物見はそちら側にも配置してあるので、もし戦場に近づく軍があればすぐにわかります」

「なるほど……さすがに用意周到だな」

感心したようにアッセン子爵が言ってくれますが……天幕にいる他の面々が苦笑していますね。いえ、あらゆる可能性を勘案するのは悪いことではありませんよ？

とはいえ、ここは我らヨーンツ領内。この戦場以外に不審な軍がいないことはこの一カ月で確認が取れています。そのことをアッセン子爵に指摘するのは、さすがに憚《はばか》られますが。

「ありがとうございます、アッセン子爵。私は今回の場合、敵は平原に何か馬を自由にさせない仕掛けをしているのではないかと考えています」

「仕掛けというと……罠《わな》か」

カルモス様が眉を顰《ひそ》めながら罠と口にすると、隣にいたアッセン子爵が目を丸くし、天幕にいた者たちも表情を硬くします。

罠の存在はこちらの被害を大きくし、その規模によっては戦況を決定づけかねません。戦力が拮抗《きっこう》している今は特にそうですね。

「物見台から見た限り、穴が掘られている様子はありませんでしたが……草むらに隠すように縄や網を張っていたりすると、それだけで馬は足を取られてしまいます」

「馬の足を狙うということか……」

「敵には一カ月の時間がありました。何かしらの仕掛けを戦場に仕掛けておくのは難しくないでしょう」

「足を殺された騎兵は脆《もろ》い……何か対策はあるか？」

カルモス様が地図を見ながら私を含む部隊指揮官たちに問いかけます。

「ハリス様のおっしゃる通り、馬を狙った仕掛けをしている可能性は相手の編成を見る限り高いように思えます。馬防柵を配置していないことも、こちらの騎馬突撃を誘っているということでしょう。であれば、騎馬隊は中盤までは温存、開戦から暫くの間は歩兵のみで戦わせてはどうでしょうか？」

私の近くに座っている部隊指揮官が見解を述べます。ですが、ただの準騎士に過ぎない私に敬称をつけるのはやめていただきたいですね……。

「魔法的な仕掛けであれば我々で発見できます。物理的な仕掛けは歩兵たちに踏み潰させるのがいいかもしれませんね」

更に魔法部隊の指揮官が言葉を続けます。確かに戦場で大きな役割を果たす騎兵を温存し、歩兵を前に出すのは理にかなっていますが……しかし、騎兵用の罠があるというのはあくまで予想に過ぎません。

仮に騎兵用の罠が予想通りあったとしても、歩兵用の罠が設置されていないということにはならないでしょう。

現場で直接指揮をする中隊長以上の指揮官は、基本的にどの部隊であっても騎乗しています。それは視界の確保や指示を出す声を部隊に届ける為です。勿論、馬を降りて歩兵として戦うこともできますが……多くの者は罠があるとわかってなお、馬から降りて歩兵として戦うことを良しとしないでしょう。

彼らの言う歩兵だけで突撃させるというのは、最初に突撃命令を出し、あとは指揮官を入れずに勢いのまま敵と衝突させるということです。

しかし、指揮官を欠いた軍は非常に脆い。正面からぶつかるだけならともかく、罠などによる予想外の攻撃を受けた場合、為す術《すべ》もなく刈り取られてしまいかねません。

ここは、少し口を挟むべきですね。

そう思い、私が口を開こうとした時、私の後ろに控えていたルンバート殿が声を上げました。

「僭越ながら申し上げます。戦場に歩兵だけを突撃させるのは危険ではないでしょうか？　騎兵用の罠だからといって歩兵に作用しないとも限りません。仮に歩兵が大打撃を受けた場合、温存した騎兵だけで戦局を覆せるでしょうか？」

「む……」

「……」

ルンバート殿の言葉に、他の指揮官は言葉を失います。

本来ルンバート殿は私の副官としてこの場に来ている為、発言権は有していないのですが……私の言いたかったことを言わせてしまいましたね。後でフォローしておかなければ。

若者に策を否定された指揮官が、ルンバート殿を睨みつけるようにしながら口を開きます。

確か第二騎兵隊の隊長でしたね……。

「なるほど。確かにそのことを考慮に入れておかなかったのは間違いであった。しかし、他人の策をただ否定するだけで軍議に参加したような気分になってもらっては困る。否定する以上代案を献策するべきだな」

「はっ！　私は今回の戦、守り勝つべきではないかと愚考いたします！」

ルンバート殿がそう言うと、天幕の中は白けたような空気になりました。

まぁ、無理もありません。野戦においては敵軍と正面からぶつかり、撃破するというのが騎士として正しい在り方。最初から守りを重視するのであれば、野戦などするべきではないというのは当然の考え方でしょう。

それはこの場にいる戦場を経験したことのある指揮官たちも、戦場をあまり経験したことのない両子爵もそう考えているに違いありません。

この流れはあまり良くありませんね……。

「ふん！　戦場にあって臆病風に吹かれるような者は必要ない！　それに敵軍は侵略者だぞ⁉　敵の数

が我らを上回り籠城しているならまだしも、同数の敵相手に野戦で守り勝つ⁉　そのような消極的な策で勝利に辿り着ける訳がなかろう！」

案の定、白けた空気を読み取った第二騎兵隊の隊長が、ここぞとばかりにルンバート殿をこき下ろします。やはりこうなってしまいましたか……。

実は、私もルンバート殿が提案した戦い方に近いものを考えていたのですが……この状況でルンバート殿の提案に沿った形で献策すると、第二騎兵隊の隊長の心証を悪くしてしまいますね。

完全にタイミングを見誤ってしまったようです。ここは……申し訳ありませんが、カルモス様にとりなしていただきましょう。

そう考えた私はカルモス様へとちらりと視線を向けます。それだけでカルモス様は理解してくださったようで、第二騎兵隊の隊長に向かって手を掲げ落ち着くように声を掛けてくださいました。

「ガヤック、お主の心意気嬉しく思う。しかし、自ら考え献策した者をそう恫喝《どうかつ》しては、下の者たちが意見を言いにくくなってしまう。こういう時は一度意見を聞き入れた上でやんわりと諭しておくと、後々尊敬されるだろう。これは色々な場面で使えるテクニックだから試してみるとよい。あぁ、おなごには通用せんからそこは諦めてくれ。妻相手に何度も失敗しているから間違いないぞ」

第二騎兵隊の隊長……ガヤック殿を軽く注意した後、冗談めかして肩を竦めるカルモス様のお陰で天幕の中の空気が軽くなります。

「はっ！　申し訳ありません！　……すまなかったな、副官殿。戦を前に、気が立っていたようだ」

「いえ！　私の方こそ申し訳ありませんでした！」

ルンバート殿が折り目正しく頭を下げ、これにて先ほどの空気は完全に払拭されましたね。私がカルモス様に小さく頭を下げると、カルモス様は小さく口元を緩ませました。

「ふぅむ……しかし、策はどうするのだ？　罠があっては軍を前に進めるのは危険なのだろう？」

アッセン子爵の言葉に、各々が再び難しい顔をして考え込みます。

その様子を見渡したカルモス様が私へと話を向けてきました。

「ハリス。何か手はないか？」

「では、現状確認も含めて一つ……まず、開戦前の戦力が拮抗しているということの状況。我々としては寝耳に水といったところです。以前私が遭遇した敵部隊はおよそ五〇〇。仮に予備戦力がいたとしても八〇〇前後が敵軍の総数だと私たちは考えていました。ヨーンツ領から一〇〇〇、そしてアッセン領から五〇〇もの援軍を派遣していただき、総勢一五〇〇となった我々であればすぐに敵軍を蹴散らすことができる筈でした」

そう、元々我々は数の上では有利と考えここまで行軍してきました。

「多少の罠や策程度では、平原という地形条件から考えても簡単に覆すことのできない差があると……しかし、いざ布陣してみれば戦力は拮抗。この地で一カ月の準備ができた相手方の方が圧倒的に有利という状況に陥ってしまいました」

私の言葉に静まり返る天幕の中。自分で言っておきながら私自身もかなり憂鬱な感じですが……。

「ですので、我々がすべきは……相手有利であるこの状況を、可能な限り潰すことです」

私の言葉に、全て理解したといった表情を浮かべたアッセン子爵が得意げに口を開きます。

「奇襲による先制攻撃を仕掛けるということだな!?」

違います。

……咄嗟にそう言ってしまいそうになりましたが、丁度良いので少し乗らせていただきましょう。

「確かに奇襲も素晴らしい策ですが……今回の相手は罠を張り、我らを自陣に呼び込むことを狙っている可能性もあるので、少し工夫した奇襲を仕掛けます」

「ふうむ……工夫か」

アッセン子爵がそう言って顎に手を当てたのを確認した私は、地図を指差しながら説明を始めます。

「現在我々が布陣しているこの付近には物理的にも魔法的にも罠がないことは確認できています。なので、開戦と同時に安全地帯ギリギリまでゆっくりと軍を進めます」

「何故ゆっくりなのだ？　罠がないと確認できているのであれば一気に進んでもいいだろう？」

「いえ、この前進には相手を攻めるという意味合いよりも、相手の出方を見るという意味が強いのです」

「ふぅむ……どういうことだ？」

アッセン子爵が首を傾げるのを見て、一瞬微笑ましいものを見るような目をしてしまうところでした。説明に合いの手を入れてくれて非常に助かっているのですが、周りの方が面倒そうな目でアッセン子爵を見ているのが少し心苦しいですね。

「仮に敵が開戦と同時に突撃を仕掛けてくるようであれば、私たちは念の為、安全を確保できている場所を戦場にできるように調整しながら突撃をします。ですがもし、敵が罠を仕掛けているとすれば、最初から突撃してくることはなく、私たちを罠に誘導するような動きをするでしょう」

「なるほど……確かにその通りだ」

「しかし、私たちは安全を確保できているギリギリのラインで進軍を止めます。この場合、相手は早く踏み込んできてほしいと私たちを誘うか、罠が看破されていると見て突撃してくるか。どちらかの行動を取るでしょう」

アッセン子爵だけではなく、天幕にいる全員が地図を差しながら説明を続ける私の言葉を聞いてくれています。今のところ、反対意見を持っている方はいないようですね。

「私たちが前に出ても敵が動きを見せない場合。魔法隊による一斉攻撃で、目の前の草原を焼き払ってしまいましょう」

「ハリス殿、さすがにこの広い草原で火攻めができるほど広範囲を燃やすのは無理ですが……」

私の提案に魔法部隊の隊長が難しい顔をしながら言います。

「あぁ、大丈夫です。火攻めがしたい訳ではありません。狙いの一つは草原に隠されている罠を吹き飛ばすことです」

「あるかないかはっきりしていない罠を壊す為に、魔法隊に魔法を撃たせるのですか⁉」

魔法部隊の隊長が目を丸くしながら叫び声を上げます。

その気持ちは十分理解できます。

魔法というのは戦の趨勢を左右する切り札中の切り札。開戦前に地面に向かって放つなどおよそあり得ない選択といえます。

「はい。防御系の魔法が得意な方は温存してもらいますが……攻撃系の魔法が得意な方は全力でやってしまいましょう」

私が笑みを浮かべながら魔法部隊の隊長に言葉を告げると、彼は唖然《あぜん》とした表情になってしまいました。

「私はこの戦場、敵軍は相当自信があると見ています。それが策なのか、罠なのか、それはまだわかりませんが……私たちは相手の思惑を超える必要があります」

「それが虎の子の魔法隊に地面を焼かせることだと？」

「罠があることを知っている、そちらの戦術は見抜いている。そのことを印象付ける一撃です。決して無駄にはなりませんし、魔法によって地面の状態は悪くなりますが、罠の心配がなくなる以上騎馬隊が力を発揮できるようになります」

「……」

地面を耕すために魔法を放てと言われて納得はできないでしょうが……引き受けてもらいたいですね。上から押さえつけるように命令を下すのは、今回の戦場では悪手になりそうですし。

まぁ、私は下っ端ですが。

「……承知いたしました。では、我らが予定位置に到着後、敵軍が動きを見せない場合我々は目の前の草原に向けて一斉攻撃を行います」

私の懸念を払拭するように魔法隊の隊長は私の提案を受け入れてくれました。非常にありがたくはありますが……まだ献策中なのでこの作戦で確定ではないですよ？

「ありがとうございます。魔法隊は斉射後、防御魔法の使い手を残し陣に引いてもらいます。この時点で相手は動いてくると予測しますが、それでも動きを見せない場合一度本隊も引いて魔法隊の魔力の回復を待ちましょう。まぁ、間違いなく相手は動くと思いますが」

「何故だ？　罠がなくなってしまっては敵軍も迂闊に動けないのでは？」

アッセン子爵が首を傾げながら尋ねてきます。この方……狙ってやっている訳ではなさそうですが、絶妙なタイミングで説明を求めてきますね。若干周囲の指揮官たちもアッセン子爵を見る目が変わってきているような気がします。

「罠がなくなってしまったからこそですね。私たちは魔法を最大火力で放った直後です。向こうの切り札が罠であればこちらの切り札は魔法隊……それが消耗している隙を狙わない訳がないですからね。派手に魔法を使い草原を焼き払うもう一つの狙いがこれです」

「なるほど……だが、魔法隊が全ての魔力を使い切ったと相手はわからないのではないか？　寧ろ次の魔法を警戒して守りを固めるのでは？」

「敵軍は一カ月この地に留まっているとはいえ、侵略者であることに違いはありません。このヨーンツ領で自在に補給ができるということはないでしょう。つまり、基本的に相手は長期戦を望んでいない……隙があれば必ず食いついてくるはずです。その隙を見せる為、魔法隊には全力で草原を焼き払ってもらう必要があります」

「なるほど……相手の考えをしっかりと読んでいるということか。さすがは英雄ハリスだ」

アッセン子爵が納得したように頷きながら言います。

「……恐縮ながら、私は英雄と呼ばれるような人間ではありません。ただの老兵です」

私は数多くの戦場を経験しましたが、英雄と呼ばれるほどのことを成し遂げたことはありませんし、できるとも思えません。まぁ、経験だけは豊富というところを否定しませんが。

しかし……今回の相手、正直読めません。

どうやってこの場に現れたのか、何を狙っているのか……皆目見当がつかないといってもよい相手です。相手が短期決戦を望んでいるというのも推測に過ぎませんが……少なくとも隙を見せて突撃してこないとは思えません。

もし相手が攻め気を見せなかった場合は、我々は陣に引き籠もればいいですしね。ここでの戦が長引けば、ルモリア王国軍が動くことになります。そして国軍が動いた時点で相手に勝機はありません。数が違いすぎますからね。

まぁ、ここで我々を撃破したところで彼らの結末は同じなのですが……本当に相手の狙いが読めません。

……まさかルモリア国軍相手でも勝つ自信があると？

嫌な想像がよぎり、一瞬表情を硬くしてしまいました。

「敵が食いついてきた場合はどうするのだ？　騎兵を出すのか？」

私の微妙な表情に気づいたのか、カルモス様が声を掛けてきました。

「敵が誘いに乗ってきた場合は、一度敵の攻撃を受け止めた後、少しずつ後退します。ある程度下がったところで、後方に控えさせていた騎馬隊を相手の側面に回り込むように突撃、更に背後に抜けさせて、本隊と騎馬隊で敵前衛を挟み込んで殲滅します」

「突撃してきた部隊と敵本隊を切り離すということだな？」

カルモス様の言葉に私は頷きます。

「はい。敵突撃部隊を刈り取ることができれば、こちらは一気に優位に立てます」

「……悪くない策に思えるが、皆はどうだ？　他に案がある者はいないか？」

カルモス様がこの場にいる指揮官たちを見渡しながら問いかけます。暫くの間それぞれが周りの者たちと会話を交わした後、各々から異論はないとの言葉が出ました。

「では、ハリスの策を主軸にこの戦を進めよう」

こうして戦の方針は決まり、陣形や連携について詳細を詰めていくことになります。

さて、今回の戦……ここまで策を講じておいてなんですが、旗色がいいとは決して言えません。

私が提案した戦い方……相手を引き込んで殲滅する……これができればなんの問題もありませんが、この策にはもう一つの狙いがあります。

この場で明かすつもりはありませんが、騎兵を後方に配置して引き気味に戦うことにより、いざという時、カルモス様やアッセン子爵を逃がしやすくするという狙いです。

正直兵数が同じである以上、物を言うのは策と兵の練度。そして何より、一人で戦局を左右しかねない強者の存在。

策に関しては、この状況を見据え準備をしてきた相手に分があるでしょうし、あの時垣間《かいま》見たエインヘリア軍の練度……どう見ても我が軍よりも数段上でした。そもそもこちらは連携訓練もロクに行っていない二つの領の混成軍ですし。

そして、あの時話したリーンフェリアという騎士。あれは何度か戦場で見たことのある圧倒的な強者……私が先ほどアッセン子爵に称された紛いものではなく、真に英雄と呼ばれる者と同等の存在に見えました。

もし、私の見立てが正しければ……たとえこちらの兵数が敵の倍いたとしても勝つことは不可能といえます。

既にカルモス様にはこの戦、勝つことは難しいと伝えてあります。アッセン子爵ご本人が参戦してきたのは想定外でしたが……カルモス様は敗戦の責任を取る覚悟を既にされております。

私の役目は、カルモス様、そしてアッセン子爵を無事にこの戦場から帰すこと……更にできる限り多くの情報をお二人に持ち帰っていただき、少しでも手柄としてもらえるようにすることですね。

エインヘリアという国の名も、フェルズという王、リーンフェリアという騎士の名、国に確認を取っても何一つ判明することはありませんでした。

一つ光明があるとすれば、その点でしょう。彼らの情報を引き出しつつ、ルモリア王国軍が来るまで遅滞戦闘に努めることができれば、たとえ戦場から退いたとしてもカルモス様が処罰されることはない筈。

その為にも開戦序盤で大きく兵を損なう訳にはいきません。守り重視で騎兵は温存……基本的にルンバート殿の守り勝つという提案と狙いが同じだったので、あの場で完全否定されなくてよかったですよ。

あとは、細かい打ち合わせの後、布陣を行い……最終勧告をしてから開戦ですね。

できることはそう多くありませんが……せめて三週間は相手をここに釘《くぎ》付けにしたいものです。

後ろ向きと笑われるかもしれませんが、恐らくこれが最善である筈。

その思いを胸に私は開戦の時を迎え……思い知ることになりました。

戦争とは、世界とは、理不尽がまかり通るものなのだと。

「こんな……馬鹿な……」

接敵から間もなく、ルンバート殿が絞り出すように言った言葉が私の胸中と重なりました。


「舌戦というのだろうか？　この辺りでは開戦前にあのような作法があるのだな」

俺はつい先ほど行われた向こうの軍からの降伏勧告について、隣にいるキリクに意見を聞いてみる。

『レギオンズ』では接敵即開戦って感じだったからな。

いや……各国の王とか主要キャラとかと初めて戦場で会った時、会話イベントが発生してたか。それが先ほど相手方がしてきたものと同じ役割をしているのかもしれない。

「戦いを前に将が名乗りを上げ、わざわざ降伏勧告をしてくるとは予想外でした。どんな意味があるのか調べておく必要があるかもしれません」

うん、違ったみたいだ。とはいえ、キリクの言う通り調べておいた方がいいだろう。

「戦後の禍根を減らす為にも調査は必要だな。それに、戦争に一定のルールがあるかもしれぬ。そのあたりを調べる為にも、将の類は確実に捕虜としたいところだ」

「戦争にルールですか？」

「まぁ、仮の話だ。もし戦争に一定のルールがあり、それに違反した場合、周り全てが一斉に敵になる。そういう国家間での取り決めがあるかもしれない、という話だ」

暗黙のルールならともかく、国際条約とかで明文化されていた場合、違反すると制裁が怖いからね……

まぁ、経済制裁くらいなら俺たちには問題なさそうだけど。

連合軍とか包囲網とかも……なんだかんだでなんとかなるかもしれない。

戦線の拡大や食料不足等の問題は、俺たちには無縁なものだ。魔力収集装置による転移、それに魔石を使った物資の確保に兵の補充。魔力収集装置と魔石、この二つさえあれば大抵のことはなんとかできるしね。

仮に、現時点で城を包囲されたとしても村からの収入とバンガゴンガたちからの収入で魔石二万は確保できる。

まぁ、村は占領されるだろうけど、結界がある以上魔力収集装置は壊せないだろうし、村人を移動させない限り収入は途切れない。

それにもし、城の包囲が一カ月以上続けば包囲している連中からも魔石がもらえるかもしれない。

そうなったら……うん、いくらでも籠城できそうだね。

守りに関してはそんな感じだし、そもそも攻撃に関してもなぁ。

兵站について、以前アランドールに考えるように命令してたけど、普通の軍とは比べものにならないくらい軽い荷物で済むからね。

三万人の軍で必要な食料が三人分で済む軽さだ。しかも移動は最寄りの自軍拠点まで一瞬で転移できて、徒歩のくせに時速三〇キロで行軍しても問題ない。

召喚兵はいくらやられても翌週には再召喚可能だし、現時点で出せる兵力は一億近くある。

まぁ、一億を削り切れるような相手がいるならどうしようもないが……相手はこちらと違って生身だ。

怪我から復帰するのも簡単な話ではないだろうし、死ねばそこで終わりだ。

因みに、召喚兵は倒されても一週間後に呼び出せるようになるが、倒されなくても一週間で消えてしまう。

ゲーム時代は敵の拠点に攻め込む際に数ターン……何週間かかかることがあったし、その間に兵が消えることはなかったんだけど、この世界では一週間で消えちゃうんだよね。

魔石がガっぽがっぽ手に入るようになれば気にならないだろうが、収入が少ない今、無駄は極力避けなくてはならない。っていうか、『レギオンズ』の序盤ってこんな感じだったよな。周回を重ねると、持ち越しの魔石で序盤を駆け抜けられるからあまり気にならなくなるけど。

因みにこの一カ月で支配下に入れた村から収入はあったが、まだ基本維持費だけを取っても赤字だ。最寄りの街にこっそりと魔力収集装置を置くことはできないかと考えたこともあったのだが、どうやら魔力収集装置は屋外に設置する必要があるらしく、適当に家でも買ってその中に設置するとかじゃダメだった。

窓開けてたらいけるんじゃね？　と思ったけどそんな簡単な話ではなかったようだし、そもそも設置場所も細かい計算の上決めているそうなので、相手方にバレずにこっそりというのが非常に困難らしい。ままならないね。

って、思考があさってどころか来週くらいの方向に飛んでいったな。今はこっちに集中しないと……。

「まぁ、そのへんの話はこの戦争を終えてからだな。今は我々のやり方で進めるしかない」

「調べなければならないことはまだまだありそうですね……敵軍が動き始めたようです。しかし、随分と動きが遅いですが……」

キリクの言う通り、敵軍が非常にゆっくりとした動きでこちらに向かって軍を進めてくる。

「騎兵が最後列？　変わった陣形だな。横陣……いやファランクスか？」

俺は視界を敵軍にズームして相手の陣形を確認する。

最前面に大盾を構えた兵を置き、その後ろには少し小さな盾を持った者たちが続いている。更に間を縫うように長槍を持った兵が等間隔で配置されているようだ。

最前面の大盾が正面の攻撃を防ぎ、後列の小さめの盾が頭上をカバーして曲射される矢や投石を防ぐ。そして盾の隙間から長槍で攻撃するという陣形……だと思う。

「ファランクス……ですか？」

「あぁ。部隊一つ一つが盾で守られた小さな要塞みたいな陣形だ。相手の突撃を受け止め、矢を弾き、同時に攻撃をする。中々厄介な陣形だな」

まだ正面以外の盾は構えていないけど、恐らく間違いないだろう。ってことは、後ろの騎兵は遊撃隊か。ファランクスでこちらの攻撃を受け止めて、その隙に騎兵が縦横無尽に駆け回ると……。

「我らの戦いでは見られなかった陣形ですが……さすがはフェルズ様。そのような知識までおありとは」

「まぁ、古い文献で見たことがあっただけだ。因みに、あの陣には明確な弱点がある。機動性に欠けるので側面を突かれると非常に脆い。密集している上にあの長槍だからな、方向転換するだけでも一苦労だ。それを補う為の後方に配置した騎兵なのだろうが……もう一つの弱点は致命的だな。キリクわかるか？」

「はい。魔法による範囲攻撃ですね？」

「正解だ。別名密集陣形とも呼ばれるあれは、範囲攻撃に非常に弱い。エリア系じゃなくても一部隊を丸々吹き飛ばせるだろうな」

「しかし、そんな致命的な弱点を放置したままとは……考えられるとすれば、魔法への対抗手段を持っているといったところでしょうか？」

魔法への対抗手段か……それは考えつかなかったな。

「魔法への対抗手段か。俺たちの常識で考えるなら装備かアビリティだが、彼らは召喚兵ではなく生身だ。兵士全員に魔法への対抗手段を装備させるのは、中々コストがかかりそうだな」

『レギオンズ』の装備なら魔法ダメージを軽減、吸収、反射といった三種類の対抗手段があるけど、どれも癖が強く、使い勝手が悪い。

魔法ダメージ軽減は特定の属性を軽減するだけなので、違う属性には全くの無防備になる。軽減率が高いものになると他の属性のダメージが増加するのでより使いにくい。

吸収に至っては吸収できる属性以外のダメージが倍になる。

反射はその名の通り魔法を跳ね返すのだが、回復もバフも跳ね返すのでこれまた使いにくい。

はっきり言ってバランス悪すぎであるが……『レギオンズ』というゲームはどちらかというと攻撃偏重に設定されているようで、防御系の装備は総じて使い勝手が悪い。

正直このへんの装備は、持ってはいるけど倉庫の肥やしだ。

アビリティの魔法耐性はパッシブ系で、一度覚えれば永続的に効果がある。しかも、装備と違ってデメリットがないので、戦闘系の子たちはほぼ耐性系のアビリティを覚えさせている。まぁ、効果は高くないけどね。

「何かしらの魔法対策があったとしても、今展開している魔法系の部隊はカミラだからな。反射無効や耐性貫通のアビリティを使えば問題なく吹き飛ばせるだろう」

まぁ、未知の技術で魔法を防がれる可能性も十分あるけど、そんなことを言っていたら身動きが取れなくなるしな。

まずはやってみる。

そうでないと対策なんて考えられないのだから。

「とはいえ、今回の一番槍はジョウセンだ。相手の陣形との相性は悪いが、機動力があるからな。横から崩すとしよう……ジョウセン、準備はいいか？」

『はっ！　勿論にござる！』

「よし、それではこれより我らの戦を開始する。先陣を切るのはジョウセン、お前だ。敵は密集隊形を取っている。これに正面からぶつかるのは、剣兵で構成されているお前の部隊では分が悪い。しかしこの隊形、側面からの攻撃には非常に脆いという弱点がある。お前は機動力を生かし側面から相手に一撃を加えろ。下がる時の合図を聞き逃すなよ？」

『委細承知！』

「カミラ、ジョウセンが接敵次第前進してもらう。ロッズ、リオ、カミラの守りを頼んだぞ」

『『はっ！』』

ジョウセンに続き、その後ろに布陣しているカミラたちにも声を掛けた。

ロッズとリオはそれぞれ槍兵と剣兵を率いており、カミラ率いる魔法部隊の副将につけている。二人とも『レギオンズ』時代は戦闘部隊に所属しており、能力は一線級だ。

「進軍開始！」

『『はっ！』』

俺の号令と共に、ジョウセンの部隊が進軍を開始する。

その動きはじりじりと前進を続けている敵軍とは雲泥の差だ。

「それにしても、敵軍の動きは随分鈍いな。魔法はともかく、もう弓の射程には入っているだろうに、まだなんの動きも見せない」

「見る限り弓兵は盾兵の後ろ、騎兵の前に布陣しているようですが……弓を構える様子すらありません……何かの罠でしょうか？」

「あの進軍速度を見るに、こちらを警戒しているのは間違いないと思うが、弓すら撃ってこないのは……

あぁ、こちらを呼び込もうとしているんじゃないか？」

「なるほど、呼び込んで殲滅……ということですね」

ゲームでは釣り戦法と呼ばれる方法だな。防御力の高い兵を囮《おとり》として使い、突出してきた敵を囲んで倒す。そうやって相手の兵力を削りながら戦線をじわじわと上げていく。敵ＡＩの賢さにもよるけど、基本的にどのゲームでも有効な戦法だ。

そんなことを考えつつ、キリクと戦場を分析しながら話をしていると、ジョウセンと敵軍との距離がかなり詰まってきた。

「ジョウセン、速度を上げて側面に。そしてできる限り足を止めるな」

『承知！』

返事と共にジョウセンの部隊が加速、一気に敵軍の側面に向けて移動を開始する。

ゲーム画面の時よりも移動速度が速い感じがするな……相手の動きが遅いからか？

「カミラ、そろそろ出番だ。ジョウセンの接敵後、指定地点まで一気に移動しろ」

『了解よぉ』

よし、カミラの方も問題ないだろう。敵軍の様子は……一気に進行方向を変え、側面に回り込もうとしているジョウセンの動きに動揺しているようだな。ゲームの時には敵軍の動揺なんて表現されていなかったけど……実際の戦場であれば仕方ないだろうな。

ジョウセンたちの移動速度は、俺たちが初めて村に来た時よりも速い……、俯瞰視点な上、距離を測るようなものがないから正確にはわからないけど、時速六〇キロくらい出ているんじゃないだろうか？

相手の騎兵より速いんじゃないかな？

このジョウセンの動きに敵が動揺しなかったら、逆に俺の方が動揺するね。

しかし……こうやって俯瞰視点で戦場を見ていると、現実感が薄れるな。あまりいい傾向じゃない気がするが……いや、今は余計なことを考えるな。

その余計なことを考えた一瞬で、ジョウセンの部隊は敵軍の側面に辿り着き、敵軍と激突！

次の瞬間、無双系のゲームもかくやと言わんばかりに、敵軍の兵士たちが吹っ飛んでいく。

……は？

呆気にとられる俺をよそに、敵軍に食い込んだジョウセンの部隊は、そのまま敵軍前衛を蹴散らしながら移動を続け、あっという間に横並びだった敵軍の端から端まで突き抜けてしまった。

俺の予定と違う……俺はこう……機動力に長《た》けるジョウセンの部隊が敵の側面を突いて混乱させ、それと同時にカミラが進軍。所定位置に移動後、ジョウセンの部隊を一旦引かせ、カミラの部隊による魔法攻撃。相手の混乱を拡大したところで、ジョウセン、カミラの部隊で再び突撃。

そんな流れで考えていたんだけど……もう敵軍の前衛、壊滅しちゃったな。

敵軍の様子は……混乱というよりも茫然としている感じだな。まぁ、気持ちはわかる。さっき思わず覇王らしくない声を出しそうになったからな。

っと、イカン。

ぼーっとする前に指示を出さねば……しかしこの実力差は嬉しい誤算だ。ゴブリンや以前捕らえた騎士たちという比較対象があったから、自分たちがある程度強者であるとは思っていたけど、ここまで圧倒的とは思わなかった。

これだけの実力差ならば……作戦変更だ。

「カミラ、逃げられないように敵軍の背後に壁を作れ。ジョウセンは敵後方の騎兵を中心に狙え！　カミラの魔法に巻き込まれるなよ？　後方で待機している部隊も突撃だ！　一人も逃がすな！　指揮官は必ず捕らえよ！」

本来、敵の逃げ道を完全に塞いでしまうと敵軍は開き直り、死兵となって最後まで抵抗を続けるので良くないとされているが、これだけの圧倒的戦力差だ。死ぬ気になったからといってどうにかなるものではないだろう。

生身の人間が走行中の新幹線の前に飛び出すようなものだ。気持ちでどうこうできる問題ではない。

「「はっ！」」

俺の指示の直後、敵軍の背後に物凄い高さの炎の壁が出現する。これは……『フレイムウォール』じゃなく『フレイムエリア』か？

『フレイムエリア』は戦争パート用の魔法で、本来は敵軍にダメージを与えるものだが……リアルで見るとこんな感じだったのか。ダメージっていうか普通に一軍丸ごと焼け死ぬな。

ゴブリンの集落で俺はこんなもの撃とうとしていたのか……エイシャがアドバイスしてくれてよかった……大火災になるところだったな。

そんな暢気なことを考えていられるほど、突撃を開始した我が軍は圧倒的で、開戦から一〇分足らずで敵軍は壊滅。総大将を含む指揮官クラス一〇数名の捕縛に成功。

我が軍の被害は皆無なれど敵軍一五〇〇はその全てが倒れ伏し、後に残ったのは我らの旗のみである。

……どこぞの大本営発表でも、もう少し控えめじゃない？

◇第七章◇　決意を固める我覇王

「さすがは殿！　見事な指揮でござった！　初見の敵陣形の弱点を一瞬で看破するとは……感服と申すより他ござらん！」

ほくほく顔で本陣に戻ってきたジョウセンが、豪快に笑う。

「よくやってくれた、ジョウセン。お前の武勇あってこその指揮だ。勲功一位はお前だな」

「はっ！　ありがたきお言葉！　それにしても、一見して堅そうな陣形でござったが、殿にかかれば鎧《がい》袖一触《しゅういっしょく》、まさに風の前の塵《ちり》に同じといったところでござったな！」

うん……俺にかかればっていうか、君にかかればの間違いだね？

確かに密集隊形は側面攻撃に弱いとは言ったけど、あの感じだったら真正面からぶつかっても多分同じ結果だったでしょ……。

「……ジョウセン。フェルズ様を褒め讃えたい気持ちはわかるが、今はまだ戦後処理中だ。お前の部隊も捕虜を取ってきているだろ？　イルミットがリストを作っているから連れていってやってくれ」

「む、それは早くせねばいかんな。では、殿、御前失礼いたします」

俺が頷くとジョウセンは頭を下げ、この場から立ち去ろうとして……立ち止まった。

「殿。最後に一言だけ、よいでござるか？」

「構わん」

立ち止まったジョウセンが振り返り、片膝をついて頭を垂れる。

「……再び、殿の剣として戦場に立ち。殿の指揮で剣を振るう。必ずこの日が訪れると信じておりました。今一度、殿が道の為……存分に我が刃《やいば》をお使いくだされ。たとえこの身が砕け散ろうとも、必ずや一切合切を斬り捨ててご覧に入れましょう」

顔は見えないが、先ほどまでの快活な雰囲気ではなく、研ぎ澄まされた刃のような雰囲気を見せながら言うジョウセンに、俺も真剣な思いで返す。

「剣聖ジョウセン。お前は俺にとって最高の剣であると同時に、何物にも代えがたい家臣だ。俺が道の果てに行くまで、その命散らすことは許さん。不惜身命《ふしゃくしんみょう》。確かに、満足のいく死、美しい死を迎えられるかもしれん。だがお前という剣を失った俺は、どうやって次の障害を斬り払えばいい？　俺の剣と誇るならば、最後まで使い手と共にあれ」

「は……は！　申し訳ありません！　殿から頂いた天羽々斬《あめのはばきり》、そして妹に誓って……殿が歩みを止められるその時まで、殿のお傍で剣を振るい続けます」

歩みを止めるまでか……俺はこの世界で何を目指せばいいのだろうか？　とりあえずの目標は魔石の確保なんだが……最低でも月一〇万、いや一〇〇万だな。人族なら一〇万人、ゴブリンなら二万人が魔力収集装置の傍で生活する必要がある。

保護する名目でゴブリンたちを城下町に集められたら最高なんだけど……人族から隠れ住んでいる彼らを見つけるのはかなり大変そうだ。バンガゴンガたちと同じ規模の集落を……えっと、一〇〇……じゃなくって……八〇か。

ゴブリンたちを探す方が平和的に話は進むだろうが、時間はかかりそうだ。

逆に人族を支配下に組み込んでいくとすれば……捕らえた指揮官連中からこの周辺の人口を聞き取りして、今後の方針を決めないとな。

「ふっ……剣と妹に誓うか。そういえばお前には妹がいるんだったな。その二つに誓うのであれば違《たが》うことはあるまい。励め」

ジョウセンには妹がいる……という設定なだけで、その子を俺はエディットしていない。でも、確か超シスコンって設定をジョウセンにはつけていた筈だ。

っていうか、装備させているアイテムは下賜したことになっているのか？　まぁ、別に構わないけど。

「はっ！」

立ち上がったジョウセンが立ち去ると、隣に控えていたキリクが話しかけてきた。

「フェルズ様、この後はどうされますか？」

「城に戻る前に敵軍の総大将と会う。連れてきてくれ」

「はっ！」

キリクがジョウセンの後を追うようにこの場から離れる。残っているのはリーンフェリアとウルルだけだ。

普通の軍とかだったら雑用は一般兵とかがやるのだろうけど……俺たちの場合は、将自らが雑用とかをしないといけないからな。

一応召喚兵は警備とかならできるみたいだけど、あまり臨機応変な対応はできず、予め命令してある行動に沿って動くことしかできない。勿論、適宜召喚した人物が命令を下せば細かい動きも可能なのだが、召喚した人物が傍にいなければ柔軟な対応はできず、それならば普通に生身の人物が動いた方が便利だ。

何より召喚兵は喋ることができないし、召喚主に連絡をする方法を持たない。

召喚主からの命令は遠隔で行えるのだが、召喚兵の方からは状況報告等ができないので、遠隔地で動かした場合、ちゃんと指示を遂行できているか判断ができないのだ。

さすがに、そんな兵に仕事を任せるのは厳しい……というか怖い。

そんな訳で、結局うちの子たちが直接動かないといけない訳だけど……小間使いみたいなのを雇うか？　本来であれば城にいるメイドたちがその役どころなのかもしれないけど、はっきり言って人数が足りない。っていうか、二〇人程度であの城を掃除していることに驚きを禁じ得ない。

人を増やすには新規キャラ作成をすればいいのかもしれないけど……できるのだろうか？

ゲーム時代は、新規雇用契約書というアイテムを使うと、キャラクターエディット画面に移動して、新しいキャラを作成できたのだけど……そういう、ゲーム画面的なものにこの世界に来てから一度もお目にかかれていない。

新規雇用契約書自体は在庫があるし、よろず屋で購入もできる。よろず屋が使えることは既に確認済みだ。商品のラインナップはゲーム時代と変わらず、売り場の女の子もゲーム時代のままだった。しかし、在庫の補充については永遠の謎というか……教えてもらえなかった。

まぁ、それはさておき、新規雇用契約書も含めて、ゲーム時代のアイテムについても色々調査が必要だね。

確認に時間がかかりそうなのは消耗品よりも装備の類だな。専用装備とか、本当にそいつ以外が使えないのか試す必要があるし、特殊な効果のある武器や道具は、本当にその効果が発揮されるのかとか……楽しみではあるけど、えげつない武器とかもあった筈。毒とか麻痺《まひ》は可愛い方で、石化とか即死とか……リアルで起こったらかなりやばいよね。

この一カ月は戦争のことで頭がいっぱいだったけど、そろそろ色んなことに手を出していかないとな……。

とりあえず、その為にもこれからキリクが連れてくる相手との話だな。

総大将になるくらいだから、相手はそれなりに地位の高い人物だろうし、色々と情報を得られるだろう。素直に話をしてくれればだが。

捕虜となった者たちから情報を集めるのは外交官たちの仕事だけど、総大将くらいとは顔を合わせておいた方がいいだろう。

今後の方針を固めるのに、何か参考にできる程度には聞き出せるといいが……。

それにしても、軍の総大将か……どんな相手だろうか？　まぁ、バンガゴンガ以上に厳つい奴はいないだろうが……あまり尊大な相手だったりしたら、リーンフェリアとかがスパッとやってしまったりしないか心配だな。

あと、これは今更の話だけど……お偉いさんとの会話ってなんか無駄に緊張するんだよね。

そんなことを考えていると、キリクとジョウセン、そして老境に入ったばかりといった年頃の人物が俺の前に現れる。

「フェルズ様、お待たせいたしました。敵軍総大将、カルモス・フィブロ・ヨーンツ子爵を連れてまいりました」

キリクが頭を下げつつ敵軍の総大将の名を告げる。

カルモス……なんだっけ……あぁ、ヨーンツってのはこの辺りの領地の名前だった筈。それに……子爵？　なんか貴族の階級とかだっけ？　えっと、子爵ってどのくらい偉いんだ？　男爵の上？　下？　伯爵よりは下だよな？　なんて呼べばいいんだ？　カルモス？　子爵もつける？　カルモス子爵でいいのか？

そんな俺の内心には恐らく気づいていない……気づいていないといいなぁ……総大将さんが俺のことを見ながら小さく肩を揺らした。

緊張しているのか……？

まぁ、そりゃそうか。

ほんの少し前まで俺たちは戦争をしており、彼は敵の総大将。お互いの首を狙って矛を交え、俺が勝った。

そして彼は今、味方ゼロの状態で俺の前に連れてこられている訳で、緊張するなという方が無理な話だろう。

とりあえず、そのまま固まっていられるのもアレなので……こういう時って俺から話しかけていいのだろうか？　まぁいいや、エインヘリアではそれを良しとするということで。

「そのように肩を強張らせて立ち尽くしていても仕方あるまい。座るとよい……子爵」

なんて呼べばいいかわからなかったから、とりあえず子爵と呼ぶことにした。まぁ、大丈夫だろ、多分。

子爵は若干怪訝《けげん》な顔をしたけど、大人しく椅子に座ったし。

「さて、顔を見せるのは初めてになるが、俺がエインヘリアの王フェルズだ。以前この辺りに来ていた騎士から名くらいは聞いているか？」

「お初にお目にかかります、エインヘリア王陛下。私はルモリア王国、ヨーンツ領領主カルモス・フィブロ・ヨーンツ子爵と申します」

頭を下げることなく、正面から俺を見ながら名乗る子爵。

その視線は厳しい感じではあるが、戦に負けたばかりにしては恨みとか怒りとか……そんなものは感じない気がする。多分だけど。

「それで、子爵。何故、我らに軍を向けたのだ？　貴殿らに我々は何かしたかな？」

いきなり村を占拠して、俺のもんだ発言しましたね。っていうか、他国の領土に兵士と共に突然現れた時点で軍隊送り込まれても文句言えないよね。

専守防衛って言葉が大好きな日本だって、そんなことされたらさすがに撃つだろう。

……撃つよな？

さて、そんな俺の暴論を受けた子爵さんは、案の定……というか当然の如く目を丸くしている。

「我々は、悲痛な民の嘆きに応える為に軍を出したのだ。そのことは丁寧にそちらの騎士に説明したと思ったが……いかなる理由で我らに軍を向けたのかな？」

盗人猛々《たけだけ》しいにも程があるって感じだが……これでも俺はエインヘリアの王。自分の行いに非を認めることがあってはならない。個人的な案件ならともかくね。

日本人らしく、個人的なことならぺこぺこいきたい所存です。まぁ、覇王的に無理だろうけど。

「……ここは我らが父祖が切り開き、我らが王が治め、我が家が預かる土地です」

「切り開いたことは信じよう。だが治めるとの言葉は甚だ信じがたい。治めきれておれぬからこそ、民から嘆きの声が上がるのだろう？」

「それは……！　我らも兵を派遣しております。些《いささ》か出足は遅れたようですが……」

顔に苦渋を滲ませながら子爵が言う。

まぁ、拠点間通信や転移ができるわけじゃないからね。民が訴え出て……派兵までどのくらい時間がかかったのかは知らないけど、俺たちが依頼を受けてから数日後には騎士団が来た訳だし、タッチの差だったといってもいいだろう。

バンガゴンガたちは本当にギリギリだったな。

そして……タッチの差だろうとなんだろうと、こういったことは早いもん勝ちだし、言ったもん勝ちだ。

「子爵。見えておらぬようだから教えてやる。国には国の視界があり、領主には領主の視界がある。そして、民には民の視界があるのだ。当然民の視界は狭い。目の前の、自らの目に映る範囲でしか、幸不幸を判断できない」

「……」

「大事なのは結果だ。俺が民を救い、貴殿らは民を救えなかった。自分たちにとって利益を与えてくれた俺に庇護を求めるのは当然だろう？」

嘘です。

思いっきりその民を脅して傘下に入れました。

「しかし、それは！」

「治める範囲が広いのだから、少しは待てと？　言っているだろう？　子爵。民はその視界を持たない。そして何より、統治とは、治め統べることをいう。自らの領土とさえずるのであれば、正しく治めてみせよ。そこに嘆きなど生まれよう筈もない」

「陛下は全ての民の嘆きを救えると……？」

「俺の統治下に入った以上、全ての嘆きは払拭される。そして二度と嘆くことはない。それが王としての俺の在り方だ」

俺の言葉に啞然とした表情を浮かべる子爵。

いや、まぁ……無茶苦茶言ってる自覚はありますけどね？　俺の下では嘆きは全てなくなるって……絶対無理。人は簡単に嘆くからね。俺なんか、財布落としたら絶対嘆く……いや、財布落として嘆かない奴は相当マイノリティ。

まぁ、そういう日常の話をしている訳じゃないってのは、わかっているんですがね？　っていうかこれ俺の台詞でしたね。怖いわー、無茶苦茶言う覇王怖いわー。

そもそも、なんでこんなこと語っているんだっけ……あぁ、お前らがちゃんとせんから俺がやってやったんだよ！　って押しつけがましく言ってたんだっけ。ならこのまま強気で押していくしかないな。

まぁ、これも俺の覇王ムーブ……全力で魅せたったんよ！

Ｖｉｅｗ　ｏｆ　カルモス・フィブロ・ヨーンツ　ルモリア王国　ヨーンツ領　領主

狂人。

私の目の前に座る男の言葉は、狂人のそれである。

若しくは、現実が見えておらぬ大馬鹿者。

一笑に付すべき言葉だ、私はそう理解している。だが、私の目が、心がそれを否定する。

私の理性は男の言葉全てが狂人の妄言、ただの世迷言だと言っているのだが……私の目と心は、目の前の人物を英傑の類だと告げている。

先ほどから語るおよそ身の丈に合わない言葉。それを大言壮語と一笑に付すことができないのは、それを語る人物の目だ。

狂人の目でも、王という役割に殉じようという無機質な目でも、夢想家の現実を見ていない目でもない。

様々な感情、想いを宿しながらも己を貫くという強い意志が色濃く見える。

その瞳を見ていた私は、ふとあることに気づいた。

目の前に座る人物……いや、この天幕の中にいる全ての人物から、私に対する敵意を感じないのだ。

既に戦いは終結しているとはいえ、ほんの少し前まで我々は干戈を交えていた。確かに、こちらから被害は殆ど与えられていないだろうが、それにしてもここまで悪感情を捨てて敵方の総大将を見られるものだろうか？

そこまで考えた瞬間、私は一つの事実に気づいてしまう。

彼らは私を敵と見なしていない……いや、敵たり得ないのだ。

確かに先の戦い、防御寄りの陣形を敷いた我が軍は、まるで紙でできた人形のように敵先陣にその全てを薙ぎ払われた。後ろに控えていた我らが退却する暇すらなく、だ。

我が軍を薙ぎ払った将もこの天幕にいるが……疲れは一切見えないどころか、戦場を駆け回った直後だというのに、泥や返り血による汚れすら見えない。

圧倒的な実力差……その言葉が生易しく感じるほどの格の違い。

恐らく私がエインヘリア王に害をなそうとすれば……いや、もしかするとそれを考えた瞬間、私は死を迎えるのではないだろうか？　そんなことを考えてしまうほど、隔絶したものを感じる。

私は、一瞬だけエインヘリア王から意識を外し、その周りを固める者たちに意識を向ける。

この場にいるエインヘリアの将官たち……その誰もが、王に向けて畏敬の念を抱いているように見えるが、そこに狂信的な色は感じられない。ただあるがままにその存在を受け入れ、その上で忠誠を捧げているように見える。

彼らのような清廉さを感じさせる将官が忠誠を捧げる人物……その為人《ひととなり》に興味を持つなというのは、曲がりなりにも人の上に立つ立場の者として無理というものだろう。

恐らく、ここで得た情報を国に持ち帰ることは能《あた》わないだろう……だが、それでもこの規格外の英傑のことを私は知りたいと思った。

「……私はただの一地方領主に過ぎません。おっしゃっていることの崇高さは理解できますが、とても人の身で成し得ることとは思えません」

「これを崇高というから為政者として足りないのだ。領主とは国からその一部を任された者であろう？　お前たちの王は民に安寧を齎《もたら》す者ではないのか？」

「……陛下は民を愛し、慈しんでおります。全ての民を救うことができないのは、ひとえに家臣である我らが至らぬ故」

「この国の王は民を慈しんでいると？」

「はい」

少なくとも、私が忠誠を捧げた王は民の為に身を粉にして働いておられた。今代の王は……少し違う考えのようだが。

「王が民を愛するのは当然だが……慈しむというのは傲慢だな。王がおらずとも民は生きていけるが、民がいなければ王は生きていけない。王は民を統べ守るものではあるが、それは役割としてそうだというだけだ」

「王の言葉とは思えませんな。王とはただそこにあるだけで権威を放ち、その指の一振りは多くの者を従わせ、その一声は国の行く末を決める。王は民の上に立ち、王であるが故に絶対者であり、絶対者であるが故に王なのです」

「はっはっは！　凄いな、ルモリア王国の王位とは。絶対者か。はっはっは！」

「何がおかしいと……？」

心底おかしい……いや、王という存在そのものを嘲るかのように笑う姿は、自身が王という自覚がないのではと錯覚するが、目の前の人物の言動は間違いなく王のものだ。

「一つ聞くが、ルモリア王国とはどのくらいの歴史を持つのだ？」

「我がルモリア王国は二五〇年の歴史を持ちます」

「ほぅ。二五〇年前に何があってルモリア王国はできたのだ？」

「ゴブリンの大国を制し、その戦で功を上げた英雄が建国王となり、ルモリア王国は始まりました。この辺りの国は、新興国を除けばその殆どが同じ起源に辿り着くかと」

「ふむ……なるほどな」

そう言って納得したように頷くエインヘリア王。そもそも、この王……いや、この軍は一体どこから現れたのか。ルモリア王国の周囲には当然エインヘリアなどという国は存在していない。

なんとかそのことを聞き出しておきたいところだが……。

「二五〇年前の王は自ら剣を取り、国を興したのだろうが……今の王は祖先が英雄というだけで、絶対者には程遠いのではないか？」

嘲るような笑みを湛《たた》えながら、エインヘリア王は言う。

「初代より連綿と続くその血こそが尊いのです。自らが血を流し、民の為に戦った初代様を貴び、また初代様と共に戦乱を駆け抜けた我らが父祖を貴ぶからこそ、我らは国に仕え、家を守るのです」

「始まりは英雄であっても、その子孫である今の王も貴族も唯人《ただびと》だろう？　偉業を成したのは王の祖先。偉業を支えたのは貴族の祖先。血が尊いなら、採血でもして血を祀《まつ》ったらどうだ？　体も頭もいらんだろ？」

不遜どころの話ではない……自らも王でありながら、どうしてそこまで王をくだらないものと断じることができる⁉

王を貶《おとし》めるということは国を貶め、そこに仕える家臣を貶めることに他ならない。それを一番理解し

ている筈の王がそれを言うのか⁉

全ての言葉が自分に、そして周りに控える家臣に返ってくるのだぞ⁉

「先ほどから……エインヘリア王陛下は王を名乗りながら王を蔑ろにするのか？　王とは、権威とはさような言葉遊びで貶められるものに非ず！　父祖らの願いの果てが今代を担う王である！　王とは我ら全ての願いの結晶である！　全ての貴族、全ての民が仰ぎ見る存在！　それこそが王である！」

そうでなくてはならない。そうであるからこそ、我ら貴族は王に仕え国を富ませるのだから。その前提が崩れるようなことがあれば……それは、国としての体面を保つことができないということに他ならない。

「なるほどな。面白い話だった。俺の考えとは相容《あいい》れぬが……子爵の戴《いただ》く王と話をする時の参考にさせてもらおう」

私の興奮を全く意に介さず、この話はここまでというようにエインヘリア王は言う。

……私自身、何故ここまで心が揺さぶられたのかわからない。いや、心の底に澱《おり》のように溜まったこれは不安だ。はっきりとはわからない……だが、私の根幹を揺るがしかねない言葉をこの王は放っている。

いや！　今それはどうでもいい！　それよりも、この王は今なんと言った？　私が戴く王と会話をする……そう言ったのか？

この状況で友好的な外交を始めるなどと言う筈がない……それはつまり、明確な侵攻の意志。

「ここはルモリア王国内。その土地を不法に占拠し……更に戦火を広げようとおっしゃるのですか？」

「戦火を広げる？　人聞きの悪いことを言う。我らがいつ、貴国に刃を向けた？　何度も言うが、我らは請われたに過ぎぬ」

「……では、返還交渉をさせていただければ」

「子爵。かの村の者らは既に俺の民だ。返す場所なぞ在りはしない」

「……」

あの程度の規模の村……国内に掃いて捨てるほど存在する規模の村だ。ルモリア王国としても奪われたところでなんの痛痒《つうよう》もない。

だが、そんな問題ではないのだ。

今はまだ、ヨーンツ領とアッセン領、そして王都の一部の者しか、国内に他国の軍を名乗る者たちが現れたことを知らないが、我が軍が敗れた以上、王国中……更には近隣諸国までこの件は届いてしまうだろう。

自国領内に突然新たな国ができたなど、国が正常に機能していないと宣伝するようなものだ。

当然、他国はこの隙にルモリア王国の領土を切り取りにかかるだろう。その傷を最小限に抑える為、必ず王はエインヘリア軍の討伐に乗り出す。そして、今回の我々の敗戦を重く見て、恐らく一万は下らない数の兵を送り込んでくる筈。

しかし……勝てるか？

私を捕らえた将……あの将と伍《ご》することのできる英雄は、ルモリア王国には存在しない。

仮に、策を講じてあの将を封じ込めることに成功したとして……もう一つ、我らの撤退を封じたあの大魔法がある。恐らく、数十人から数百人規模の魔法使いが、儀式を経て放つことができるという魔法の類だろうが、あの魔法を受ければ間違いなく王国軍は瓦解するだろう。

少なくとも、防御魔法で防ぐことのできる範疇にないと私は感じたのだが……魔法隊の使う防御魔法で防ぐことはできるのか？　戦場経験に乏しい我が身でははっきりとはわからない。だが……私には、あの将の強さもあの炎の壁も、数を揃えればどうにかできるといったものには到底思えない。

そして国軍が敗れるようなことがあれば、確実に周辺国は動く。

更に国境付近の領を預かる者たちは、こぞってルモリア王国から抜ける筈だ。後詰となるべき国軍が敗れた以上、他国の侵攻を防ぐ術はないのだから。

「それに戦火を拡大すると言ったが……」

やがて来る未来を想像し、私は顔を青褪めさせていたに違いないと思うが……エインヘリア王はそんな私に構うことなく言葉を続ける。

「我らは降りかかる火の粉を払うだけだ。払われた火の粉がどこを燃やそうと、俺の知ったことではない」

燃えるのはルモリア王国……そう雄弁に目で語りながらエインヘリア王は肩を竦める。

「鎮火してやることは吝《やぶさ》かではないがな。無論その場合、その地がルモリア王国を名乗ることは二度とないだろうが」

「……」

ダメだ。

この軍と戦ってはいけない。

たとえ一〇倍の兵を連れてこようとも……炎に包まれるのはルモリア王国だ。この軍は……エインヘリアという国は、そのくらい容易くやってのける。そう確信させるだけの凄味を、この王からは感じる。

「ルモリア王は絶対者なのだろう？　ならば、国内にできた傷をそのままにしておく筈がない。違うか？」

「それは……」

もう、どちらの主張が正しいとか……そんなことを話す段階ではないのだ。そして、その段階に進めてしまったのは……私だ。

軍を送るべきではなかったのだ……送るべきは……使者だったのだ。

この王は過激なことこそ言っているが、人の話に耳を傾けぬ独裁者ではない。

それは、この場で他国の子爵程度である私と、正面から話を続けていることからも明らかだ。

最初の邂逅がいけなかった。その印象で、私たちは不法に村を占拠している賊とこの軍のことを考えてしまったのだ。彼らは最初から国を名乗っていた。そのことを重く見て、慎重に行動するべきだったのだ。

私が暗愚だったが故に……二五〇年続いたルモリア王国は滅びるのだ。


脅しすぎたかしらん？

この天幕に入ってきた時はキリっとした感じの人だったのだが……今は一〇歳くらい老け込んで魂が抜けたようになってしまっている。

いや、でも戦争吹っかけてきたのは……一応そっちですし？　しかもそっちの王様唯我独尊って感じみたいだし？　戦う以上負けてやるつもりはないし？

とはいえ……これでほぼ次の戦争は確定だな。

今後の方針を決める助けになればと思って話してみたけど、わかったのは戦争待ったなしってことだけだ。

途中無駄に王権に対して喧嘩《けんか》を売ったけど、俺偉そうな人とか嫌いだし……あとはまぁ、俺の方針とは合わなそうだもんね。

俺がうちの子たち以外に求めることは、正直、産めよ増やせよくらいなもんだからね。

自由に好き勝手に生きてくれればいいと思う。魔力収集装置のある場所で生活してくれれば俺は満足だしね。さすがに犯罪の取り締まりくらいはするだろうけど。

でもまぁ、あそこで王権に対してオラついたからこそ、最終的にお前らが仕掛けてきたんやん？　って感じに持っていけたと思う。多分ね？

いや、なんか調子こいて色々言ったけどさ……俺がそんなのわかる訳ないやん？　やっぱ、お偉方なんかと話をするべきじゃなかったかね。途中、今なんの話しているんだっけ？　みたいな感じがしてヤバかったし。

ここからは少し世間話的なノリの情報収集をしたいけど……この人大丈夫かな？　さっきまで魂抜けかけだったけど、今は完全に魂抜けてると思う……なんか目が虚《うつ》ろだし。

「子爵。ルモリア王国にはどのくらいの民が住んでいるのだ？」

聞こえているといいなぁ……。

「……あ、は……確か、一〇〇万を超える民が国内にはいたかと……」

「ほぅ」

思わずほくそ笑んでしまいそうになる情報だ……一〇〇万……つまり魔石一〇〇〇万！　ルモリア王国をまるっと頂ければ……それだけで左うちわ生活が……。

もうこれ完結じゃね？　覇王フェルズの物語終了じゃね？

ゴブリンも探さなくていいし、もう妖精族とかも別にどうでもいい。

まぁ、バンガゴンガへの義理もあるし、見かければ助けてあげるくらいはしてもいいけど……いや、待て、落ち着くんだ。

問題は、どうやってルモリア王国の支配下にある村や街に魔力収集装置を置くかだ。

まるっと頂くといったって……どうやって？

ゲームじゃないんだから、村や街に攻め込んで、防衛部隊を倒したら拠点ゲットという訳にはいかない。

前回の村のように、何か困っていることを解決してやる代わりに魔力収集装置を置く？

悪くない手かもしれないけど、村ならともかく街レベルでそういうのは難しい気がする。

うーん、王を倒せば国が俺のものになるとか、そんなわかりやすいもんじゃないだろうし……どうしたら？

ってか、その前にルモリア王国との戦争が本格化するのか。さすがに交戦中の相手国の要求を街や村が受け入れるとは思えない。

いや、情報伝達が遅そうだし、意外とこっそりやればいけるか？　結界装置付きの方なら置いたもん勝ちっぽい気もするが……。

ん？　いや待てよ？

いっそのこと、ゲーム的にいってみるってのもありか？

今回の村くらいの規模であれば、一〇〇〇人も送り込めば、強引に言うことを聞かせることは可能だろう。仮に大きな街で、一〇万人規模の街があったとしても二、三万の兵を送り込めば相手の防衛部隊を倒して実効支配できる筈。

その後で魔力収集装置を設置……街の運営とかは元々その街を運営、管理している奴に任せればいい。

俺たちは別に、圧政を敷く者ではない。

重税を課したり、労役を課したり、徴兵したり、女子供を奴隷にしたり……そんなことはしない。寧ろ健やかに生きてもらいたいし、どんどん住民を増やしていただきたい。

精々特産品を少々納品してもらいたいくらいだが……それも俺たちが消費する分だけでいいから大し

た量は必要としない。なんだったら買ってもいいしね。

この世界の通貨は……魔石でよろず屋から購入したものを転売すれば、いくらでも稼げるだろう。それを使えば金はいくらでも生み出せる。消耗品系がいいと思うけど……既存の経済をぶっ壊しかねないから、そのへんは詳しい人に相談が必要だな。

あとは……俺たちの支配下となるなら、今までルモリア王国に納めていたであろう税を廃止してしまっても問題ない。俺たちにとって税に当たる部分は、住民たちから毎月得る魔力であり魔石だ。

それ以外の物を要求することは殆どない……街の上層部にとっては悪くない支配者といえるんじゃないか？

うん、悪くない気がしてきた。

最初は武力を見せつける感じになるだろう。だけど、その時に与えた恐怖以上に色々な所を富ませることができそうな気がしてきた。

現在の管理体制を引き継がせるとは言ったが、悪政を敷いていたような奴には退場願う……ふむ、こちらから代官を置く形にすればいいか。常駐する必要はないが、定期的……いや抜き打ち監査みたいなことをすればいいだろう。

お？　なんかめっちゃうまくやれそうな気がしてきた。よしよし、この方針で進めてみよう。

「子爵。お前は確かこの地方……ヨーンツ領の領主だったな？」

「は……はい」

なんか……最初の頃はハキハキしていたのに、めっちゃ歯切れが悪くなったな。

まぁ、返事はしてくれているし、とりあえず聞きたいことを聞くか。

「ヨーンツ領にはどのくらいの民がいる？」

「……わ、我が民をどうするおつもりで？」

「別にどうするというほどのことでもない。我々に攻めかかってきたのだから、当然逆に攻め込まれることも覚悟していたのであろう？　とりあえず、子爵の本拠地……領都だったか？　そちらにいくらか兵を送らせてもらおう」

「お、お待ちください！　私が動かすことのできる兵の殆どはこの戦へと連れてきました。領都を含め、ヨーンツ領には街を守る衛兵隊程度しか存在しておりません！　もはや我らに……エインヘリアに抗える戦力はないのです！　私はどうなっても構いません！　ですから、どうか……どうか寛大なご処置を！」

さっきまで死にそうな雰囲気だったにもかかわらず、急に息を吹き返し……というか、必死に領都を守ろうとする子爵さん。

自分はどうなってもいいからか……この状況でその台詞が出てくるってことは心の底からそう思っているのだろう。

……思っていたよりもかなり立派な人なのかもしれない。

「案ずることはない、子爵。俺は民を虐げる者ではない。大人しく我が傘下に加わるというのであれば、無駄な衝突は起きぬよ。あぁ、勿論子爵、お前の首を斬るつもりもない」

「私を生かすと……？　何故そのような……」

「ん？　おかしいか？」

はて？　殺す必要ってあるのかしら？　総大将をやるくらいだからそれなりに能力はあるのだろうし……ゲーム的に考えると、領主だからどちらかというと政治とか知略とかが高いのかな？

まぁ、なんにしても、俺はノッブの野望では極力敵将は斬らないタイプだ。

捕虜にして、配下にするか逃がすことが多い。あ、大名は配下にならない場合は首斬るけど……城主は寧ろ積極的にほしい。逃がせば、またそのうち捕まえられるしね。

勿論、有力武将を斬りまくって敵の戦力強化を邪魔するって手もあるけど……勿体ないじゃん？　能力値高い奴はぜひとも勧誘したい。

まぁ……『レギオンズ』は行動でルート分岐するから、泣く泣く敵将を斬った結果が今の俺な訳だけど……。

「戦を終わらせる為……旗頭を落とすのは戦の常では？」

茫然としながらそう口にする子爵に、俺は心底意味がわからないというように首を傾げつつ答える。

「ふむ。だが、子爵を斬ったところで俺になんの得がある？　俺はまだ子爵がどのような人物かは知らぬが……それはこれから知ればいいことだ。今斬ってしまっては、子爵の力を借りたい日が来たとしても、どうしようもあるまい？」

「……私を取り立てると？」

「それは子爵次第だな。無理矢理従わせたところで意味はなく、子爵が俺に従うことにメリットを感じなければすぐに裏切るだろう」

「表向きは臣従したとて、面従腹背しておらぬとは言い切れますまい」

まぁ、一番怖いのはそれだよね……ゲームと違って忠誠心って数字で見えないし。見えたら超楽なんだけど……。

個人的にはさっきの街への方針とかと同じように、反抗するよりも従っている方がメリットが大きいって思わせるのが一番だと思うけど……損得よりも感情を優先する奴って結構いるからな……そういう奴らには気を付けないと。

でもとりあえず、この子爵に関しては……。

「子爵、その言葉が口に出る時点で、一度臣従を誓えばお前は裏切るまい。誓わぬ限りは、勝てぬとわかっていても抗い続けそうだがな」

そう言って俺は皮肉っぽく笑ってみせる。

さっきまでの話から察するに、この子爵さんは国とか王とかに忠誠を捧げていそうだしね。それにしても、この話を始めてから子爵さんの元気が戻ってきた気がするな……ちょっと若返ったかも。

「私はそこまで高潔ではありません。民の為ならば圧倒的強者に遜《へりくだ》り、尻尾を振ることも辞さぬ所存です」

「俺たちは圧倒的強者ではないと？　どこからどう見ても遜っているようには見えぬが？」

覇気を取り戻し、挑むような視線を向けてくる子爵に、俺は強者の余裕を持って問いかける。

……ちゃんと雰囲気出せてるよね？

「確かに、エインヘリア軍の強さは圧倒的でした。我らヨーンツの兵では一〇〇度戦おうと一〇〇〇度戦おうと勝利を得ることはできますまい」

「ふむ……それで？」

ですが、と言いたげな様子の子爵に俺は問いかける。

「ですが……」

ほら言った！

「エインヘリア軍には致命的な弱点があるように思われます」

じゃ、弱点か……なんのことだろうか？　めっちゃドキドキする。

戦術が拙いとか……？　いや、今回はしょうがないよね？　ジョウセンの想定外の大活躍で、パワーオブジャスティスになっちゃったんだし。

「それは兵站です」

……兵站かぁ。

致命的って言うからかなり焦ったけど……ふふん、我らのそれは問題にはなり得ないのだよ。

「エインヘリアという国がどこにあるのかは、失礼ながら存じておりません。ですが、遠征軍であることは間違いありますまい。であれば、手持ちの資源には限りがあることでしょう……何かおかしなことを言いましたか？」

子爵が怪訝な顔をしながら問いかけてくる。まぁ、堪えきれずにニヤニヤしてしまったからな。

「いや、何もおかしなことは言っておらんな。物資の準備と補充に関してはどこの軍でも頭を悩ませるところだろう。それに疲労や怪我は人であれば避けられぬものだしな。兵糧に武具、各種消耗品……子爵も今回の戦にあたり随分苦労したことだろう」

「此度の戦はルモリア国内の戦。簡単に兵站を整えられるとは言いませんが、その補給線は強力です。いくら無敵の軍勢を揃えようと、人は食料や水がなければ戦えません」

「……その通りだ」

……うちの子たちはそのことを知らなかったけどね。

俺が護衛として傍に立っているリーンフェリアにちらりと視線を向けると、気まずげにスッと視線を逸らされた。

自覚があるようで何よりだ。

「だが、子爵。俺たちの邂逅から短くない時間が経過しているが。こちらが物資に苦労しているように見えるか？」

「そ、それは……」

子爵は俺の言葉に、天幕の中にいる者たちに目線を向ける。

うちの子たちは戦場とは思えぬほど清潔感のある状態を保っている。

さっきまで戦働きをしていたジョウセンも同じ状態なのは、ちょっと俺も納得いかないけど……全員が汚れ一つない姿で健康状態も非常に良好だ。ちゃんとご飯を食べるように指示を出しておいて本当によかった。

「物資の枯渇があり得ないとは言わないが……まぁ、数年程度はなんの問題もないな。兵糧攻めは我々には効かない。持久戦は望むところだな」

まぁ、さっきの戦いっぷりを見た感じ、持久戦をする必要があるかは疑問だけど……。

「……まさか、そんな……」

「そもそも、俺たちは遠征軍ではないからな。本拠地はそう遠くない。子爵の領都よりもこの戦場に近い筈だ」

領都までの距離は知らんけど……三〇キロ以上はあると思う。最寄りの街が一二キロとかだった筈だし。

「本拠地が……？　それはあの村のことではないと存じますが……南の森にあるのでしょうか？」

「いや、森ではない。ここより西に平原が……」

「っ⁉」

俺の言葉に子爵が血相を変えて立ち上がる。

その動きにリーンフェリアたちが一瞬反応を見せたが、俺の意思を汲んで、子爵を押さえつけるようなことはせずにいてくれる。

「ここより西の平原……グラウンドドラゴンの住処《すみか》……龍《りゅう》の塒《ねぐら》に拠点を⁉」

「龍の塒？　あそこにはドラゴンがいるのか？」

ドラゴンか……『レギオンズ』にもダンジョンに行けばごろごろいたけど、大体どんなゲームでも強敵だよね。子爵のこの様子から察するに、ご多分に漏れずというか……この世界でもかなりアンタッチャブルみたいだ。

「あそこは我がルモリア王国だけではなく、近隣諸国全てで取り決めた禁足地！　過去にあの地を開拓しようと幾度か人を送り込んだことがあります。ですが、そのいずれの時も入植した者たちだけではなく、ルモリア王国の各地、場合によっては周辺国までグラウンドドラゴンによる被害が出ることがあったのです！」

ふむ……以前の会議でキリクの言っていた、いわくってのはこのこと？　祟《たた》りとかじゃなくてよかった。いや、ドラゴンも十分怖いけど……。

「そのグラウンドドラゴンとは、どの程度の強さなのだ？」

「記録には……一昼夜で幾つもの街や村が滅ぼされたと」

「ふむ……随分移動速度の速いドラゴンなのか？　それともドラゴンは群れているのか？」

「ドラゴンが群れを成すなど……あり得ない筈です。少なくとも記録には一匹のドラゴンとなっております」

「ドラゴン一匹にあの平原をくれてやるのは広すぎるだろう。それに一カ月はあそこで生活をしているが、襲われてはおらぬ。問題なかろう」

「何を言っておられるのですか！　グラウンドドラゴンは迷信などではありません！　確実に存在する脅威なのです！　先ほどエインヘリア王陛下は民を嘆かせることはないと、そうおっしゃっていたではありませんか！　かのドラゴンによる被害は、戦争の一つや二つとは比べものにならないのですぞ!?」

子爵さん大興奮だな……まぁ、ドラゴンが暴れたらヨーンツ領が最初に大被害を受けるだろうし無理もないかもしれないけど……。

「落ち着け子爵。ルモリア王国……いや、ヨーンツ領がそのドラゴンに襲われるとしても、その前に実際に城を建てている我らの所に来るであろう。であれば問題ない、ドラゴンが姿を見せたのなら倒してしまえばいい」

「な、何をおっしゃっておられるのか……グラウンドドラゴンですぞ!?　そのへんの魔物とは訳が違うのです！　人が抗えるようなものではありません！　アレは天災といってもよいものです！」

「随分詳しいな。見たことがあるのか？」

「……実物はありません。ですがヨーンツ領はその場所柄、多くの言い伝えや資料が残っているのです。あの地に入植した民や軍がどのような目にあったか……ましてや城を建てるなど……城？」

自分の言った台詞にきょとんとした表情を見せる子爵。その表情は若干あどけなさを感じさせるものだ。老け込んだり若返ったり、忙しい人だね。

俺は暢気にそんなことを考えているけど、子爵さんはそれどころではなさそうだ。

「え、エインヘリア王陛下。先ほど……城を建てているとおっしゃいましたか？　その、西の平原に城を建てているのですか？」

ここに入ってきた時のキリっとした表情とも、途中で変わった魂が抜け落ちたかのような表情とも違う……焦燥、困惑、恐怖……負の感情をないまぜにしながら子爵さんが問いかけてくる。よく見ると震えているようだね。

うむ……ぶっ倒れるかもしれないけど、とりあえず否定しておこう。

「いや、建設中という訳ではないぞ」

「そ、そうですか。よかっ……」

「もう既に完成している」

「たっ⁉」

案の定言葉を失う子爵。赤、青、白と顔色を変化させているけど、このまま行くと顔色どころか存在ごと透明になりそうだな。

「我々の城は既にあの地にある。といっても別にあそこで建てた訳ではないがな」

「……建てた訳ではないとは？　もしやあの地には昔から城があったと……？」

深刻な表情をしている子爵……よほど西の平原にいるらしいドラゴンが怖いんだな。

「あの平原はそれなりに調べたが、俺たちの城以外に人工物は見かけなかったな。そしてあの城は初めから俺たちだけの城だ。既にそこにあった城を占拠した訳ではない」

「お、お待ちください。エインヘリアという国は、昔からあの平原にあった……そういうことでしょうか？」

混乱しながらも子爵は絞り出すように問いかけてくるが、当然俺はその言葉を否定する。

「そういう訳ではない。だが、現実に我らの居城は西の平原にあり、我らのいる場所こそがエインヘリアだ」

詳しく説明してもいい気はしたけど、覇王的に、よくわからんけど突然ここに来たってのはちょっとイマイチな気がする。故にここはそれっぽい感じで押し切るに限る。

……押し切れてる？

「ドラゴンという災厄は、近隣諸国さえも巻き込むのですぞ？」

子爵さんにとってエインヘリアの来歴よりも、ドラゴンのことの方が気になるようだ。

「ならば聞くが。お前たちはよその国からそこに城を置かれては迷惑だと言われれば、遷都するのか？」

「そ、それは……」

「同じことだ。たとえどのような土地であろうと、俺がいて、俺の城があり、俺の部下たちがいて、俺の民がいる。そこがエインヘリアだ。高々蜥蜴《とかげ》程度に遠慮して、城を放棄するなぞあり得ない」

「……」

俺の説得は無理だと思ったのか、がっくりと項垂れる子爵。

まぁ、俺が王である以上、俺の言葉が正しい筈だ。子爵がどれだけ拒んだところで意味はない。

たとえ自領がドラゴンによって焼き尽くされる未来が見えていたとしても、子爵は既に完膚なきまでに叩きのめされた後。何をどうしても意見を通せる立場にはない。

もはやどうすることもできないと悟った子爵は、再び顔色を悪くしながら老け込んだ。そろそろ子爵も限界っぽいし、今日のところはこのへんにするか。

「子爵も随分と疲れたようだな。今日のところはここまでにしておこう」

「……私の……」

俺の言葉に反応したのか、子爵が力なくぽつりと呟く。

「ん？」

「……私の部下たちは、どうなりました……？」

「キリク、答えてやれ」

「はっ！」

答えてやれって言ったけど……よくよく考えてみれば、キリクが把握できているのか？　確かさっき、イルミットがリスト作成中って言ってたけど、その内容をキリクが把握しているとは思えない……無茶ぶりが過ぎた？

「敵軍一五〇〇のうち、死者は三〇。負傷者は大小合わせて五〇〇。残りはほぼ軽い打ち身や裂傷等です。隊長以上は全て捕縛済み。捕虜の数は一四〇〇。全員武装解除して、一〇〇人単位で簡易施設に輸送しております」

さすがキリク、眼鏡は伊達じゃない。今度からさすキリって言おうかしら？

「捕虜一四〇〇……」

子爵がぽつりと呟く。ふむ、死者三〇か……ジョウセンが派手にぶっ飛ばしていたから、もっと死人が出ているのかと思ったけど、意外と少ないな。派手に吹っ飛んでいたように見えたけど、思っていた以上に敵兵が頑丈だったのか、それともジョウセンがしっかり手加減したのか……。

まぁ、なんにしても圧倒的な実力差があったからこそ、それだけの捕虜を取れたんだろうね。敵軍の九割以上捕虜にしてるし……。

子爵が茫然としながら呟いているのも、捕虜の多さによるものだろう……多分。

「一般兵たちは簡易施設に収容。指揮官クラスに関しては、準備ができ次第移送する予定です」

簡易施設とは言っているが、村の近くに粗末な塀を作っただけの吹きっさらしな収容施設なので、ろくなものではない。まぁ、しっかりと見張りは付けるから、逃げ出したりはできないだろうけど。

村の近くに置いたのは……魔力収集できるかなーという、みみっちい考えからだ。村人的には勘弁してくれって感じだろうね。

そんなことを考えつつ、ジョウセンに視線を向けると、ジョウセンは何も言わずに子爵に近づく。

一瞬ジョウセンの方に顔を向けた子爵は、力なく立ち上がり苦渋に満ちた表情で口を開いた。

「……エインヘリア王陛下。敗軍の将でありながら、不遜な願いを口にすることをお許しください。どうか……どうか我が領民たちをお救いください。何卒《なにとぞ》……何卒……」

「いいだろう。まだ正式に我が民という訳ではないが、何者からも守ってやろう。当然、我らは絶対に無体をせぬと約束する。多少嚙みつく程度であれば、優しく言い聞かせるくらいで済ませてやろう」

俺の言葉に頭を下げた子爵が、ジョウセンに連れられて天幕から出ていく。

それを見送った俺は早速キリクに指示を出す。

「ヨーンツ領内に魔力収集装置を設置する。子爵は既に反抗する気はないだろう。街を支配下に入れる際、面倒になりそうであれば代表と子爵で話をさせろ。それでも恭順を示さぬようであれば武力を見せるしかないが、極力平和的に進めるように。子爵の護衛にはジョウセンを付けろ」

「子爵に現地勢力との交渉をさせるのは、些か危険ではありませんか?」

「問題ない。裏切るようならそこまでの人物だったということだが、恐らく子爵は裏切らん。というよりも、我らの城が西の平原にある以上、ドラゴンの逆鱗《げきりん》を撫でているようなものらしいからな。民のことを重んじている子爵は、たとえ我らが原因であっても我らの戦力に頼るしかない」

と思う……。

ってか、自信満々にドラゴンとかただの蜥蜴って言ってみたけど、この世界のドラゴンがスッゴイ化け物って可能性もあるからな……。そもそもドラゴンなんてファンタージ生物、ゲームとかでしか知らん。とりあえずあれだ、斬って血が出るようなら倒せるだろう。

まぁでも、一昼夜で幾つもの街を滅ぼしたって表現程度ならなんとかなりそうな気がする。国が一撃で滅びるほどの超火力みたいなものは持ってないってことだし……街や村が消し飛んだとも言ってなかったしね。

一日でいくつもの村や街を滅ぼすくらいだったら、うちの子たちでも可能だし、多分平気……だといいなぁ。

でも、うちの城とか壊されたらもうどうしようもないよな。その時は、うーん……本拠地機能、特に魔石を得る機能を、別の場所に移転させられないかオトノハに相談しておこう。

城の各設備が使えなくなるのは痛いけど、最悪魔力収集装置と魔石を作る機構さえ残っていればなんとかなる。

……いや、城の施設で維持費が必要なものは後から増築したものだし、設備の再建もなんとかなりそうだな。

「畏まりました。今回戦場で使った兵と、後方に控えさせていた後詰から遠征軍を出してもよろしいでしょうか？」

「任せる。だが遠征の将からカミラは外しておけ。それ以外の編成は任せる。捕虜の見張りにも残しておけよ？」

「承知いたしました！」

まぁ、キリクなら捕虜の管理なんか言わなくても大丈夫だろうけど……こういった場合、覇王は口に出すべきなのか、それとも口を出さずに信頼するべきなのか……難しいな。

部下が気持ちよく働く環境としては、上はあまり細かく口に出さない方が良いのだろうけど……でも心配だし……あぁ、これが口煩《うるさ》い上司の心境というやつだろうか？

陰でアイツ細かくてうざい、言われなくてもわかってるっての……とか言われてたらマジへこむ。

覇王、胃に穴が空きそう……。

因みにカミラを遠征軍から外したのは、ドラゴンが来た時カミラが城にいた方が頼もしいからである。

個人的にはジョウセンもいてほしかったのだけど、今回戦働きで大暴れしたジョウセンは、間違いなく子爵のトラウマになっている筈。

子爵は裏切らんとか格好つけたけど、裏切られたらキリクたちの心証を悪くするだろう。だからジョウセンという抑止力を護衛として傍に置いておくことで、子爵に迂闊な行動を取らせなくする……勿論、子爵を裏切り者と襲いかかってくる奴から守るという点でも、ジョウセンは最適だろう。

まぁ、ジョウセンは近接物理最強といっても、カミラみたいに他の追随を許さないってほどじゃないから、他の子たちでも問題ない。いや、そんな言い方はジョウセンに悪いな。

ひとまず、ドラゴンについてはウルルたちに探させるとして……このまま手を広げていくと外交官が足りなくなりそうだよな。

魔石の確保に目途が立ったらメイドたちの強化も試したいところだけど……新規キャラ作成と同じく、強化はどうやったらいいいんだ？

ゲームの頃は……玉座の間で強化をしていたけど……城に戻ったら試してみるか。

魔石の確保、現地情報の収集、ゲームシステムの調査……あとはルモリア王国との戦争。やることは山積みだな。

魔石の確保については……ルモリア王国をまるっと頂ければ不自由はなくなる。って、そういえば子爵にヨーンツ領の人口聞き忘れたな。

まぁ王国全体で一〇〇万くらいなら一〇万もいないでしょう。子爵と話す前は、とりあえず毎月魔石一〇〇万稼げるようになればって考えていたけど、意外と早めに達成できそうだな。ヨーンツ領だけでいくらいくか楽しみだ。

差し迫った問題は、ルモリア王国との戦争とグラウンドドラゴンとかいうやつだな。

子爵の雰囲気から察するにドラゴンの方が危険度は高そうだし、警戒は怠らないようにして……そろそろ飛行船を使うか？

いや、ドラゴンが空を飛ぶタイプだと危ないか。飛行船はただの輸送機だから、多分戦闘力はないだろうし……まぁ、そのあたりは様子を見ながらだな。

戦争の方は……なるようにしかならんだろ。王都で色々調べてくれている外交官もいるし、動きがあればすぐ対応できる筈。

この世界に来て、訳もわからず、とりあえず覇王フェルズとして振舞ってはきたが……俺は上手くやれているのだろうか？

今回、ついに俺は人の命を奪う命令を下してしまった。割り切ろうと決めたとはいえ、思う所が全くないと言えば嘘になる。だがそれでも……俺は覇王フェルズとして生きていくと決めた。

迷いや不安はかなりある。だけど、それ以上に、俺は覇王フェルズでいることを楽しいと思っている。

この先、どうなるかはわからない。俺の判断一つでとんでもない事態に見舞われるかもしれない。だが……。

俺は周囲に目を向ける。

リーンフェリア、ウルル、キリク。そしてこの場にはいないうちの子たち……皆がいれば、何があっても大丈夫という気がする。

俺はフェルズ……覇王フェルズだ。

なんの因果か、覇王になってから異世界に来てしまった、ただのゲーマーだ。

覇王になってから異世界に来てしまった！
～エディットしたゲームキャラ達と異世界を蹂躙する我覇王～／了

◇◇ 覇王去りし後《のち》

フェルズが自身を覇王であると宣言をした謁見の間、既に主は去りこの場に残されているのは部下たちのみ。多くの者たちは主なき玉座に跪いたまま、その身を震わせ動き出すことができずにいた。

彼らの胸中を占めるのは……圧倒的な歓喜。

かつて、神界にて邪神を退けた彼らは、敬愛する王を神の贄に差し出すという大罪を犯した。

正確には、世界の均衡を保つ為にフェルズが調停神として神の一柱となったのだが……彼らにしてみれば世界の為に王を犠牲にしたとしか考えられなかったのだ。

まぁ、今のフェルズからしたら、そういうエンディングだったよなぁ……程度のものでしかないのだが、彼らにとってはその認識こそが全てであり、真実であった。

そんな王が、自分たちの元へと帰ってきて、再び王として歩み始めると宣言し……その上、不甲斐ない自分たちに力を貸してほしいと、そう言ったのだ。

結果、フェルズが謁見の間を立ち去って暫く経った今でも、次々と湧き上がる感情を抑えることは不可能といえた。

「……どのぉ……どのぉぉぉぉぉぉぉぉぉ！」

「うむ……ジョウセン……うむ……」

最前列で咽《むせ》び泣く剣聖と大将軍。

「……うく」

「……ふぐ」

同じく最前列で肩を震わせているエインヘリアの頭脳たち。

「ふえぇ――――ん、がみらぁ⁉」

「ちょ、ちょっとオトノハぁ……そんなに泣かないでよぅ、私もきついのよぉ……あ、ちょっと！　そこはダメよ！」

慌てる宮廷魔導士に抱きつきながら号泣する開発部長。

「カミラちゃん、カミラちゃん！　街の人たちにもフェルズ様が帰ってきたことを教えてあげたいの！」

「そ、そうねぇ。それも必要かしらぁ」

そんな二人の後列にいた魔法使いの少女が目を真っ赤にしながら話しかけると、開発部長に抱きつかれたまま身を捩り宮廷魔導士が応える。

しかし、魔法使いの少女はその姿を見て首を傾げた。

「……あれ？　カミラちゃん、なんかお胸がへん……」

その言葉を聞いた瞬間、宮廷魔導士がしがみついていた開発部長を物凄い力で引きはがし放り投げる！

「へ？　わ、わあああああああああああ⁉」

魔法使いではあるが、武力を上げ切っている宮廷魔導士のぶん投げに、殆ど能力値を上げていない開発部長が耐えきれる筈もなく、あわや謁見の間の染みとなる……直前、黒い人影が開発部長を救う。

「……オトノハ……大丈夫……？」

「う、ウルル……あぁ、助かったよ。ありがとう」

「……ん」

謁見の間の彼方此方で、各々がそれぞれの感情を爆発させ狂騒を生み出す。

止める者は誰もいない。

それも当然だろう……この狂騒は、彼らにとって唯一無二である王の帰還を喜び祝うものなのだから。

◇あとがき◇

『覇王になってから異世界に来てしまった！』を手に取ってくださり、ありがとうございます。

はじめまして、一片と申します。

当作品は二〇二二年の四月頃に投稿を開始したWeb小説の書籍版です。Web版を楽しんでくださっている方には、書籍版として新たな楽しみを提供できるように、また書籍版から初めてこの物語を読まれる方には、書籍版だけで十分に楽しんでいただけるように、この二つを柱にして書籍版『はおー』を執筆しました。

最後のSSはあとがきを削って書かせていただき、かなり自由にやらせてもらった自覚はありますが……楽しんでいただけたなら何よりです。

Web版から応援してくださった読者の皆様、執筆活動を支えてくれた家族や友人、色々と細かい注文を素敵なイラストに仕上げてくださったもりのみのり先生。私のわがままを聞いてくださった編集の方々。そして、今このあとがきを読んでくださっている貴方に、心から感謝申し上げます。

今後も楽しい物語をお届けできるように一層努力してまいりますので、お付き合いいただければ幸いです。

MAG Garden NOVELS

覇王になってから異世界に来てしまった!
～エディットしたゲームキャラ達と異世界を蹂躙する我覇王～

発行日　2025年2月25日 初版発行

著者 一片　イラスト もりのみのり

発行人　保坂嘉弘
発行所　株式会社マッグガーデン
〒102-8019 東京都千代田区五番町6-2
ホーマットホライゾンビル5F
編集 TEL：03-3515-3872　FAX：03-3262-5557
営業 TEL：03-3515-3871　FAX：03-3262-3436
印刷所　株式会社広済堂ネクスト
担当編集　柊とるま（シュガーフォックス）
装　幀　新井隼也＋ベイブリッジ・スタジオ、矢部政人

本書は、「小説家になろう」(https://syosetu.com/)作品に、加筆と修正を入れて書籍化したものです。

ISBN978-4-8000-1551-8 C0093　Printed in Japan

著者へのファンレター・感想等は〒102-8019（株）マッグガーデン気付
「一片先生」係、「もりのみのり先生」係までお送りください。